KB138240

사람이
고향이다

사람이 고향이다

1판 1쇄 인쇄 2016년 7월 20일
1판 1쇄 발행 2016년 7월 25일

지은이 성민희

발행처 문학의숲
발행인 고세규

신고번호 제300-2005-176호
신고일자 2005년 10월 14일

주소 (121-896) 서울특별시 마포구 동교로13길 34(서교동 474-13)
전화 02-325-5676
팩스 02-333-5980

값은 표지에 있습니다.
ISBN 978-89-93838-39-8 03810

문학의숲
수필선

사람이
고향이다

● 성민희 수필집

문학의숲

사람이 고향이다

사람이 고향이다. 나의 처녀 수필집이 드디어 출간이다. 여기에다 문학성이라든지 수필이 가지는 사유, 성찰, 의미 같은 건 생각하고 싶지 않다. 다만 내가 스물여덟에 미국으로 와서 예순 고개를 넘을 때까지 살았던 35년간의 세월과 아이들과 함께 복닥이던 이야기를 하고 싶을 뿐이다. 다락방에 쌓아둔 낡은 짐들을 모두 끄집어내어 먼지를 털고 닦아서 내어 놓는 기분. 그런 홀가분함이 있다.

람세스가 왕자에서 파라오로 성장할수록 고독해지듯 나 또한 이국 생활이 익숙해질수록 외로웠다. 무시로 지나던 골목과 불빛 아래 흔들리던 버스 안 풍경, 을숙도 갈대숲과 해운대의 파도. 그러나 무엇보다 그리운 것은 사람이었다. 잠깐 스치며 지나친 인연까지도 못 견디게 그리웠다. 아직도 나는 교단에 서서 아이들과 부르던 노래를 꿈속에서 부른다. 미국의 35년이 한국의 28년을 덮지 못한다.

이제까지 살아온 기억에 또 다른 세월의 흔적을 얹는다. 삶은 그냥 흐르는 것이 아니었다. 내게 사랑하는 남편과 자랑스러운 아들 로빈Robin, 딸 미셸Michelle, 그리고 사위 데이비드David와 두 손녀 매들린Madeline과 셀리나Cellina를 주었다. 내가 어설픈 웃음을 웃을 때도 쓸쓸한 눈물을 흘릴 때도 그들은 여전히 곁에서 지켜봐줄 것이며 세상과 마주할 힘이 되어줄 거란 사실이 내 마음을 평화롭게 한다.

고마운 일이다. 나는 꾼 것이 너무 많아 갚을 것도 많다. 내가 가진 것은 모두 이 세상을 잘 살라고 빌려주신 것이다. 그렇잖아도 갚을 것이 많은데 어쩌라고 수필까지 주셨을까. 수필은 내 영혼이 마음껏 뛰어놀 수 있는 무한한 바다가 되었고, 강한 저항으로 일상에 안주하는 나를 깨워주는 바람으로 찾아오기도 한다. 때로는 차갑게 때로는 다정하게 다가오는 속 깊은 친구. 나는 이 친구와 영원히 함께 갈 것이다.

향기롭지도 감동스럽지도 않은 글을 모아 정녕 수필집을 상재해야 할까 많이 망설였다. 내 글이 세상에 얼굴을 내민다는 사실이 부끄럽고 죄송스러웠다. 그러나 끊임없이 재촉하고 격려해주신 문단의 선배님들 덕분에 이렇게 책으로 엮는다. 돌아보니 그분들은 내 인생의 또 다른 축복이다.

이제 초심으로 돌아가려고 한다. 옷깃을 다시 여민다. 당연하게 여기던 사람과 사물과 사건을 경외하는 마음으로 볼 것이다. 삶이 따뜻하고 감미로울 때에도, 공허하고 외로울 때에도, 우주가 모두 잠든 한밤에 홀로 눈이 떠질 때에도 나는 수필과 고요히 교감할 것이다.

다른 소원은 없다. '멀쩡한 세상이 나를 미치게 한다.' 반 고흐의 말처럼 멀쩡한 수필이 나를 미치게만 해준다면 말이다.

서평을 써주신 윤재천 교수님께 감사를 드린다. 바쁜 가운데서도 수필집을 엮는 데 도움을 주신 박덕규 교수님께도 고맙다는 말씀을 전한다. 나의 영원한 동지로서 격려와 사랑을 아끼지 않는 남편과 동생 김제니스에게 사랑을 전한다.

2016년 초여름, 오렌지카운티에서

성민희

3부 나고야에서 만난 그 남자

4부 내가 가꾼 정원

5부 사춘기, 지나가는 병

봄날의
기억

친구와 영화 〈그래비티〉를 보았다. 스크린 영상이 꺼지고 영화관에
불이 들어왔다. 샌드라 블록과 함께 외롭고 막막한 우주 공간에서 몸
부림치다가 드디어 지구로 돌아온 기분이다. 꽉 조여졌던 온몸의 혈관
이 풀리며 이제 살았구나 싶다. 곁에서 자리를 털고 일어나는 사람들
이 반가워 악수라도 하고 싶다. 누군가와 함께 살아간다는 사실이 이
렇게 절실하게 고마울 수도 있구나.

주차장으로 나왔다. 아스팔트 위로 스쳐간 봄볕 흔적이 따스하다.
지나가는 자동차의 그림자도 어느새 훌쩍 길어져 서둘러 집으로 가야
할 시간이다. 우회전하려고 길가 쪽 차선으로 들어서는데 갑자기 쾅,
자동차 부딪히는 소리가 났다. 내 눈앞에서 교통사고가 난 것이다. 나

와 같은 방향에서 직진하던 차 앞머리를 반대편에서 좌회전하던 차가 들이받았다. 노란불에 뛰어든 직진 차도 잘못이고, 앞에서 달려오는 차를 기다리지 않고 좌회전을 시도한 차도 잘못이다. 그러나 법적으로는 무조건 좌회전한 차의 잘못이라고 들었다.

사거리 한복판에 멈춰 선 두 차의 운전석 문이 열리며 직진 차에서는 금발의 중년 부인이, 좌회전 차에서는 머리를 질끈 묶은 작은 히스패닉 여자가 내린다. 금발 여자가 우아하게 손가락으로 길모퉁이를 가리킨다. 차를 돌려서 길 한쪽으로 옮기자는 뜻인 듯했다. 고개를 끄덕이는 작은 여자. 각자 자기 차에 탄다. 금발 여자의 벤츠가 서서히 움직여 길가에 서는데 작은 여자의 차는 그쪽으로 따라가는 것 같더니 멈칫하고는 방향을 돌려 달아나버린다. 금발은 멍하니, 도망가는 차를 대책 없이 바라보고만 있다. 순식간에 일어난 일이라 나도 어머 어머만 연발했다.

몇 년 전, 나도 이와 똑같은 일을 겪었다. 직진하던 내 차를 좌회전하던 차가 들이받았던 것이다. "교통에 방해되니 차부터 먼저 길가로 옮길까요?" 터번을 머리에 쓴 중동 남자가 점잖게 말했다. 내가 허둥대며 시동을 거는 순간 그는 차를 홱 돌려서 반대쪽으로 달아나버렸다. 너무나 황당했지만 사람 다치지 않은 것만으로도 고맙다 여기며 쓸쓸히 돌아섰다.

　작은 여자의 차가 바로 내 차 앞에서 매연을 피우면서 언덕길을 힘겹게 오르고 있다. 갑자기 정의감이 막 솟아난다. 옳지, 마침 내가 가는 방향. 이대로 따라가면 잡을 수 있을 거야. 미안하단 말은커녕 뺑소니라니. 액셀을 힘껏 밟는다. 클랙슨도 울린다. 나의 흥분에 옆자리의 친구도 서라는 손짓을 쉬지 않고 보내며 뺑소니차 추격전에 합류했다. 세 블록가량을 마치 곡예하듯 쫓아갔다. 차 사이를 요리조리 비집고 따라가며 이게 뭐 하는 짓인가 싶은 생각이 들기도 한다. 그렇지만 도망가는 모습이 괘씸해서 멈출 수가 없다. 드디어 여자도 지쳤는지 작은 골목길로 들어간다. 따라 들어갔다. 속력을 줄이더니 차가 길 옆에 섰다. 우리는 후다닥 차에서 내렸다. 마치 교통순경이라도 된 듯 손을 아래위로 젖히며 유리창을 내리라는 시늉을 했다. "당신은 뺑소니……" 그녀가 울고 있다. 고개를 들이밀고 차 안을 살폈다. 운전석 옆 좌석의 찢어진 천 사이로 누런 스펀지가 보인다. 천정에도 시커먼 천이 덜렁거린다. 뒷좌석 카 시트에 앉은 아기의 손을 너덧 살은 됨 직한 누나가 두 손으로 꼭 잡아주고 있다. 둘 다 발그레 홍조 띤 얼굴에 땀이 흥건하다. 내 눈과 마주친 아이들의 눈망울이 몹시 흔들린다. 고된 하루 일을 마치고 집으로 돌아가는 길이었나 보다. 새벽 일찍 베이비시터에게 맡겼던 아이들을 이제 데려왔구나. 서로가 얼마나 보고 싶었을까.

나도 햇살 눈부신 창밖을 내다보며 한 살배기 딸을 종일 그리워하던 날이 있었지. 어둑어둑 어둠이 갈리던 시간, 카 시트에 앉은 딸에게 〈반짝 반짝 작은 별〉 노래를 불러주며 집으로 향하던 날이 있었지.

친구는 어느새 차 꽁무니에 가서 번호판의 숫자를 옮겨 적고 있다. 친구를 불렀다. 메모한 종이를 받아 여자에게 티켓인 양 건네주며 말했다. "어서 가요. 다음부터는 조심해요. 운전도 천천히 하고……." 어리둥절한 여자와 친구를 뒤로한 채 내 차로 걸어가며 중얼거린다. 금발 여자는 벤츠를 탔던데 뭐. 그녀도 내 맘과 같을 거야. 케네디 대통령이 연설했잖아. '우리는 하나뿐일지도 모르는 이 지구에서 모두 같은 공기를 마시고, 함께 아이들을 키우며 살아가고 있습니다. 우리가 서로 사랑하면서 살지 못할 이유도 없지 않습니까'라고 말이야. 아무도 없는 우주공간에서 살기 위해 몸부림치던 샌드러 블록도 생각해봐. 함께 부딪히며 살아간다는 것이 얼마나 큰 축복인가.

담장 위를 걷던 고양이 한 마리가 자목련 가지 위로 사뿐 뛰어오른다.

나도
잘 모르겠다

아침부터 이런저런 일로 돌아다니다 보니 배가 몹시 고팠다. 간단한 요기라도 할 양으로 멕시칸 패스트푸드 식당 루비오스Rubio's에 갔다. 한산한 식당 안은 나처럼 점심시간을 놓친 사람들이 신문이나 핸드폰을 들여다보며 평화롭게 부리토와 타코를 먹고 있다.

금발 머리에 핑크색 핀을 앙증맞게 꽂은 직원이 계산대 앞에 서서 나를 맞아준다. 그녀의 등 뒤 벽에 울긋불긋 붙어 있는 '마히마히Mahi Mahi(생선 스테이크)' 사진이 먹음직스럽다. 새로 개발된 메뉴인 모양이다. 피쉬타코를 염두에 두고 들어왔는데 사진을 보는 순간 그림 속의 것이 먹고 싶어졌다. 마히마히로 주문을 하고 지갑을 꺼내는데 머릿속에서 피쉬타코는? 한다. 어떻게 할까, 잠시 주저하다가 급하게 그녀를 불렀다. 계산기를 들여다보고 있던 여자가 힐끗 나를 올려다본다. 내가 마음을 바꾸었다며 피쉬타코를 달라고 했다.

순간 여자의 표정이 변했다. 혼자서 뭐라고 중얼거리더니 큰소리로 "오 마이 가쉬!Oh My Gosh" 한다. 짜증을 내는 그녀의 모습에 나는 당황했다. 그리고 미안했다. 그냥 아무거나 먹을 걸 후회가 잠시 스치는데, 거칠게 계산기 문을 여는 그녀의 손길 너머로 가슴에 달린 이름표가 보였다. 'Manager Susan Smith'. 아니, 이 여자, 매니저가 아닌가. 직원들에게 고객 상대 매너를 교육시켜야 할 매니저가 이런 식이라면……. 갑자기 내가 동양 여자라서 깔보는 건가 하는 생각이 휙 스친다. 더불어 한국 사람이 많이 모여 사는 이곳에서 얼마나 많은 한국 고객이 무시를 당했을까 싶기도 하다. 당신, 매니저예요? 그녀가 턱을 슬쩍 치켜들며 뚱한 눈초리로 쳐다본다. 방금 뭐라고 했지요? 내 표정이 심상찮았는지 그녀의 눈빛이 금방 달라진다. 가게 주인들이 두려워하는, 혹시 인종차별 운운하며 시비를 걸까 봐 잔뜩 긴장한 모습이다.

"어떻게 가격을 정정하는지 몰라서……" 그녀가 말을 흐린다.

"아니, 금방 큰 소리로 한 말. 오 마이 가쉬?"

"그건 내가 계산기를 잘 다룰 줄 몰라서 나에게 한 말이었어요."

"본인에게 한 말인지는 모르겠는데, 내 귀에도 들렸어요."

"오, 그게 아닌데……"

"매니저가 손님에게 이렇게 대해도 되는 거예요? 오 마이 가쉬? 나,

지금 굉장히 기분이 나빠요."

얼굴이 빨개진 그녀가 눈을 살짝 내리 깔며 "아임 쏘리" 하고는 획 돌아서서 주방 쪽으로 들어가려고 한다. 나는 정식으로, 그리고 진정으로 다시 하라며 그녀를 불러 세웠다. 그녀는 두 다리를 모으고 똑바로 서서 내 눈을 쳐다보며 "아임 쏘리"를 했다. 아주 똑똑한 목소리로. 인종차별을 한 게 아니냐는 말이 목까지 올라오지만 그 말을 하기에는 내 자존심이 허락하지 않았다. 내가 그런 처지의 인종인가?

아이들 키울 때에 있었던 일이 생각난다. 아이의 생일 파티를 하고 늦은 밤까지 와자하게 놀고 있는데 이층에서 놀던 아이들이 우다닥 뛰어 내려오며 큰일이 났다고 했다. 한 아이가 넘어지며 책상 모서리에 이마를 찢은 것이다. 피가 범벅이 된 이마를 붕대로 감고 병원으로 달려갔다. 응급실은 생각 외로 조용했다. 접수 창구 너머로 흑인 여자가 앉아서 매니큐어를 손톱에 칠하고 있었다. 그녀는 우리의 소란에 전혀 동요도 하지 않고 얼굴을 찡그리더니 "쉣" 하며 칠하고 있던 매니큐어를 옆으로 획 던졌다. 그러고는 끙 하고 일어나 느릿느릿 창구 앞으로 다가왔다. 뭐 이런 인간들이 나를 귀찮게 하나 하는 표정이었다. 순간 친구가 와하고 고함을 질렀다.

"너, 뭐야. 이런 판국에 쉣이라니. 아이 머리에 붕대 감긴 것 안 보여? 매니저 불러."

친구의 고함 소리에 나도 놀랐다. 직원이 너무하긴 했지만 이 와중에 우리가 화를 내어도 되는 건가 싶었다. 갑자기 병원 안이 왁자지껄해졌다. 안에서 환자를 돌보던 의사와 간호사가 뛰쳐나왔다.

"매니저 불러. 매니저 어디 있어?"

점잖은 중년 백인 남자가 매니저라며 나타났다. 어느새 아이는 침대 위에 누워서 치료를 받고 있고 매니저는 펄펄 뛰는 친구를 달래느라 허둥거렸다. 친구는 말했다. 저 간호사 당장 해고하지 않으면 이 병원 고소하겠다고.

며칠 뒤 병원에서 그 간호사를 해고했으니 제발 아무 일이 없으면 좋겠다는 편지가 날아왔다. 20년도 더 지난 이야기가 왜 이리 생생하게 생각나는지 모르겠다. 만일 여기가 한국이라면 우리는 이런 대우를 어떤 기분으로 대처했을까. 식당의 그 여자 참 성격이 안 좋네 하거나 그냥 순간적으로 변덕을 부린 나를 부끄러워했을지도 모른다. 그 여직원이 한가한 밤 근무를 즐기는데 우리들의 출현이 좀 성가셨겠지 하고 참았을지도 모른다.

시간이 지날수록 오늘 내가 무슨 짓을 했나 싶다. 소위 한국에서 말하는 '몹쓸 갑질'을 한 것이나 아닌지 모르겠다. 그녀가 못난 동양 여자의 열등감 때문에 엉뚱하게 폭탄을 맞은, 도리어 역피해자가 아니었는지……. 이런, 나도 잘 모르겠다.

마음의
그림

    생각지도 않았던 낭패를 말때문에 겪는다. 듣기는 빨리 하고 말하기는 더디 하라 했는데 가끔은 머릿속 말을 너무 쉽게 내뱉는 경우가 있다. 상대의 의중이나 기분을 미처 파악하기도 전에 입에서 튀어나온 말이 결국은 사단을 일으킨다. 친한 친구 사이라면 '어쩌면 네가 나한테……' 하는 섭섭함까지 가세하여 수습하기가 더욱 어렵다.

    며칠 전이었다. 모처럼 친구들이 모여 아침을 먹었다. 모임의 리더 격인 친구가 자기 이야기를 심각하게 풀어놓는데 눈치 없는 순진무구 친구가 엉뚱한 말로 자꾸 맥을 끊었다. 짜증이 난 리더가 정색을 하더니 면박을 주었다. 그냥 농담처럼 주는 핀잔이 아니라 언짢은 감정이 실려 있는 말투였다. 갑자기 당한 말의 횡포에 얼굴이 빨개진 순진무구 친구는 헤어질 때까지 눈을 내리깔고 커피만 홀짝거렸다. 접시에 담긴 달걀도 베이컨도 그대로인 채 애꿎은 냅킨만 접었다 폈다 되풀이했다. 곁에서 보는 내가 민망해서 오히려 허둥댔다. 그렇게 심하게 쏘아댈 일도 아닌데 참 너무한다 싶었다. 리더 친구가 예전과 달리 보였다.

오늘 세탁소 앞에서 리더 친구를 딱 만났다. 그날 너무 심한 것 같지 않았느냐며 그녀가 먼저 말을 꺼냈다. 반성했나 싶어 반가웠다. "그 애가 얼마나 상처를 받았겠니? 전화라도 해서 좀 풀어주……"라고 하는 내 말과 동시에 "그 애는 항상 그래. 이번에 내가 쐐기를 잘……" 친구의 말도 나왔다. 서로 놀라 흠칫 뒤로 물러섰다. 친구가 실망한 눈빛으로 나를 쳐다보더니 미처 변명할 여지도 없이 휑하고 뒷모습을 보이며 가버렸다. 나는 엉거주춤 세탁물을 들고 서서 내 입을 찧었다.

우리는 때로 내 마음의 그림으로 생각을 굳혀 상대방의 뜻과는 상관없는 대답을 할 때가 있다. 그것은 상대방의 그림을 보지 못하는, 아니 보려 하지 않는 경우에서 비롯된다. 영어에도 "I'm talking about apple, and you're talking about orange"(나는 사과를 말하는데 너는 오렌지를 말하고 있다.)가 있지 않은가. 기업에서도 면접을 볼 때 가장 부정적으로 평가하는 지원자의 실수 중 첫 번째는 지각(27.1 퍼센트)이고, 두 번째는 동문서답(19.1퍼센트)이라고 한다. 말귀를 못 알아들어서 하는 대답이든 머리에 상대방의 말이 입력되지 않아서 엉뚱한 말을 갖다 대든 부정적인 느낌을 주는 건 틀림없는 것 같다.

우스개 이야기가 생각난다. 어떤 미국 목사가 한국에 와서 환영인파와 대화를 시도했다. 검지를 불쑥 세워 올렸다. 환영객들은 어리둥절해하고 있는데 한 남자가 손가락 두 개를 내밀어 화답했다. 두 사람 사이에 소통이 이루어지고 있었다. 목사는 얼른 손가락 세 개를 폈다. 그 남자는 주먹을 불끈 쥐고 흔들었다.

두 사람의 능숙한 수화를 목격한 취재 기자들이 놀랐다. 목사는 흥분된 목소리로 말했다. "내가 손가락 하나를 내밀며 '이 세상의 주인은 오직 하나님 한 분이시다' 했지요. 그랬더니 그분이 V자를 그리며 '우리 승리합시다' 하더군요. 내가 곧 '성부 성자 성신의 이름으로 당신을 축복한다'고 세 손가락을 폈습니다. 오, 그가 주먹을 쥐고 '하나님의 이름으로 우리 함께 뭉치자'고 하더군요."

애꾸눈이었던 그는 씩씩거리며 말했다. "나를 보고 너 눈 하나군 하더라고요. 그래, 당신은 눈이 두 개라서 좋겠다고 했죠. 근데 우리 둘 눈을 합하면 세 개다 그지? 하잖아요. 당신 내려오면 내가 가만두지 않을 거라고 주먹질을 했죠."

이야기를 처음 듣고는 한참 웃었다. 그러나 한편 섬뜩하기도 했다. 웃으려고 꾸며낸 것이지만 어떻게 사람의 생각이 이렇게 다를 수가 있을까 싶었다. 사람들은 모두 자기 마음 밭의 크기와 깊이만큼 느끼고 행동한다. 상대가 아무리 귀한 말을 해도 내가 수용할 그릇이 못 되면 자기 수준에 맞는 대답을 할 수밖에 없는가 보다. 쌀쌀하게 돌아선 친구의 뒷모습을 보며 비록 내 안의 폭이 좁을지라도 상대방의 말을 한두 번쯤은 마음속에서 공굴려보는 여유가 있으면 좋겠다는 생각을 한다. 벌레를 먹고도 단단하고 예쁜 알을 낳는 새처럼, 가슴을 탕탕 칠 만큼 억울한 말을 들어도 내 청명한 마음의 그림에 갖다 대며 아, 경치가 좋구나 하는 동문서답을 할 수 있는 사람이 되면 좋겠다.

주차장으로 걸어 나오며 옛날의 동문서답을 떠올린다. 부산에서 영어 회화 학원에 다녔다. 몇 명 안 되는 교실에서 갑자기 백인 남자 선생이 내게 질문을 했다. 결혼했어요? 그럼요. 아이가 몇 명이예요? 67명. 갑자기 교실이 웃음소리로 왁자해졌다. 초보 영어 회화반이라 선생님의 질문을 긴장해서 듣고 있던 터였다. 그런데 나이가 제일 어려 보이는 내가 결혼을 했고 거기다 아이가 67명이라니. 결혼하다marriage를 즐겁다merry로 들었고 아이들children을 학생들로 해석했다. 뒤늦게 내가 교사라는 사실을 알게 된 사람들이 또 한바탕 웃은 기억이 난다. 뻘쭘한 나를 보고 손뼉을 치며 즐거워하던 사람들. 내 등을 살며시 두드려주며 오케이 오케이 하던 그 사람들이 새삼 보고 싶다.

내 안의
애니팡

　꿈속에서 펑 하고 애니팡이 터졌습니다. 짝을 맞췄는데 뭘 맞췄는지
는 모르겠네요. 그냥 뭔가 터지는 소리에 잠이 깨었답니다. 창밖은 아
직도 어둠이 떠날 생각조차 없는 듯 소나무 가지에 고즈넉이 걸려 있
습니다. 핸드폰 안에서 짝을 지은 동물들이 손을 잡고 달아나며 내 잠
도 함께 끌고 가버렸습니다. 어젯밤 늦게 딩동동 카톡 소리에 빨간 하
트 하나가 실려 왔습니다. 그 유혹을 못 이겨 베개를 등에 지고 앉아
몇 번 짝을 맞춰주었더니 내가 잠자는 사이에도 토끼는 토끼끼리 돼
지는 돼지끼리 무척 나대었나 보네요. 꿈속에서까지 게임을 했나 하는
생각에 픽 민망한 웃음이 납니다.

　어느 날 여기저기에서 카톡이 분주하게 고양이, 쥐, 토끼, 돼지, 원숭

이, 개를 실어다가 내 핸드폰 화면에 부려놓았답니다. 한국의 친구한 테서도 날아오고 뉴욕의 아들한테서도 날아왔지요. 같은 동물 세 마리로 짝을 맞춰주니 파도처럼 물보라를 남기며 터져버리네요. 배경 음악도 손가락을 좀 더 빨리 놀리라고 흥을 돋웁니다.

고양이는 고양이끼리 돼지는 돼지끼리 모이기만 하면 잭팟처럼 펑 터지니 짝을 짓는다는 건 곧 어떤 에너지를 만드는 일인가 싶습니다. 사람도 혼자 있는 것보다 짝을 지으면 훨씬 대담해지지 않던가요. 데모라는 것도 그렇고 파업이라는 것도 그렇지요. 정치가들도, 깡패들도 무리가 지어지면 무서울 게 없더라고요.

분노의 감정도 그렇지요. 한두 번은 잠잠히 참다가 어느 날 터져버립니다. 겨우 그것 때문에 그렇게 화를 내느냐고 상대방은 당황하기만 정작 내 마음속에는 전부터 고여 있던 것이 그 순간 짝을 만난 것이지요. 언젠가와 똑같은 온도와 습도의 환경이 주어지면 숨어 있던 트라우마가 짝을 만나 감당 못 할 정도로 태도가 변하는 사람도 보았습니다. 고양이 두 마리 옆에다 다른 고양이를 한 마리 끌어 놓다 보니 곁에 있는 원숭이가 자리바꿈한 덕분에 저절로 짝이 지어지네요. 이런 경우는 두 짝이 한꺼번에 터지느라 폭탄처럼 우렁찹니다. 순간적으로 비정상적인 행동을 해놓고는 주워 담을 수 없어 사과도 하고 후회도 하는 사람들은 이런 경우인가 봅니다.

감정이란 게 맹물처럼 한결같지가 않습니다. 가끔 고양이처럼 날카

로운 발톱으로 할퀴고 싶은 마음을 만날 때가 있는가 하면 돼지처럼 아무 생각 없이 주어지는 환경을 묵묵히 집어먹는 우직함이나, 요리조리 빠져나갈 구멍을 곁눈질하는 쥐의 음험함을 만나기도 합니다. 때로는 원숭이처럼 어줍잖은 흉내를 내는 위선도 만나고 손해를 보더라도 개처럼 의리를 지키고 싶은 어리석음도 만나지요. 토끼처럼 산뜻하게 뛰고 싶을 때도 있답니다. 환경이나 처지에 따라 마음속에 자리 잡는 감정의 모양이 수시로 변하는 것은 어쩔 수가 없네요.

고양이 세 마리가 짝을 지어 누군가를 할퀴어대는 모습은 상상만 해도 싫습니다. 개 세 마리가 짝이 되어 주인을 위해 싸우는 모습은 생각만으로도 감동스럽고요. 부대끼지 않고는 살 수 없는 우리 삶에서 이왕 부대낄 바에는 긍정적인 에너지를 만들면서 살면 좋겠습니다. 미움이나 질투 같은 황폐한 감정은 제때제때 털어내고 소화해 짝을 만나지 못하게 하고 사랑과 나눔 같은 생명의 감정은 짝을 많이 만나도록 격려해주고 싶습니다.

오랜만에 집에 온 아들이 내 핸드폰을 휙 뺏더니 게임을 신나게 합니다. 얼마나 빠른지 손가락 끝이 안 보일 지경입니다. 짝을 만난 동물들이 쉴 새 없이 터지는 모습은 마치 분수가 치솟는 것 같기도 하고 불꽃놀이를 하는 것 같기도 합니다. 겨우 내가 올려놓았던 4만8천이라는 점수가 무려 17만까지 올라갔답니다. 역시 디지털 세대입니다.

나는 아날로그 세대임을 인정합니다. 게임으로는 도무지 승산이 없다는 걸 잘 알지요. 핸드폰 붙들고 동물의 짝을 맞추고 있을 주제가 아니네요. 좋은 책을 많이 읽어 우아한 어휘의 어장을 만드는 일이 더 시급한 일입니다. 머릿속의 애니팡이 서로 어울리는 글의 짝을 찾아 황홀한 문장을 마구 터뜨려주면 좋겠습니다. 분수처럼 불꽃처럼 펑펑 말입니다.

이중 보안

　남편의 이메일 주소로 교회의 어떤 여자분이 편지를 보냈다. 풍선처럼 부풀어 금방 터질 것 같은 벌건 감정이 그대로 드러나 있었다.

　'존경하는 류 장로님 내외분께'로 시작된 편지 내용은 P장로님이 교회에서 다짜고짜로 손을 잡는다는 것이었다. 며칠 전에도 계단을 올라오는 자기 손을 잡고 두 계단이나 오르도록 놓아주지 않아서 창피를 무릅쓰고 고함을 질렀다는, 말하자면 성희롱을 당해 정신적 육체적 충격이 크니 조처를 취해달라는 내용이었다.

　편지를 다 읽기도 전에 P장로님의 모습이 떠올랐다. 교인들을 만나기만 하면 남녀노소 할 것 없이 먼저 다가가 다정하게 손을 내미는 60대 중반의 장로님이다. 새벽기도를 하고 나올 때에 청하는 악수는 민망하다는 여자 집사님들의 말을 들은 적이 있긴 하다. 그렇지만 그건 그분의 사랑법이라는 걸 알기에 아무도 트집 잡는 사람은 없다.

"이분이 많이 외로우신가 보다. 당신이 한번 만나서 다독거려드려요." 남편은 또 말했다. "그 장로님을 내가 아는데."

조용히 P장로님과 목사님하고만 의논하려던 이메일이 전교인에게 뿌려졌다는 걸 며칠 뒤에 알았다. P장로님은 본인의 인사법이 성희롱이라 느껴졌다면 큰 실수를 한 것이라며 해명과 사과를 했다는 말도 들었다. 교회는 조용했다. 시무장로가 혼자 살고 있는 여신도를 성희롱했다는 엄청난 추문을 가지고도 수군거리는 사람은 없었다. 모두 말했다. "그 장로님이? 에이, 아니야."

'아니 땐 굴뚝에 연기 나랴' 하는 옛말이 있지만, 요즘은 아니 땐 굴뚝에서도 연기가 난다. 특히 본인이 없는 자리에서 악의를 가지고 하는 말은 더욱더 부풀고 뒤틀린다. 심지어 각색까지 된다. 듣는 사람은 사실 유무에 대한 판단은 커녕 말하는 사람의 감정에 이입되어 아무런 여과 없이 듣게 된다. 비난받고 있는 상대를 내가 잘 모르는 경우는 더더구나 그러하다.

얼마 전 모임에서 단체 여행을 가게 되었다. 평소 이름만 듣던 사람들도 합류한 여행이었다. 1박 2일의 짧은 일정이었지만 오가는 버스 안에서, 식당 등에서 함께 어울리며 서로를 알게 되는 좋은 기회였다. 누가 그랬다. "이번에 놀랐어요. 소문만 듣고, 정말 나쁜 사람이구나 하는 생각에 피해 다니기만 했는데 알고 보니 참 좋은 사람이네요." 주위 사람의 입을 통해서만 전해 들었던 분이 직접 만나 보니 전혀 다르다는 것이었다. 이 사람도 그렇고 저 사람도 그렇고, 잘못 생각한 사람이 한두 명이 아닌 것을 보며 자기가 얼마나 때 묻은 유리창을 통해서 사람을 보고 있었는지 어리석었다고 했다.

아르헨티나와 칠레의 국경인 우스파야타 고개에는 '안데스의 그리스도상'이라는 청동 상이 하나 서 있다. 왼손에 십자가를 들고 오른손으로는 축복하는 모습의 이 동상은, 1904년 양국의 국경 분쟁이 평화롭게 타결된 것을 기념해 제작된 것인데 지금까지 평화의 상징으로 사랑받는다고 한다. 그러나 착공 당시에는 두 국민 사이에서 한바탕 큰 소동이 일어났다.

동상을 세우는 과정에서 지형과 바람의 방향 등 여러 조건을 감안하다 보니 동상이 아르헨티나 쪽을 바라보게 되었다. "예수님이 왜 우리에게 등을 돌리고 있는 거야. 아르헨티나 쪽만 축복을 주는 형상이잖아." 누군가의 입에서 나온 불만이 국민들 사이에서 꼬리를 물고 퍼져 온 나라가 원성으로 들끓었다. 양국 간의 화해 무드에 금이 가기 시작했다. 그때 한 기자의 재치 있는 문장이 험악한 두 나라의 분위기를 일시에 바꾸어버렸다. "예수님이 아르헨티나 쪽을 향하고 있는 것은 그 나라가 아직 더 많은 보살핌이 필요한 곳이기 때문이다." 기사를 읽은 칠레 사람들의 감정은 가라앉고 두 나라는 다시 평화로워졌다고 한다.

말은 창조적 에너지를 내는 근원이다. 생각이 언어를 통해 밖으로 나옴과 동시에 사람을 치기도 하고 어루만지기도 한다. 책임질 수도 없는 말을 사실 판단 없이 윤색과 왜곡으로 기정사실화하여 돌멩이처럼 이리저리로 마구 던지는 건 테러나 마찬가지다. 아니, 테러의 수준을 넘는 수도 있다. 생각 없이 내뱉은 작은 말로도 사람의 마음을 천당과 지옥을 헤매게 만드는데, 악의를 가지고 한 증오의 말은 얼마나 큰 파장을 일으키는지 모른다. 더구나 무서운 건 언어테러는 장소와 시간에도 구애받지 않고 마구 활동한다는 것이다. 혀가 주는 횡포가 얼마나 무섭기에 하나님은 이빨이라는 벽돌로 막으시고 입술로 또 덮어서 이중 보안을 했을까 하며 웃은 적이 있다.

조이스 마이어Joyce Meyer의 《말을 바꾸면 삶이 바뀐다》를 읽었다. SNS의 등장, 스마트폰의 개발, 대중 매체의 발달로 말이 너무나 쉽고 빠르게 퍼져 나가는 시대에 살고 있는 우리의 말하기 습관에 대해 조목조목 설명한 책이다. 부정적이거나 분노의 말, 험담 같은 건 '말하지 않는 연습'을 하고, 신뢰와 격려, 축복의 말은 '말하는 연습'을 날마다 하여 내 영혼 속에서 익히라고 한다. 그런 말은 사람을 행복하게 만들고, 조직을 건강하게 만든다. 매일 하는 '한마디'를 바꾸면 축복의 대로가 열린다고 한다.

거대한 배가 작은 키 하나로 움직이듯이 작은 혀가 나의 영혼과 삶을 끌고 다닐 수도 있다. 우리는 날마다 내가 한 말을 내가 제일 먼저 듣고 먹으면서 살고 있다. 같은 상황을 놓고 모함과 음해로 말을 퍼뜨리는 사람과 부드러운 시선으로 감싸 안는 사람의 차이가, 전쟁과 평화라는 거대한 단어까지 바꾸어놓지 않았는가.

P장로님의 반가운 인사가 성희롱으로 둔갑하는 데는 그리 큰 도구가 필요하지 않았다. 그 여자의 작은 말 한마디였다. 그러나 다행히 양쪽에 날을 세운 위험한 칼날은 그 위력을 발휘하지 못했다. 모든 사람의 마음은 칠레 기자의 마음처럼 온유하고 평화로웠으므로.

영어 이름이 필요해

여고 동기 일곱 명이 매달 만난다. 가까운 산에서 하이킹을 하기도 하고, 어떤 날은 늦은 점심을 먹고 커피숍에서 수다를 떨기도 한다. 이팝나무가 하얀 눈송이를 피워 거리를 환하게 밝히는 여름의 초입, 이번 모임은 라구나 비치로 가자고 했다. 리츠칼튼 호텔에서 우아하게 점심을 먹고 시원한 바다를 즐기자는 의견이다. 그런데 한 친구는 직장 관계로 참석이 어렵다 하고, 성귀라는 친구도 한국에서 오는 손님 때문에 공항에 가야 한단다. 두 명이 참석을 못 하니 김이 빠져버렸다. 라구나 비치는 취소하고 찜질방에 가자고 했다. 벌거벗고 서로에게 진실을 보이자는 내 의견에 모두 깔깔거렸다.

내가 변경된 사항에 대해 연락할 요량인데 마침 전화가 왔다. 남편과 함께 친구 딸의 결혼식에 참석하기 위해 가던 중이었다.

"응, 성귀구나. 할 수 없지 뭐. 손님 접대나 잘해라. 다음 달에는 꼭 보자. 정자는 올 수 있겠지?"

성귀랑 정자는 서로 가까운 동네에 사는 덕에 언제나 함께 움직이는 단짝이다. 전화를 끊고 곧 정자한테로 다이얼을 돌렸다.

"성귀는 못 오더라도 정자 너는 꼭 와야 한다."

다짐을 받고 전화를 끊었다. 좁은 차 안에서 대화 내용을 모두 들은 남편이 싱글싱글 웃음을 흘렸다.

"당신 친구들은 이름이 다 와 그렇노?"

핸들에 손을 얹은 채 아무렇지 않은 듯 앞만 쳐다보며 말했다. 생뚱 맞게 무슨 소리인가 싶다. 정자라는 이름이 촌스럽단 말인가? 대뜸 반박했다.

"왜? 정자가 어때서. 그게 뭐가 촌시런 이름잉교? 정자, 영자, 경자. 우리 학교 다닐 때 그런 이름이 얼마나 많았는데."

남편은 내 말을 듣는 둥 마는 둥 노래를 부르듯 느린 템포의 리듬까지 넣으며 말했다.

"성기에, 정자에…… 당신 친구 중에 난자는 없나? 거기에 난자만 있으면 끝내주는. 성기가 정자하고 난자 데리고 찜질방 가면 참 환상적이겠다."

집에 오는 내내 둘이서 마주 보고 웃고 또 웃었다. 옆에 오던 차들이 급히 차선을 변경하며 화를 냈다. 교통순경이 혹시 뒤에 따라올까 겁이 나는데도 차는 계속 갈지자로 흔들렸다.

친구들과 만난 토요일 오후. 찜질방에 둘러앉자마자 내가 고자질을 했다. 우리들은 팥빙수를 앞에 두고도 먼지가 펄펄 날리도록 데굴데굴 굴렀다. 찔끔 난 눈물을 닦으며 정자가 정색을 했다.

"내가 50 평생을 살아도 내 이름 가지고 그렇게 연상하는 것 처음이다 아이가. 너그 남편 참말로 얄궂다 마."

"그기 문제 인기라. 니가 와 하필이면 성귀 옆에 살아가지고 둘이 짝이 되었노 말이다."

혼자 있으면 아무 문제 없는 이름이 난데없이 벼락 맞은 형국이라고 위로했다. 대학교수로 있는 다른 친구가 마치 학생들을 나무라듯 근엄한 얼굴을 했다.

"성귀! '귀할 귀'인데 경상도 가시나들 발음이 마, 멀쩡한 아~ 이름을 성기로 바까삐린 기라. 가시나 너그들 발음 좀 똑바로 몬 하것나."

지엄한 꾸중이 떨어졌다. 그러나 어쩌랴. 50년 넘게 굳어버린 발음을.

"우짜몬 좋노. 나는 죽어도 발음은 몬 고친데이."

"이 나이에 이름을 새로 지을 수도 없고……. 할 수 없다. 영어 이름 하나씩 만들어주자."

모두 왁자지껄 영어 이름들을 불러댔다. 여기서 나온 이름 저기서 안 어울린다고 손을 내젓고 저기서 지은 이름 여기서 발음하기 어렵다고 퇴짜를 놓았다. 한참 승강이를 한 뒤 찜질방을 나올 무렵에야 겨우 세련된 영어 이름 두 개를 탄생시켰다. 성기(?)는 스텔라로, 정자는 조이스로.

그런데 들리는 말에 의하면 성귀는 아들한테서 그 이름을 또 퇴짜 맞았다 한다. 그렇잖아도 씩씩한데 이름까지 그리 지으면 미국의 스텔스 전투기가 떠오른다며 펄쩍 뛰더란다. 우리는 부모님이 지어주신 귀한 이름을 완전히 배반할 수는 없어 이니셜 S 자만은 살리려고 고심해서 지은 이름이었는데, 불쌍한 내 친구 성기.

블루밍데일
CCTV

　이상하다. 운전 면허증이 없다. 지갑에는 자동차 보험 카드만 허옇게 보일 뿐 그 앞에 버티고 있던 면허증이 사라져 버렸다. 큰일이다. 내일이면 뉴욕행 비행기를 타야 하는데.

　오늘 하루를 찬찬히 되짚어본다. 아무래도 블루밍데일에서 잃어버린 것 같다. 겨우 티셔츠 하나 값을 계산하는데 점원이 계산기를 만지며 몹시 허둥대는 것 같아 불안하더니 기어이 실수를 했구나 싶다.

　백화점으로 가기 전에 먼저 전화를 했다. 교환원이 이리저리 사람을 찾은 끝에 내가 산 브랜드의 티셔츠를 파는 계산대로 연결해주었다. 담당 여직원이 사정을 듣고는 서랍을 모두 뒤져준다. 그러나 없단다. 매니저를 바꾸어달라고 했다. 그도 한참 기다리게 하더니 대답은 마찬

가지다. 별것 아니라고 생각했던 일이 갑자기 복잡해지는 느낌이다. 당장 내일 비행기를 못 탈지도 모른다는 조바심이 생겼다. 직접 가서 확인해야겠다.

그 계산대에는 짧은 머리가 상큼한 백인 여자가 있다. 좀전에 통화한 여자인 듯 나를 금방 알아본다. 서랍은 물론 계산대 위에 있는 서류 더미까지 모두 내 앞에서 다시 뒤진다. 나는 여기 외에는 아무 곳에서도 운전 면허증을 꺼낸 적이 없다고 하소연을 했다. 여자가 매니저를 부른다. 매니저도 나와 통화했던 그 남자다. 그도 역시 답답한 얼굴이다. 어떻게도 증명이 안 되니 CCTV를 돌려보겠다며 사무실로 급히 간다. 반가웠다. 그런 것이 있다는 게 무척 다행이다.

얼마 후 사무실에서 전화가 왔다. 테이프를 돌려보니 내게 도로 준 것이 확실하단다. 무슨 말이냐고, 내가 돌려받은 것은 비자 카드라고 반박을 했다. 비자 카드를 카메라 앞에 한번 내밀어보라고 한다. 얼른 카메라 앵글이 비치는 곳에 카드를 디밀었다. 수화기 저쪽에서 목소리 톤이 밝아지며 돌려준 것은 이것이 아니라고 한다. 나는 직접 CCTV를 확인해보고 싶다고 했다. 공손하게 생긴 남자가 어딘가에서 나타났다. 자기를 따라오라고 한다.

남자의 안내를 받으며 지하에 있는 사무실로 갔다. 매니저가 컴퓨터 USB를 들고 나온다. 구석 자리 빈 책상 위에 컴퓨터가 잘 준비되어 있는 것을 보니 이런 경우가 종종 있나 보다. 모니터에 내 모습이 선명하게 나온다. 초록색 티셔츠를 입은 동양인 아줌마가 계산을 하고 있는 점원을 물끄러미 바라보고 있다. 지루한 듯 점원의 손을 따라가던 눈을 계산대 옆에 개켜 있는 노란 원피스에 꽂았다. 손을 뻗어 쓰윽 당겨서 펴본다. 자기 몸에 대어보더니 다시 접어서 도로 제자리에 놓는다. 손으로 입도 가리지 않은 채 하품을 한다. 점원을 다시 멍하니 바라보다가 가방을 막 뒤진다. 꾸부정하게 굽은 등이 민망하다. 거울을 꺼내 얼굴을 들여다본다. 머리를 손으로 쓰슥 만지고는 도로 집어넣는다. 함께 장면을 보는 매니저가 나를 보고 씨익 웃는다. 점원이 여자에게 뭐라고 하니 가방을 뒤져 지갑을 꺼낸다. 비닐 사이로 손가락을 넣어 운전 면허증을 끄집어낸다. 점원이 꾹꾹 넘버를 찍고는 운전 면허증을 탁자 위에 얹는다. 저렇게 탁자 위에 두고는 내게 돌려주지 않았다고 말했다. 남자는 내 말을 들은 척도 하지 않고 모니터만 들여다본다. 모니터 속의 나는 지갑을 바닥에 펼쳐둔 채 펑퍼짐한 엉덩이를 계산대에 반쯤 걸친다. 핸드백은 있는 대로 열려 안이 훤하게 들여다보인다. 핸드폰도 보이고 구겨진 휴지 조각도 보인다. 조금 창피하다. 점원이 다시 면허증을 집더니 손바닥에 감싸 쥔 채로 영수증을 빼 올려 사인하라고 내게 디민다. 내가 사인을 하고 나니 손바닥을 획 뒤집어 면허증을 돌려준다. 지갑에 쑤셔 넣느라 내 머리가 숙여졌다. 남자는 손가락으로 노란 카드를 톡톡 가리키며 웃는다. 그럴 리가? 얼굴을 모니터에 바짝 붙이니 다시 돌려서 보여준다. 아니라고, 그건 비자카드라고 우 겼다. 이번에는 그 장면만 정지시킨다. 틀림없이 운전 면허증이다. 내 젊은 날의 얼굴이 한 귀퉁이에서 활짝 웃고 있다. 남자는 되감기를 해서 자꾸 보여준다. 웃고 있는 얼굴이 지갑으로 들어가고 또 들어가고. 또 들어가고 계속 들어간다.

미안하다를 몇 번이나 말하면서 나왔다. 진짜 미안하다. 너무 많은 시간을 뺏었다. 남자는 친절하게 어깨까지 두드려준다. 집에 가서 다시 한번 잘 찾아보란다. 고개를 들 수 없어 인사도 제대로 못 하고 나왔다. 뜨겁게 달궈진 차에 앉아 지갑 속에 있는 카드들을 모두 뽑아내었다. 지갑에 빽빽이 꽂혀 있던 카드들이 한꺼번에 의자에 널린다. 이런 이런, 코스트코Costco 카드 뒷면에 면허증이 딱 붙어 있다. 이게 왜 엉뚱한 이곳에 꽂혀 있나.

생각해보니 CCTV가 너무 무섭다. 나의 일거수일투족이 남김없이 찍히고 있다. 우리의 일상이 이렇게 감시당하고 있다는, 언제든지 다시 돌려 볼 수 있다는 사실을 전혀 생각해본 적이 없다. 하나님도 이런 CCTV를 찍고 계시지 않을까 하는 마음이 갑자기 든다. 하나님의 것은 우리의 마음까지도 찍을 수 있을 텐데……. 차창을 모두 내렸다. 차 안이 너무 덥다.

헤이마와
남자 친구

　친구네 집 도우미 헤이마가 바람이 났다. 스물두 살 어린 나이에 월급을 모두 미얀마 가족에게 보내며 가장 노릇을 하는 기특한 아가씨다. 요즘 들어 갓 피어난 복사꽃처럼 얼굴에 생기가 돌아 보기 좋다 했더니 아무도 몰래 사랑을 하고 있었다.

　친구는 은근히 걱정이 되어 물었다. "어떤 사람이니?" 대답은 실망스러웠다. 아이가 셋이나 딸린 흑인 이혼남이란다. 친구는 같이 살긴 하지만 자식도 동생도 친척도 아닌 생판 남인지라 아무 소리 못 하고 끙 하며 일어났다고 했다. 친구는 둘의 연애를 방해할 방법으로 헤이마의 자유롭던 일요일 외출을 저녁 일곱 시 이전 귀가로 규칙을 바꾸었다. 남의 사생활을 간섭할 수 없는 처지에서 나온 궁여지책이었다.

조기 귀가 명령을 내린 며칠 후, 앞마당을 빙 두른 울타리 한쪽 기둥이 피카소의 그림보다 더 난해한 낙서로 도배가 되었다. 당연히 헤이마의 외출 제재에 불만을 품었을 흑인 남자 친구가 용의자로 지목되었다. 시간이 갈수록 울타리 기둥은 점점 더 요란해졌다. 남편이 페인트를 사다 부지런히 지웠지만, 무언의 협박은 날이 갈수록 노골적이 되었다. 친구는 해가 하늘 복판을 슬며시 비껴갈 때면 시커먼 시선이 어딘가에서 창을 통해 들여다보고 있는 것 같아 커튼이 꼭꼭 닫혔는지 몇 번이고 확인한다고 했다. 시간이 가면서 불안에 떨고만 있을 게 아니라 뭔가 조처를 취해야 했다. 아예 헤이마를 내보낼까 하는 생각도 들지만 그건 더 큰 낭패를 부를지도 모를 일. 소식을 들은 친구들이 경찰에 신고를 해야 한다는 등 와자지껄 머리를 짰다. "우선 낙서하는 현장부터 잡자." CCTV를 설치하기로 했다.

　일요일 오후 헤이마가 외출한 틈을 타 친구 부부는 서둘러 기둥이 잘 내려다보이는 지붕 한 귀퉁이에 카메라를 달았다. 혹시라도 불쑥 헤이마가 나타날까, 흑인 남자 친구가 이 모습을 보지나 않을까 조마조마하는 마음에 기술자들을 재촉했다. 마치 도둑질하는 것 같은 느낌, 등줄기를 훑고 가는 서늘한 바람에 친구는 입술이 덜덜 떨리더라고 했다. 그날 저녁, 헤이마의 초인종 소리에 서로 발로 차서 밀어내는 부부 싸움이 이불 속에서 벌어졌다. 헤이마는 영문도 모른 채 밖에 한

참 서 있어야 했다.

친구 부부는 저녁마다 방문을 걸어 잠그고 비디오테이프를 돌렸다. 눈치라도 챈 걸까. 며칠 동안 낙서가 없었다. 범인을 기다리는 마음이 일주일을 넘기면서는 기다림이 간절함으로 바뀌었다. 어느덧 두 부부는 제발 오늘은 낙서 좀 하여라 기도하는 마음이 되었다. 매일 우리의 아침 문안 인사도 "낙서했니?"가 되었다. 친구는 이제 헤이마랑 단둘이 있는 낮 시간도 무섭고, 집을 비워두고 나가기는 더욱 불안하다며 하소연을 했다.

드디어 범인이 밝혀졌다며 친구는 맥 빠진 목소리로 전화를 했다. 범인은 전혀 상상 밖의 인물이란다. CCTV를 보면 어이없을 거라는 말에 우르르 몰려갔다. 흥분한 우리와는 달리 친구는 우리의 얼굴 표정이 어떻게 변할지 궁금한 듯, 팔짱을 끼고 멀찍이 서 있다. 화면 속에 비추인 거리는 긴 연말 연휴를 끝내고 일상에 복귀한 첫날이라 차분하다. 한겨울의 햇빛이 마당 한가운데 버티고 있는 단풍나무 가지에 걸린 시각. 책가방을 둘러멘 백인 여중생 둘이 재잘대며 지나간다. 그 꽁지 끝을 물고 히스패닉 남자 중학생 셋이 주춤주춤 울타리 기둥 옆에 섰다. 좌우를 둘러본 후 책가방 속에서 스프레이를 꺼내더니 기둥에다 신나게 쏘아댄다. 마치 테크노 댄스를 추는 것 같다. 킥킥거리는 폼이 여간 재미있는 게 아닌 모양이다.

　친구 말대로 정말 어이가 없었다. 방금 칼에 잘린 무우 속처럼 머릿속이 싸했다. 철없는 사춘기 아이들 장난에, 어른들이 경솔하게 남을 의심하는 죄를 지었다. 아무것도 모르고 커피와 과일을 차려서 들고 오는 헤이마 얼굴을 바로 쳐다볼 수가 없다. 흑인이라는 이유로 전혀 상관도 없는 사람들에게 오해를 받았던 그 남자친구한테는 더욱 미안하다. 전혀 본 적도 대화를 나눠본 적도 없는 그를 '어떤 사람'으로 인식해버린 우리는 얼마나 잔인한가. 어쩌면 그는 새벽 일찍 일어나 아이들에게 아침밥을 먹이고 깨끗한 옷을 입혀 학교로 보내고는 도시락을 싸들고 일터로 가는 성실하고 따뜻한 아버지일지도 모르는데 말이다.

　흑인이든 이혼남이든 그들도 영혼과 인격을 가진 인간인데 우리는 어이없는 편견에 사로잡혀 중학생보다 더 철없는 그림을 마음속에 그렸다. 울타리 기둥의 스프레이 낙서야 페인트로 지우면 되겠지만, 우리가 그려내고 있는 이 어지러운 그림은 지우고 또 지워도 계속 새로이 그려질 것만 같다. 우리의 이성 사이를 불쑥불쑥 들쑤시며 일어나는 편견이, 살아가며 부딪치는 어느 순간에 또 어떤 '앵무새 죽이기'를 계속할지 두렵기조차 하다.

　조르바의 말이 생각난다.

"내게는 저건 터키 놈, 저건 불가리 놈, 이건 그리스 놈 하던 시절이 있었습니다. 그러나 요새 와서는 이 사람은 좋은 사람, 저 사람은 나쁜 놈, 이런 식입니다. 요즘 내게 문제가 되는 건 이것뿐입니다. 나이를 더 먹으면 이것도 상관하지 않을 겁니다. 좋은 사람이든 나쁜 사람이든 나는 사람들이 불쌍해요. 모두가 한가집니다. 태연해야지 하고 생각해도 사람만 보면 가슴이 뭉클해요. 때가 되면 뻗어 땅 밑에 널빤지처럼 꼿꼿하게 눕고 구더기 밥이 될 거니까요. 불쌍한 것. 우리는 모두 한 형제간이지요."

"Oh, Great Idea!"

 딸네 집 컴퓨터는 언제나 오픈이다. 사위의 이메일도, 딸의 이메일도 늘 켜둔 채로 있다. 처음 그것을 보았을 때는 마치 남의 비밀을 본양 놀라서 얼른 닫았다. 삶이 온전히 공유되고 서로를 투명하게 들여다보는 부부 관계가 참으로 신선하다는 느낌만으로도 만족스러웠다. 그런데 시간이 갈수록 호기심이 생겼다. 더구나 컴퓨터를 둔 장소가 부엌 바로 옆에 위치한 툭 트인 사무실이라 딸네 집에 갈 때마다 이메일을 훔쳐보는 지경이 되었다. 그들의 삶은 이제 내게도 투명해졌다.

 사위와 딸, 딸의 시누이와 사돈 내외가 공동으로 주고받는 메일에는 다음 가족 휴가는 어디로 갈 것인지, 각 가정이 어디로 여행을 다녀왔는지 등 잡다한 생활사와 시누이네와 딸네 아이들 재롱떠는 사진 등이

담겨 있다. 사위의 이메일로는 월급이 얼마나 올랐고 요즘 어떤 사건으로 골치가 아픈지 등도 알 수 있다. 샌프란시스코에 사는 사돈내외가 손주 보러 로스앤젤레스로 오고 싶은데 언제가 좋겠냐는 물음을 사위에게 보내면 사위는 그것을 딸에게 보내어 어떻게 할까 묻는다. 세 가정의 일거수일투족이 일목요연하게 내 머리에 그려지는 재미로 나는 딸네 집에 갈 때마다 최근에 업데이트된 이메일을 뒤지는 재미가 쏠쏠하다.

며칠 전에는 딸의 이메일을 보다가 부아가 났다. "부모님이 오시는 24일에 스타워즈 보러 갈래? 3D라고 하더라." 사위가 딸에게 보낸 이메일이었다. 그렇잖아도 올해는 뉴욕의 시누이네랑 사돈 내외가 딸네 집에서 크리스마스를 지내기로 했다는 말을 들은 터라 둘째를 낳은 지 이제 겨우 한 달밖에 안 된 딸의 몸 상태를 걱정하고 있는 중인데, 이게 무슨 철딱서니 없는 소리인가 싶었다. 갓난쟁이에다 세 살짜리 애를 데리고 무슨 영화? 하면서 화를 내어야 할 딸이, 한 술 더 떠서 "Oh, Great Idea."하며 답을 보냈다. 자기 부모 환대할 마음에 아내 처지 생각 안 하는 사위가 괘씸하고, 지각 없는 딸 때문에 하루 종일 속이 부글거렸다.

자기네 이메일을 훔쳐보는 줄 모르는 딸에게 은근한 세뇌 공작을 시작했다. 여자에게 산후 조리는 필수적이다. 적어도 백일 되기 전까지는 몸조심을 해야 한다. 젊어서는 모르지만 나이 들면 반드시 나타난다. 나를 보아라. 건강해서 너희들 귀찮게 하지 않아 얼마나 좋니. 만일 아파서 병원에 입원하거나 아프다고 골골거리면 모른 척할 수도 없고 힘들겠지? 네가 건강해야 아이들이 편하다. 그러므로 식구들이 모이면 너는 아기를 안고 앉아만 있고 모든 식사와 손님 뒷바라지는 데이비드가 하도록 만들어라. 외출하자고 하면 절대로 따라나서지 마라. 추운데 아기 데리고 나가면 감기 들고 큰일 난다. 절대로……, 절대로…….
다행히 딸은 응, 응, 대답은 잘했다. 그러나 믿을 수는 없었다.

드디어 오늘 크리스마스이브. 사돈 내외가 시누이네보다 하루 앞서 오시는 날이다. 영화를 보러 간다고 하던데 마음 약한 딸이 아기를 들쳐 안고 따라나서는 것 아닌지. 나는 아침부터 걱정이 되어 무슨 일을 해도 집중이 안 되었다. 꾹꾹 참다가 오후 3시쯤 문자를 보냈다. "엄마가 또 잔소리를 한다. 너는 민아만 안고 앉아 있어라. 네 몸은 아직 정상이 아니다. 절대 밖으로 나가지 말고 집에 있어라." 이메일 훔쳐본 걸 눈치챌까 봐 영화를 보러 가지 말라는 말은 못 하고 밖에 나가지 말라는 말만 했다. 한나절이 지나고 해가 뉘엿뉘엿할 무렵에야 딸의 문자가 왔다. "오케이 엄마, 시부모님은 점심때 오셨고, 데이비드가 스페셜 라자냐 만들어줘서 잘 먹었어. 설거지는 시부모님이 깨끗이 해주시면서 나더러는 힘드니까 앉아만 있으래. 이제 나 데이비드랑 〈스타워

즈〉 보러 갈 거야. 데이비드가 자기 부모님께 집에서 아이들 돌보고 계
시라고 하네. 걱정 마. 엄마."

아, 나의 착한 사위. 마음이 활짝 밝아져서 당장 답장을 썼다. "Oh,
Great Idea."

종일 안절부절 쓸데없는 에너지를 쏟았다. 돌아보면 사위도 엄연한
남의 집 귀한 자식이고 사돈 내외도 나와 똑같은 부모인데 며칠 동안
사랑이라는 착각으로 너무 딸에게만 집착했나 하는 자각이 든다. 내
딸은 어떤 상황에도 공주여야 한다는 이기적인 마음이 문제였다. 사위
도 내 자식으로 품으면 너무나 편안할 것을.

두 사람이 열심히 꾸려나가는 삶을 옆에서 기웃거렸던 내가 참 딱하
다. 딸의 일거수일투족이 너무 투명해 내 감정이 두 집 살림을 하느라
바쁘기도 했다. 며칠 동안 실제인지 상상으로 만든 것인지도 모르는
상황을 두고 희비에 휘둘리는 어리석은 감정 낭비를 엔간히도 했다.
같은 사건을 두고 행불행이 내 마음 밭에 따라 왔다 갔다 한다는 말은
정말 진리다. 어떤 상황도 행복 쪽으로 해석하지 못할 토양이라면 어
지간한 사건쯤은 눈감아 넘기는 무관심이 필요할 것 같다. 새해부터는
딸네 집 컴퓨터 보기를 돌石 보듯 해야겠다는 다짐을 한다. 이럴 때는
곁에서 누가 "Oh, Great Idea" 하고 말해 줘야 하는데.

Black Out

　겨울비가 무겁게 내리는 아침, 감기 기운으로 맥없이 늘어진 몸을 끌고 찜질방에 갔다. 뜨거운 황토방에 몸을 눕히고 비몽사몽 시간을 많이 흘렸던가 보다. 얼핏 너무 오래 있었나 하는 생각이 스치며 누가 내 등을 탁탁 두드리는 것 같다. 이유도 없이 다급한 마음이 되어 벌떡 일어났다. 순간 머릿속이 핑 돌며 어지러운 게 대변이 마렵고 구토증도 난다. 왼쪽 가슴이 마치 뼈를 장작 쪼개듯 뜯어내는 아픔이다.

　멜로 연속극의 한 장면인 듯, 가슴을 움켜쥔 채 술 취한 사람처럼 비틀거리며 화장실로 갔다. 변기통에 얼굴을 박고 웩웩거렸다. 설사도 마구 쏟아져 나올 것 같다. 앉아 있을 힘이 없어 그대로 쓰러지고 싶다. 온몸이 바닥에 풀어지면 소리 없이 땅속 깊은 곳으로 빨려 들어갈 것만 같은 두려운 예감과 공포가 나를 휘감는다. 어쩌면 내 영혼이 나의 육체를 이 칙칙한 바다에 내팽개쳐 버릴지도 모른다는 생각이, 희미한 의식 속에서 울렁 흔들고 지나간다.

숨 쉬기가 조금 수월해졌다. 거울 속 얼굴은 온몸의 피가 모두 빠져나간 듯 마치 아그리파 석고상 같다. 밖으로 나와 눈에 들어오는 빈자리에 그대로 엎어졌다. 언젠가 인터넷에서 읽은 글이 생각난다. 심장에 이상이 오는 느낌이 들면 헛기침을 컥컥 하라고 했지. 억지로 기침을 만들어 뱉으며 새 공기를 가슴팍으로 부지런히 밀어 넣었다. 통증이 조금씩 잦아든다.

팔에 턱을 묻은 채 눈을 들어본다. 나의 이 위급 상황을 눈치 챈 사람은 없다. 머리가 희끗한 아저씨는 안마 의자에 앉아 만화책을 읽고 있고, 아줌마들은 드러누운 채 연속극에 빠져 있다. 마주 보고 엎드려 소곤거리는 연인도 있고 수건을 얼굴에 뒤집어쓰고 잠을 자는 아가씨도 있다. 나는 투명인간인가? 아무도 나를 보지 못한다. 이 고통은 온전히 나만의 것. 그들의 평화는 내게 오지 못하고 나의 전쟁도 그들에게 가지 못한다. 같은 공간에서 같은 공기를 나누고 있지만 서로를 단절시키고 있는 보이지 않는 벽이 참으로 두껍고 한편 두렵다.

저녁에 남편에게 말했다. 심장 쇼크였단다. 조금만 더 심했으면 어떤 일이 일어났을지 생각만 해도 아찔하다. 돌아보면 절박한 삶과 죽음의 경계에서 어느 쪽도 나의 선택으로 결정될 수 없었다는 것이 기가 막힌다. 내 생명은 온전한 내 것이면서도 내 의지나 희망과는 전혀 상관없이, 나의 명령이나 호소 따위에는 더더구나 아랑곳없이 광폭한 바람처럼 내 육체를 휙 내던지고 떠날 수도 있었다.

얼마 전, 침대에 비스듬히 앉아 노트북에 글을 쓰고 있는데 전화벨이 울렸다. 수화기를 집으려고 엉거주춤 일어나다가 그만 스위치를 꺼버렸다. 노트북의 열려 있던 창에는 수필 한 꼭지가 완성 중이었고 또 다른 창에서는 림스키코르사코프의 〈젊은 왕자와 젊은 공주〉가 흐르고 있었다. 아차, 하는 순간에 화면이 깜깜해졌다. 기능을 멈춰버린 컴퓨터는 찬 금속 덩어리일 뿐, 열린 화면이 열이든 하나이든 아무 의미가 없다. 우리의 영혼도 이럴 것인가. 어느 찰나에 스위치가 꺼져버리면 육체는 전원이 차단된 컴퓨터랑 무엇이 다른 걸까.

죽음은 나와 상관없는 존재인 듯 살아왔다. 나이만 먹었을 뿐, 아직도 인생의 출발점에 서 있는 기분이었다. 내 삶을 더 채우고 설계할 부분이 지금도 무한정 남아 있는 줄 알았다. 자비를 베풀 시간도, 뜨겁게 사랑할 시간도 얼마든지 있는 줄 알았다. 살아낼 수 있는 시간이 충분히 있기에 다음에, 다음에, 그 '다음에'라는 말에 온갖 핑계를 다 걸어놓고 살았다. 문득 마음이 급해진다. 어느 날 사방이 어두워지고 사랑하는 사람들과 쌓은 기억이 순식간에 사라지는 정전의 순간이 올 수도 있다는, 서늘한 자각이 나를 깨운다.

거룩한
거울

내 곁에 있는 사람들이 참 고맙다는 생각이 들 때가 있다. 숱한 사람들 중에서 무슨 아름다운 인연으로 이렇게 만나 정을 주고받는 사람이 되었을까 싶어서다. 더구나 오랜 세월을 함께한 친구는 보석처럼 소중하다. 주책을 부리든, 성질을 부리든 그저 이쁘게만 보인다. 서로의 마음 밭에 뿌려진 정이 세월만큼 숙성되고 발효되어 향기조차 뭉근해진 탓일까.

뒷마당 푸성귀가 싱싱해서 잔뜩 뜯었다며 안나 엄마가 저녁을 먹으러 오라고 한다. 꽁치 통조림을 풀은 냄비에 호박 숭숭 썰어 넣은 걸쭉한 쌈된장과 상추와 풋고추, 감자국이 전부인 식탁에 네 쌍의 부부가 둘러앉았다. 겨우 이것 차려놓고 사람을 불렀냐며 앤드루 엄마가 눈을 홀긴다. 고맙다 하고 먹을 일이지 웬 잔소리냐며 안나 엄마가 쥐어박는 소리를 한다. 에헤이 맛만 좋구면. 나래 엄마도 한마디 거든다. 아웅다웅 요란했던 긴 세월이 상 위에서 맛있게 펼쳐진다.

　그러고 보니 우리들이 만난 지도 벌써 30년째다. 팔랑거리는 유치원생 큰아이 손을 잡고 갓 낳은 둘째를 유모차에 앉힌 채, 미국이란 낯선 곳에 짐을 갓 푼 이민 초년병들이었다. 딸만 둘인 나래네, 딸 둘에 아들 하나인 안나네, 아들 하나인 앤드루네, 아들 하나 딸 하나인 우리 집. 인연이 깊어지려고 그랬을까. 공교롭게도 첫째끼리 모두 동갑이고, 둘째끼리도 서로 동갑이다. 이 집 저 집 몰려다니며 어른들끼리도 아이들끼리도 우리는 좋은 친구가 되었다.

　일요일마다 한집에 모이면 그야말로 난리였다. 테이블을 흔들어 꽃병을 깨고, 어디서 찾아내었는지 난데없는 망치를 들고 와 발등을 찧고, 소다 병을 떨어뜨려 얼굴이 찢어지고, 서로 물고 물리고…… 하여튼 아수라장이었다. 그 와중에서도 우리의 대화는 전혀 무리 없이 밤 늦도록 이어졌다. 여자들이 밥을 먹으려면 남자들은 둘째를 업고 바깥으로 나가야 했다. 창밖으로 보이는 아기 업은 남편들을 보며 킥킥거리며 즐거웠다. 밤이 늦어 아이들이 잠에 취해 픽픽 쓰러져도 헤어지기 싫었다.

그때는 사람이 그리웠다. 한국에 두고 온 것은 직장과 이력뿐이 아니었다. 방마다 전화기가 있었지만 벨을 울려주는 친구는 없었다. 이름을 불러줄 사람이 없다는 건 참으로 쓸쓸한 일이었다. 한국에서 뽑혀 온 뿌리가 이 땅의 흙을 움켜쥐고 온전히 몸을 세우지 못한 어중간한 상태가 답답하고 지루했다. 우리는 서로를 가엾어했다.

첫아이가 유치원에 입학하던 날, 처음으로 아침 식탁을 냄새 나지 않는 빵으로 바꾸었다. 한국말만 쓰던 아이에게 몇 마디 영어도 가르쳤다. 예스, 노, 오줌 마려워요.

아이들이 학교에서 영어를 배우는 만큼 삶의 뿌리도 조금씩 깊어졌나 보다. 아이들이 초등학교, 중·고등학교, 대학교로 옮기면서 몸과 맘이 자라듯이 우리의 집도 아파트에서 하우스로, 좀 더 큰 주택으로 옮겨졌다. 아이들은 어느새 엄마 아빠가 되고 우리들은 풍성하게 나풀대던 머리가 숭숭 벗겨지고 허예졌다. 세월이 가며 우리의 몸은 윤기를 잃어가는데 만나서 떠올리는 그때의 기억은 아직도 푸르고 싱싱하다. 그래서 우리들의 만남은 고향인 듯 정답다.

식사가 끝나 커피가 나오고 쇼트트랙 선수 안현수 이야기도 나왔다. 올림픽 금메달 선수를 러시아에게 내어준 빙상연맹이 자기들 잘못을 어떤 식으로 무마할까. 안현수는 앞으로 어떻게 될까 하는 토론으로 모두 심각한데 갑자기 안나 엄마가 벌떡 일어났다. "안현수는 이제 러시아의 영웅이야. 그의 여자 친구도 러시아에 가면 국빈반점이닷.” 우리는 고개를 끄덕이다 멈칫, 배를 잡고 뒹굴고 말았다. 국빈 대접! 국빈 대접! 아차 싶은 안나 엄마가 뒤늦게 국빈반점이 아니라고 아무리 외쳐도 소용이 없다. 난데없이 튀어나온 옛날 동네 짜장면집 이름이 별안간 안나 엄마의 별명이 되어버렸다.

밀란 쿤데라가 말했다. 친구란 우리의 거울, 우리의 기억이라고. 구순을 바라보는 어머니는 친구들 생각에 자주 눈이 젖는다. 몇 명의 친구는 이미 떠나고 그나마 남아 있는 친구들은 정신을 놓아버렸다. 시니어센터에 가서 마주 보고 앉아도 어머니를 알아보지 못하는 친구는 “나 누군지 알아?” 묻는 어머니의 말에 빙긋이 웃으며 고개만 끄덕인다고 한다. 함께 엮은 세월이 어머니의 기억 속에는 남아 있는데 친구의 기억 속에서는 사라졌다는 사실이 어머니를 무척 절망케 만드는 모양이다. 언제가 될지는 모르지만 당신도 그렇게 변해갈 것만 같아, 어머니는 친구의 옷매무새를 만져주고 머리를 빗겨주면서 눈물을 흘리신다.

우리도 같은 길을 걸어가고 있다. 앞으로 얼마를 더 함께 갈지는 알 수 없지만 친구라는 거룩한 이름으로 서로의 거울이 되어 마지막 그날까지 함께 걸을 것이다. 우리에게도 필시 서로를 알아보지 못하는 정적의 시간이 올 것이고 끝까지 남은 한 사람은 내 어머니처럼 희미해진 기억을 붙잡고 외로워하겠지.

　　상추가 많이 남았다며 안나 엄마가 비닐 봉투에 담아 나눠 준다. 국빈반점, 고마워. 우리는 유쾌한 웃음소리로 차 시동을 건다.

겨울비

햇살이 반갑다. 로스앤젤레스의 겨울답게 사흘 내내 비가 퍼붓더니 오늘에야 날이 개었다. 오랜만에 나온 골프장이 엉망이다. 세찬 빗줄기에 부러진 나뭇가지들 때문에 여기저기 어지럽다.

그 나무가 보이지 않는다. 짙은 녹음을 함지박처럼 머리에 이고, 풍성한 이파리에 지나간 세월을 켜켜이 품고 있던 나무가 사라졌다. 넓은 그림자를 깔고 앉아 홀 그린과 주차장의 경계를 확실하게 그어주던, 의연하고 도도하기까지 하던 그것이 뿌리째 뽑힌 것이다. 무성한 가지가 사라진 하늘이 휑하니 비었다.

나무가 뽑혀 나간 큰 웅덩이 안에는 조각난 몸통이 희멀건 속살을 드러내었다. 얼마나 몸부림을 쳤는지 군데군데 깊은 상처도 보인다. 키 작고 몸이 가는 나무들도 제자리를 지키고 섰는데, 어찌 이 우람한 나무는 덩치 값도 못 했나.

가까이서 들여다보니 뿌리 밑동 한군데가 새까맣게 썩어 있다. 멀쩡한 나무 둥치 한쪽이 썩어 들어가는 줄 누가 알았으랴. 오랜 세월 자존심 하나로 버티곤 있었지만, 상처는 소리 없이 조금씩 깊어졌던 모양이다. 힘없이 무너진 것이 어찌 비바람 탓이랴. 작은 생채기가 깊은 상흔이 되기까지 누구에게서도 어루만짐을 받지 못한 탓이 아니었을까.

웅덩이가 질척하다. 나무뿌리를 타고 줄금거린 빗물이 고였다. 그날 친구의 관이 내려졌던 자리, 그 찰방한 웅덩이에도 흙이 엉켜 있었다. 문득 오래전 세상을 등진 친구의 얼굴이 쓰러져 누워 있는 뿌리에 걸린다.

부유한 가정의 맏딸이었던 친구는 부모님이 반대하는 결혼을 했다. 사랑만 먹고 자란 그녀가 가난한 홀어머니의 맏며느리가 되어 신혼살림을 차렸다. 나는 긴 머리카락을 휘날리며 캠핑장과 스키장을 번갈아가며 들락거리고 있을 때, 친구는 포항철강산업단지의 작은 사글세 방에서 착한 며느리가 되기 위해 애쓰고 있었다.

풋내기 신입사원인 남편의 월급을 이리 쪼개고 저리 쪼개어 쓴단다 …… 남편이 먹다 남은 생선뼈를 발라 먹었어…… 담뱃값이 아까워 남 편에게 하루에 두 개비씩 배급을 주고 있구나…… 뒷마당에 널린 홑청 이 눈부셔…… 빡빡 닦은 냄비에서 차르르 윤기가 난다…… 전혀 그녀 와는 어울리지 않는 이야기가 수시로 우체통으로 날아와 사랑하는 사 람과 함께하는 행복이 어떤 건지 전해주었다. 시동생의 대학 등록금을 책임지고, 주택 마련을 위한 저축을 하라면서 적금 통장을 두 개나 갖 다 주었다는 시어머님의 이야기를 들었던 터라 은근히 걱정을 하고 있 었는데, 그런 경제적인 어려움도 그녀를 괴롭히지는 못하는 듯했다.

몇 년 후, 임신을 했다는 반가운 소식이 왔다. 이슬 머금은 꽃잎처럼 그녀의 편지 내용은 싱싱해졌다. 배 속에 아기가 살고 있다는 사실이 신기하다고 했다. 나는 그녀의 배가 불러오듯 행복도 점점 커지는 줄 로 알았다. 아니, 어쩌면 그럴 거라고 믿고 싶었는지도 모르겠다.

그해 겨울, 친구가 친정집에 와 있다는 연락이 왔다. 그녀는 온몸이 붉은 반점으로 덮여 퉁퉁 부어 있었다. 반갑다고 미소를 보였지만 이 내 입술 꼬리가 고통으로 뒤틀렸다. 임신 7개월의 아기는 배 속에서 계 속 발길질을 해대었고, 친구는 만신창이었다. 곁에서 젖은 수건으로 얼굴을 닦아주던 친정어머니는 연신 눈물을 흘렸다. 남편의 도시락만

싸주고 자신은 점심을 굶은 바보 아내, 시어머니의 호령에 심장이 쪼그라진 불쌍한 며느리, 곪고 썩어가는 육신과 함께 마음까지 피폐해진 소중한 딸, 게다가 곧 태어날 아이의 엄마까지, 수많은 이름을 달고 친구는 버겁게 투병을 했다.

조산으로 아주 조그만 아이가 태어났다. 머리맡에 수북한 엄마의 약병과 아기의 젖병들이 있었다. 아가는 생명의 길에서, 엄마는 죽음의 길에서, 둘은 서로 다른 길을 좁혀보려 안간힘을 썼을 것이다. 고작 사나흘이었지만.

친정어머니의 필사적인 간호와 민간요법도 소용없이 친구는 떠났다. 유난히 회색 구름이 하늘을 뒤덮은 날이었다. 공원 묘지는 지짐거리던 빗줄기가 조금씩 굵기를 더했다. 관을 앞에 두고 상여꾼들은 둔한 삽질을 계속했다. 조금씩 커지는 구덩이로 사방에서 빗물이 흘러 들어 갔다. 친구를 담은 관이 질척한 웅덩이에 내려졌다. 친구의 어머니가 관에 매달려 울부짖었다. "경숙아, 니가 지금 어디로 가고 있노!"

사람들이 봉분을 밟는 사이 시어머니가 아들을 구석 자리로 불러냈다. 손바닥으로 비를 가리며 보온병에서 뜨거운 커피를 따랐다. 아들도 돌아서서 넙죽 커피를 마셨다. "죽은 사람은 죽어도 산 사람은 살아야지." 시어머니의 눈이 희번덕거리며 자기 응시얼굴을 쓸고 내려갔다. '산사람은 살아야지.' 가끔 장례식장에서 듣던 말이다. 죽은 사람은 떠난 사람이니 산 사람은 입고, 먹고, 마시며 살아야 한다. 나도 종종 그런 말을 듣고 또 했는지도 모른다. 그러나 친구의 장례식에서 들은 그 말처럼 내 마음을 무너뜨린 적은 없었다. 나는 새삼 추위에 몸을 떨었다.

친구들은 저만치 골프채를 흔들며 가고 있는데 나는 뿌리째 뽑힌 나무에서 눈을 뗄 수가 없다. 얼마 전까지만 해도 그린 위에 우람하게 서 있던 나무가 이제는 내 발 아래에 처연히 누워 있다. 두 손을 내밀어 가만히 나무 둥치를 쓰다듬어본다.

그 친구가
사는 법

　친구 중에 아주 멋쟁이가 있다. 그녀가 나타나면 주위가 환해질 만큼 세련된 모습 뿐만 아니라 싫은 소리를 들어도 혼자서 폭폭 삭여내고는 다시 웃는, 심성까지 맑은 친구다. 그런데 언제부터인가 우리는 그녀를 슬슬 피하게 되었다. 이유는 단 한 가지, 골프 매너가 너무 없기 때문이다. 티 박스에서건 페어웨이에서건 자기 마음에 들지 않으면 몇 번이고 다시 치고 다른 사람이 티샷을 준비하고 있는데도 옆에서 휙휙 소리를 내며 연습을 한다.

　그녀를 소외시킨 지 한 달쯤 되었을까? 친구 어머니의 팔순 잔칫집에 다녀오다가 불행히도(?) 그 부부가 우리 차를 타게 되었다. 조수석에 앉은 그녀의 남편이 갑자기 고개를 휙 돌렸다. "당신은 아무 소리

말고 골프 칠 때 미셸 엄마 치마꼬리만 잡고 다녀." 여기서 골프 이야기가 왜 나오나? 내 얼굴이 빨개졌다. 눈치 빠른 그녀, 자기가 왕따 당한다고 어지간히 징징거린 모양이었다.

팔순 잔치에 다녀온 후로 부쩍, 살뜰히 아내를 챙기는 그 남편을 보며 친구들 사이에 수수께끼가 생겼다. 비결이 뭘까. 예뻐서? 노오! 그보다 더 예쁜 친구도 구박받고 산다고 투덜거린다. 똑똑해서? 노오! 오십대여서 지식의 평준화가 이루어진 지 이미 오래다. 몸이 여려서? 노오! 그녀도 가녀린 어깨에 떡 벌어진 허리다. 쉰을 넘긴 아줌마에게 가녀리다는 단어가 가당키나 한가. 그럼 뭐냐 말이다. 무엇이 남편으로 하여금 그토록 기사도 정신을 발휘하게 하느냐 말이다. 서로 추측을 들이대었지만 속 시원한 결론이 나지 않았다. 방법이 없었다. 우리가 직접 찾아내는 수밖에는.

공휴일이 낀 주말, 네 쌍의 부부가 골프 여행을 갔다. 와인을 한 잔씩 하던 중 그녀가 갑자기 어지럽다며 남편의 어깨에 폭 기대었다. 그녀에게 이런 모습이 있다는 걸 믿을 수 없어 우리는 멍~하니 서로 쳐다보았다. "허허~ 이 사람, 와인 한 잔만 먹으면 이렇게 맥을 못 춰요. 어이구 어쩌지?" 안절부절못하는 남편. 바로 그것이었다. 무리 없이 잘 짊어지던 골프백도 남편 앞에서는 무겁다며 쌕쌕거리고, 와인 한 잔에 어지럽다며 비틀대고……. 한없이 연약하고 모자라는 여자로 보이는 것. 바로 그것이었다. (그걸 내 남편은 애교라고 했다.) 그러니까 그녀는 친구들이 자기를 따돌린다고 하소연했을 것이고 남편은 안쓰러운 아내를 위해 기사도 정신을 다시 가다듬었을 것이다. 그녀는 그렇게 남편의 남성男性을 북돋워가며 살았다. 우리는 자존심을 흔들며 남편의 기氣와 맞서서 용감히 싸우고 있을 때.

　내 남편은 아내가 골프를 치고나 있는지, 어떤 사람들이랑 치는지 모른다. 어느 토요일 새벽, 친구랑 라운딩을 끝낸 뒤 클럽하우스에서 아침을 먹고 있는데 남편이 사촌누나랑 함께 들어왔다. 골프를 마치고 나오는 길에 만났다며 바로 내 뒤의 좌석에 앉게 되었다. 마침 지나가던 남편의 대학 후배가 깜짝 놀라 달려왔다. "아이고, 형님, 형수님 그림이 참 이상하네요. 두 분이 왜 이러십니까?" 부부가 등을 지고 앉아서, 그것도 남편은 다른 여자하고 단둘이서 아침을 먹고 있으니 풍경이 참으로 묘하기도 했다. 후배는 나에게 신신당부를 하고 갔다. "형수님, 형님이 조금이라도 수상하다 싶으면 즉각 나한테 연락하세요."
　한때는 수도꼭지가 꽁꽁 언 겨울 밤, 살금살금 일어나 연탄불을 갈아주던 남자, 아기 기저귀 똥을 찬물에 홀홀 저으면서 씻어주던 남자, 덜덜 떨면서도 웃옷을 벗어 어깨에 걸쳐주던 그 근사하던 남자男子들은 어디로 가고 머리를 바글바글 볶고 들어와도, 무거운 쓰레기통을

끙끙대며 들고 나가도 몸도 마음도 전혀 움직이지 않는 무심한 남편男
便들만 옆에 남아 있는가.

나를 돌아보고 그 친구를 들여다보면 우리가 남편들의 남성男性을
바래게 했나 하는 생각이 들기도 한다. 세월의 때가 그렇게 만든 것이
지 우리 탓은 아니라며, 혹은 본래 타고난 성품이라며 제각각 이론을
펼치는 친구들의 말에 맞장구를 치면서도 말이다. 그런데 날이 갈수록
내게 이상한 조짐이 나타나기 시작한다. 남편을 이겨보겠다고 눈을 부
릅뜨는 여자들이 점점 어리석어 보이고, 내숭 떨고 여우 짓 하는 여자
가 오히려 현명해 보인다. '사랑하므로 행복하노라'가 아니라 '사랑받
으므로 행복하노라'가 훨씬 더 진리인 것만 같다. 이제는 아들이 착한
며느리 앞에서 큰소리치며 살아주기를 바라는 시어머니의 마음이 되
어버릴 만큼 나이 먹은 탓일까? 아니면 어쩔 수 없는 여자임을 중년 고
개도 훨씬 넘긴 이제야 깨달은 걸까? 내 딸에게, 자고로 '여자의 아름
다움이란?' 해가며 약간의 순종을 동반한 내숭학 내지는 애교학을 강
의하면 어떤 반응이 나올까. 딸의 입에서 터져 나올 말이 귀에 들린다.
"으~ 메스꺼워!!Ew~~disgusting!!"

Madama
Butterfly

오페라 공연 실황 중계를 보러 갔다. 뉴욕의 메트로폴리탄 오페라 The Metropolitan Opera관에서 공연하는 오페라를 실황으로 중계해주는 것이다. 극장 화면에서 오페라를 본다는 것은 상상도 해보지 않았는데 오늘 처음 가보았다. 선명한 화질과 해상도, 생생한 사운드가 실제 공연을 보는 것 같은 느낌을 주어 놀라웠다.

올해로 10년째가 되는 이 실황 중계는 세계적으로 같은 시각에 진행된다. 뉴욕에서 후 한 시에 실제 공연을 시작하니 로스앤젤레스는 오전 열 시가 되고 한국도 한 군데가 있는데 새벽 두 시에 상영된다고 한다. 오페라 애호가들이 세계 곳곳에서 같은 시각에 비록 방법은 다르지만 함께 그 공연을 보는 것이다.

실제로 브로드웨이에 가면 무대 위 배우들의 공연만 볼 뿐이지만 이 것은 마치 스테이지 위에서 보는 것같이 카메라로 클로즈업하므로 얼굴의 세세한 표정이나 귀밑에 흐르는 땀까지 볼 수 있다. 그뿐 아니라 한 막이 끝나면 앵커가 무대를 내려오는 가수들에게 질문을 던지며 인터뷰를 한다. 작품의 내용을 이해하는 데 도움을 줄 수 있는 설명도 있고, 무대를 설치하는 방법과 광경, 공연을 준비하거나 연습하는 사람들을 보여주기까지 한다.

오늘은 자코모 푸치니의 〈나비 부인〉 공연이다. 주인공 나비 부인 초초상 역은 소프라노 크리스티네 오폴라이스Kristine Opolais다. 세계적인 소프라노인 그녀는 러시아에서 독립한 조그만 나라 라트비아 출신으로 역시 라트비아 출신의 현재 보스턴 교향악단 지휘자인 안드리스 넬손스Andris Nelsons의 부인이다.

그녀의 목소리도 고왔지만 연기는 정말 섬세했다. '종달새가 집을 지으면 장미를 가지고 다시 찾아오겠다'던 남편이 3년의 세월이 흐르는 동안 다른 여자를 만나 결혼을 해버렸는데, 그것도 모르고 간절하게 부르는 그녀의 아리아 〈어느 개인 날〉을 들을 때는 나도 모르게 눈물이 줄줄 흘렀다. "그대는 나를 부르겠지. 버터플라이. 그러나 나는 대답하지 않고 숨을 거야. 너무 기뻐서 죽을지도 몰라. 내 사랑이여. 그대는 반드시 돌아오리.”

2막을 마치고 내려오는 그녀를 앵커가 인터뷰했다. 노래 부르는 것 못지않게 연기가 필요한데, 아리아를 부를 때는 너무 슬퍼서 노래하기가 힘들었다고 아직도 볼을 타고 내리는 눈물을 닦았다. 이런 좋은 공연을 만나게 해준 푸치니와 하나님께 감사한다며 앞으로 더 신선한 연기를 기대해달라는 말까지 덧붙였다.

해군사관학교 출신 장교 핑커톤 역은 프랑스의 테너 가수 로베르토 알라그나였다. 그는 타계한 파바로티의 뒤를 이을 가수 중 한 사람으로 꼽힐 만큼 능력을 인정받고 있다는 기사를 본 기억이 있기에 기대를 했는데, 오페라를 보면서 과연 알라그나구나 싶었다. 그 역시 깊고 넓은 성량과 부드러운 미성으로 관객을 사로잡았지만 연기는 더욱 일품이었다. “당신의 마음은 트랩에 갇힌 나비처럼 퍼덕이는군요.” 아리아를 부르는 그의 괴로운 표정은 어느 배우의 연기보다 더 절절했다.

그러나 가장 배역에 잘 어울리고 연기를 잘하는 가수는 하녀 스즈키 역의 뉴욕 출신 메조소프라노 마리스 지프책이었다. 묵직한 덩치에 밑으로 축 처진 눈, 둔하면서도 정감 있는 연기는 그녀가 가수인지 배우인지 헷갈리게 할 정도였다. 초초상의 하소연도 묵묵히 들어주고 핑커

톤과 그의 아내의 마음도 모두 이해한다는 표정은 정말 실감이 났다. 얼마나 배역에 감정 이입을 완벽히 했는지 그녀 역시 2막 무대를 내려오며 눈물을 닦았다.

오페라에 또 재미있는 배우가 있었다. 인형pupet이었다. 예전에 인형극을 본 적이 있는데 그때는 대사를 하는 입놀림이나 손놀림이 사람처럼 생생해서 많이 웃었지만 이 오페라에서 보는 인형은 정말 재미있었다. 초초상의 아들 역할을 사람이 아닌 인형으로 대용했는데 한 인형을 세 사람이 조종했다. 머리부터 발끝까지 검정옷과 천으로 몸을 가린 세 사람이 각각 머리, 손, 다리를 맡아서 움직이는데 마치 진짜 아이가 움직이는 것처럼 자연스러웠다. 아이가 자박자박 걸어가는 발등에는 남자의 커다란 손이 함께 걸어가고 아이의 움직이는 손바닥 뒤에도 남자의 검은 손이 함께 움직였다. 무대에서 내려오는 남자들을 앵커가 또 붙잡았다. 그들은 인형극 전문회사의 직원들이었다. 10년 이상 인형극 공연을 해온 베테랑들인데 자신을 무버mover로 불러달라고 했다. 진지하고 슬픈 오페라에 이런 인형의 연기를 넣은 것은 깊은 슬픔의 무거운 분위기를 위로해주려는 연출가의 재치라는 느낌이 들었다.

〈나비 부인〉은 몇 년 전 딸과 함께 로스앤젤레스 공연도 한 번 보았고, DVD로도 감상한 적이 있지만 오늘처럼 마음을 적신 건 처음이다. 음악도 의상도 무대 장치도 어느 것 하나 나무랄 데 없이 완벽히

어우러진 종합 예술이었다. 음악에 취하고 연기에 몰입되어 일어나기가 싫었다.

극장을 나서며 우리는 벌써 다음 공연 스케줄을 물었다.

가든파티와
드레스 코드 Dress Code

마우이 섬에 도착했다. 비행기에서 내리니 후끈하는 더운 바람이 온몸을 감싼다. 구릿빛 피부의 건장한 안내원이 팻말을 들고 서서 우리를 맞으며 플루메리아 꽃목걸이 레이^{Lei}를 걸어준다. 정말 하와이에 왔구나 싶다.

호텔은 해안 도로로 다섯 시간을 가야 한다고 한다. 바다가 얼마나 푸른지, 무슨 색이라고 해야 할지 도무지 딱 맞는 단어가 떠오르지 않는다. 청록색이라 해야 하나, 비췻빛이라 해야 하나. 가슴이 떨린다. 운전기사가 말했다. 여기는 공장이 없으므로 공기가 맑아서란다. 그러고 보니 하늘도 참으로 맑고 깨끗하다. 왼쪽으론 바다 오른쪽으론 사탕수수 밭이다. 작은 기찻길도 보인다. 기찻길 위로 장난감 같은 기차도 보인다. 사진 속에서 본 1800년대의 부웅 연기를 내며 달리는 기차다. 1900년 이후로 사탕수수 밭이 점점 주택가로 바뀌고 있지만 기찻길과 기차는 관광용으로 남겨두었단다.

사십 대 후반으로 보이는 백인 여자 운전기사는 20년 전에 하와이에 왔다고 했다. 유나이티드 비행기 스튜디어스로 일하면서 여기에 올 때마다 너무 가슴이 설레어 먼 디트로이트에서 이사를 와버렸단다. 여기서 결혼도 하고 아기도 낳고 이렇게 관광객에게 운전을 해주면서 산다고 한다. 외국 사람들은 열여덟 살이 넘으면 부모로부터 완전히 독립을 한다. 자녀가 어디로 가서 살든 간섭을 안 한다. 몇 년 전에 버뮤다 섬에 갔을 때에도 마사지해주는 영국 여자가 있었다. 어떻게 여길 오게 되었느냐 물으니 여행을 왔다가 버뮤다의 풍광에 반하여 그냥 주저앉았다고 했다. 여기서 결혼을 하여 남편은 트럭 운전사로, 자기는 마사지를 배워서 살고 있다고. 부모님은 한 번씩 여행을 오신단다. 우리들 정서로는 이해가 안 되는 확실한 독립이다. 미국은 대학 성적조차 본인의 허락이 없으면 부모가 볼 수 없다. 등록금과 생활비를 주는 것하고는 아무 상관이 없다. 얼마 전 동부의 어느 대학교에서 한인 여대생이 학교 기숙사에서 자살을 했다. 아이가 평소에도 우울증으로 상담 치료를 받았지만 부모는 통 몰랐다. 부모는 미리 알았더라면 조처를 취했을 텐데 학교에서 알려주지 않아서 자살을 막지 못했다며 소송을 했다. 그러나 판사는 학교의 손을 들어주었다. 학생이 부모에게 알리는 걸 원치 않았기 때문에 알려줄 의무가 없었다는 이유였다.

리조트에 도착하니 바다를 끼고 앉은 호텔이 방갈로처럼 넓게 자리 잡고 있다. 리츠칼튼 호텔이 이렇게 생긴 건 또 처음이다. 제일 높은 층이 6층이다. 바람이 얼마나 부는지 창밖으로 내다보는 풍경이 마치 태풍이 난 것 같다. 야자수의 가느다란 허리가 앞뒤로 사정없이 출렁인다. 그러나 문을 열고 나가 보면 바람은 따뜻하다. 낮은 언덕 위에 앉아 있는 듯, 꽃과 풀이 바로 내 방 창 밑에 있다. 또 다른 운치다. 모든 세상살이를 다 잊어버리고 바다만 실컷 바라보고 가도 좋겠다.

저녁 만찬장에 갔다. 오늘도 역시 하와이식 가든 파티다. 사람들은 대부분 야자수 그림이 요란한 알로하셔츠와 플루메리아 꽃무늬가 화려한 드레스 무무muumuu차림을 하고 있다. 아예 수영복 위에 무무를 걸쳐 입고 슬리퍼를 끄는 사람도 있다. 짚으로 지붕을 엮은 무대 위에서 요란하게 흥을 돋우던 드럼과 섹소폰, 기타와 키보드로 구성된 밴드가 잠시 뒤로 물러나자 원주민 남자들이 우쿨렐레를 들고 우루루 올라온다. 곧이어 레이를 목에 걸고 머리에도 얹은 원주민 여자들이 야자수 잎으로 만든 치마를 허리에 두르고 손목과 허리를 요염하게 돌리며 전통 춤 훌라를 춘다. 그들이 보여주는 손동작 하나하나가 언어라는 말을 듣고 유심히 보니 정말 섬세하고 유연한 움직임이 마치 수화를 하는 것 같다.

시간이 되어 공식 행사가 시작되었다. 무대 위로 회장 부부가 나타났다. 그도 알로하셔츠를 입었다. 다른 사람들과는 달리 슬리퍼 대신 구두를 신고 긴바지를 입었다. 알로하셔츠는 여행지에서나 리조트에서 입는 복장으로 알고 있었는데 결혼식이나 공식 파티에 참석할 때에도 갖춰 입는, 하와이에서는 격식을 차린 복장이라는 것을 오늘 알았다.

시상식에 알로하셔츠라…… 회장의 차림새를 보니 옛날 너무 창피해서 숨어 다녔던 그때가 생각난다. 30여 년 전이었다. 처음으로 하와이 컨퍼런스에 참석하게 되었다. 미국에 온 지 몇 년 안 되었으니 하와이가 아니라 미국이라는 나라조차 낯선 시기였다. 다행히 그때는 우리 외에도 H부부와 S부부가 있었다. 도착할 때 받은 주의 사항이나 일정이 적힌 팸플릿은 깨알 같은 영어 글씨라 아예 볼 생각도 않고 호텔 방에 던져두고 다녔다.

그날도 오늘처럼 시상식과 더불어 첫 만찬이 있는 날이었다. 만찬 장소는 버스를 타고 30분을 달려서 나가는, 바다를 끼고 펼쳐진 정원이라고 했다. 우리는 일찌감치 호텔방에 들어가서 정장으로 잘 차려입었다. 남편은 감색 양복에 나비넥타이를 메고, 나는 은빛 큐빅이 목둘레를 돌며 반짝이고 뒷등이 거의 드러나는 긴 드레스를 입었다. 옆방에서 나오는 H와 S부부도 우리 못지않게 멋을 내었다. 남자들은 모두 검은 정장에 번쩍이는 구두. 여자들은 화려한 드레스와 숄. 세 커플이 버스를 타고 보니 앉아 있는 사람들은 아직도 반바지와 슬리퍼 차림 그대로였다. 이상했지만 수다를 떠느라고 신경을 쓰지 않았다.

정원으로 들어가는 입구에 꽃으로 장식한 아치가 있었다. 아치 앞에는 반바지 차림에 머리에 풀을 엮어 만든 모자를 쓴 원주민 남자와 긴 흑발에 꽃을 꽂고 가슴을 다 드러낸 무무 차림의 원주민 여자가 한가득 레이를 들고 서서 나눠 주었다. 우리가 가까이 가니 여자에게는 남자가, 남자에게는 여자가 레이를 목에 걸어주며 볼에 뽀뽀를 해주었다. 여자들은 부끄러워서 손으로 얼굴을 가리는데 남자들은 기분 좋은 웃음을 헤벌레 웃으며 팔자걸음으로 걸었다.

그런데 이상했다. 커다란 돼지를 긴 장대에 꽂아서 연기를 피우며 바비큐 하는 주위에 모여 선 사람이나 칵테일을 들고 몰려서서 이야기 꽃을 피우는 사람 모두 낮에 바닷가에서 놀던 그 차림이었다. 정장을 빼어 입은 사람은 우리뿐이었다. 이상한 사람이 된 것 같아 구석지고 어두운 곳으로 몰려갔다. 바비큐 고기 냄새에 배가 고파 오르되브르를 들고 지나가는 웨이트리스를 "아줌마" 해가며 손짓으로 불렀다. 웨이트리스는 우리 마음을 아는지 구석자리로 다가와서는 아예 접시를 통째로 주고 갔다. 사람들이 웅성웅성 자리를 옮겨 테이블로 가서 앉는 걸 보고 우리는 제일 구석 자리 테이블로 가 자리를 잡았다. 자유분방한 사람들 사이에 까만 정장을 입고 경직되어 앉아 있는 모습을 서로 가리키며 사람들이 우리를 북한에서 온 줄로 알겠다, 하고는 막 웃었다. 남자들은 윗도리를 벗고 넥타이를 풀어 셔츠 단추를 두 개쯤 열어젖히며 최대한으로 불량한 복장으로 바꾸고, 여자들은 숄로 어깨를 감싸 드레스의 번쩍임을 숨기고 머리를 풀어헤쳤다. 립스틱도 닦아내었다. 의자에 비스듬히 앉아 몸을 낮추고 소리도 내지 않았다. 그런데 음식을 나르는 웨이터를 비롯해 함께한 사람들 누구도 우리에게 다른 눈길을 주거나 해서 무안하게 만들지 않았다. 인도 사람이 히잡을 쓰는 것이나, 일본 사람이 기모노를 입는 것이 이상하지 않는 차원이었을까. 성숙한 그들의 태도가 고마웠다. 호텔로 돌아오는 것은 정해진 시간이 없이 각자 마음대로 대기하고 있는 버스를 타면 된다고 하기에 우리는 음식을 먹는 둥 마는 둥 하고는 호텔로 돌아왔다. 다음 날 안내서를 살펴보니 매일매일의 일정 가운데 복장에 대한 안내도 되어 있었다. 그날은 시상식이 있었지만 가든 파티라 캐주얼이라고 쓰여 있었다. 다음 날도 그다음 날도, 우리는 첫날의 실수가 창피해서 계속 사람들을 피해 다녔다.

지금도 그때 생각만 하면 웃음이 나온다. 30년이 지난 오늘 또 하와이에 왔다. 이제는 미국 생활에도 익숙해지고 그들의 파티 문화에도 적응되어서 아무 거리낌이 없는데, 그래도 바보같이 덤벙대던 그때가 그립다.

아버지의
낡은 점퍼

우락부락 남자
어디 없나요?

엄마는 어린 딸 셋을 앞에 두고 늘 말씀하셨다. 사윗감은 눈이 퉁방울 같고 거뭇거뭇한 피부에 성격 화통한 남자였으면 좋겠다고. 유난히 손발이 곱고 자상한 당신의 남편이 답답하다 느껴질 때마다 미래의 사윗감을 들먹이며 원을 하셨다.

언니가 연애를 했다. 그때의 내 눈에 언니가 만나는 사람은 알랭 들롱처럼 피부가 희고 코가 우뚝 솟은 남자였다. 엄마는 눈을 내리깔고 달가워하지 않더니 헤어졌다는 소리에 바람깨나 피우겠더라 하며 언니를 위로했다. 몇 년 뒤 언니는 결혼을 했다. 형부는 작은 키에 쌍꺼풀진 눈이 봉실봉실 웃어 엄마가 말한 부랑스러운 남성미에는 근처에도 못 갔다. 자연스레 엄마의 바람은 내게로 내려왔다. 우리 희야 신랑감은 울퉁불퉁 박력 있는 남자로 골라야지 했다. 그런데 나는 어디를 가든 폐병 환자처럼 얼굴이 하얗고 도수 높은 안경을 낀 남자가 제일 먼저 눈에 들어왔다. 더운 여름날 오후, 여드름 자국 하나 없는 얼굴의 남자가 수줍게 우리 집 문을 두드렸다. 엄마는 그가 나가는 뒤통수에다 대고 우락부락한 남자를 또 들이대었다. 나는 선택의 순간마다 내 시선과 엄마의 시선이 엇갈리는 지점에서 빙빙 도느라 연애다운 연애 한번 못해 보고 결혼할 나이가 되었다. 결혼을 하고 보니 이 남자 또한 엄마의 남자가 아니었다. 두 번째 사위도 실패였다. 세 번째 사위는 입맛대로 고르리라. 두 번의 실패로 단련된 다짐은 더욱 단단해졌다. 그러나 웬걸. 결혼 승낙 받겠다고 온 동생의 남자는 엄마를 또 실망시켰다. 과일 바구니를 들고 들어서는 새 사윗감에겐 비 맞은 병아리라는 별명이 붙었다. 그는 위의 두 사위보다 더 얌전한 남자였다. 퉁방울표 남자는 정녕 없는 것일까? 엄마는 우락부락 화통함을 결코 만나지 못하고 세 딸을 모두 놓쳤다. 그러곤 속상해하셨다. 우리는 늘 죄송했다.

세월이 흘러 언니가 사위를 보았다. 보드라운 손에 검은테 안경을 쓴 솜털 보송보송한 남자였다. 손주 사위를 보겠다고 한국을 다녀오신 엄마의 결혼식 후일담이 그리 신나지 않았다. 뚤뚤 뭉쳐진 화통한 남자. 다른 집에는 흔하기도 하다만 우리 집에는 왜 이리도 귀한지, 원망스러운 눈치셨다.

결혼식을 앞둔 딸이 데이트를 하고 들어와서는 투덜거린다. 친구 생일 파티에서 약혼자가 너무 조용해서 실망했다고. 친구들이랑 어울려 춤을 추고 들어오니 멀뚱멀뚱 구경만 하고 앉아 있더란다. 그것도 딸의 핸드백을 무릎 위에 꼭 안고서. 단둘이 있으면 수럭수럭한 사람이 왜 사람들 속에서는 조용한지 딸은 답답해했다. 불평하는 딸을 달래기는 커녕 남자는 어딜 가나 낯이 좀 두꺼워야지 해가며 불을 더 질렀다. 어느새 나도 엄마의 화통한 남자를 내 사윗감으로 기대하고 있었나 보다.

그때는 그랬다. 막상 우락부락 남자가 나서서 내 마음을 휘둘릴 땐 뭔가 모를 불안함이 먼저 내 앞에 서 있었다. 엄마가 참 좋아하는 사람이겠구나 싶으면서도 그리 편하게 마음을 열 수 없었다. 딸은 아버지 같은 사람을 좋아한다더니 나도 우리 아버지 같은 남자를 찾았고 딸도 자기 아버지 같은 남자를 선택하고 말았다.

딸과 둘이서 답답한 남자 운운하다 보니 친구들의 불평이 생각난다. 유머와 호탕함으로 좌중을 휘어잡는 카리스마 남편을 가진 친구는 말했다. 집에서는 자물쇠라고. 하도 답답하여 불평을 했더니 밖에서 피곤한데 집에서까지 피곤해야겠냐며 짜증스러워하더란다. 반면 밖에서 조용한 남편을 가진 친구는, 안에서 보이는 자상함이 때로는 간섭으로 느껴져 귀찮다고 했다. 누가 더 좋은지 나도 헷갈린다. "생각해보니 남한테 잘하는 남자보다 나한테 잘하는 남자가 낫겠다. 결혼 생활은 나와 그 사람 둘만의 관계잖아." 눈을 동그랗게 뜨고 내 친구들 이야기를 듣고 있던 딸이 약혼자한테 기분 좋게 한 표를 던진다.

언제부터인가 엄마도 변했다. 우리가 답답하다느니 심심하다느니 하며 남편 흉을 보면 강 서방한테 잘해라, 류 서방한테 잘해라, 김 서방한테 잘해라, 남편감으로는 그런 남자가 최고라면서 전혀 엄마답지 않은 말씀을 하신다. 여섯 번째로 엄마 앞에 나타난 남자, 하얀 피부에 눈매가 선하고 부드럽기까지 한 손주 사윗감을 보시면서 울퉁불퉁 부랑스러운 남자는 이 세상에 없다고 아예 결론을 내렸을까? 불행한 우리 엄마.

참고로 엄마의 세 아들은 이 심사 기준에서 애초부터 제외다.

대책 없는
엄마

　대학을 졸업하고 원하는 곳에 취직이 되었다며 기뻐하던 아들이었다. 그러나 리먼브라더스로 인한 금융 대란 탓에 출근하기로 한 투자 회사에서 내년 7월까지 기다려달라는 소식이 왔다. 어깨를 축 늘어뜨리고 며칠을 들락거리더니 삼촌 회사에 출근하기로 했단다. 아침마다 도시락을 싸주며 출근하는 아들을 배웅한 지 겨우 3개월. 거기서 보내는 시간이 낭비 같다며 그만둬버린다. 자기가 무슨 대단한 일을 할 거라고 돈 버는 시간을 낭비로 생각하는지 마음 같아서는 머리통이라도 그냥 콱 쥐어박고 싶지만 그래도 관계 유지는 잘해야지 싶어서 꾹꾹 참고 있었다.

　밤새도록 놀고 한낮까지 자고, 밤낮이 확실히 바뀌어 백일 갓 지난 아기들이 하는 짓을 해도 모른 척 아무 말 않고 있었더니 어제는 웬일인지 저녁을 같이 먹자며 일찍 들어왔다. 둘이서 한국 식당을 찾았다.

"엄마. 나 멕시코에 캠핑 갔다 올게."

순간 스무 살도 넘은 나이에 이 무슨 철없는 소리인가 싶어 숨이 턱 막힌다.

"뭐? 캠핑? 누구하고?"

"친구들 몇 명이 같이 간다."

거지떼처럼 몰려다닐 꾀죄죄한 아이들 생각을 하니 짜증이 나기 시작한다.

"어떤 친구들? 고등학교? 대학교?"

"대학교 친구들 몇 명."

대학 친구들이라니 조금 안심이 된다. 요즘 투자 은행 다니는 아이들이 많이 실직되었다고 하던데, 난데없이 백수가 된 친구들이 뭉쳤구나 생각하니 조금 측은하기도 하다. 이 시대 탓인 걸 어떡하리. 그래도 그렇지 겨울이 오는 이때에 뭔 캠핑? 그것도 멕시코로.

"멕시코는 위험하다고 하던데."

대놓고 뭐라 할 수는 없고 위해주는 척하는 말에 녀석 눈이 둥그레진다.

"왜?"

"멕시칸들이 미국서 오는 사람들한테 해코지 한다고 하던데. 사기도 치고, 갱들도 많고."

"멕시칸이 왜? 거긴 멕시칸 없어, 엄마."

"아니, 멕시코에 와 멕시칸이 없노?"

"엄마아, 멕시코가 아니고 뉴멕시코. 애리조나 옆에 있는 ……."

이런 이런! 이런 무식이 있나. 그러고 보니 뉴멕시코란 주 이름을 들어본 것 같기도 하다. 미국 지도에 웬 뉴멕시코? 갑자기 지명을 지은 사람이 원망스럽다.

"그래?"

아들은 킥킥 웃는데 퍼뜩 또 다른 생각이 든다.

"거기도 바다가 있나, 호수가 있나? 사막일 낀데. 거기서 무슨 캠핑을 하노? 요새 너희들은 사막에서도 캠핑하나?"

푸하하 아들이 드디어 웃음을 터뜨렸다.

"엄마! 캠핑이 아니고 캠페인~."

뉴멕시코로 오바마 선거 캠페인 도우러 간다는 말을 멕시코로 캠핑 간다는 말로 들었으니 이 대책 없는 에미를 우짜몬 좋을꼬.

미스 캘리포니아
선발 대회

전혀 상상도 해보지 않았던 곳에 왔다. '미스 캘리포니아^{Miss California} 선발 대회'가 열리는 팜 스프링의 호텔이다. 자손이 많다 보면 돌연변이도 섞여 나온다고 하더니 그 말이 맞는 것 같다. 조카들 중에 유달리 재능을 많이 가진 녀석이 있다. 가끔씩 또래가 발 담그지 않는 곳을 첨벙거려 색다른 세계를 체험하게 해주더니 이번에는 또 미스 캘리포니아에 출전한다며 나섰다.

분위기가 우아하고 귀티가 나는 아이라 사람들의 칭찬을 많이 듣긴 하지만, 자존감이 그렇게 높은 줄은 몰랐다. 처음 미인 대회에 출전한다는 말을 들었을 땐 무슨 방자한 자신감? 하며 코웃음을 쳤다. 그런데 어찌된 일일까. 덜컥 미스 샌프란시스코에 뽑혀버렸다. 각 도시에서

선발된 대표들이 또 미스 캘리포니아에 도전한다며 조카는 다니던 로스쿨도 휴학해버렸다.

일을 저지른 후 통보만 하는 아이에게 흔들 수 있는 무기는 단 하나, 경제봉쇄 조치다. 동생은 다이어트는 물론 합숙 훈련 경비와 드레스 구입비 등을 일체 지원하지 않겠다고 으름장을 놓았다. 그러나 그 협박은 천진한 아이의 어깃장 정도로밖에 취급받지 못했다. 모금이라는 방법이 있었다. 절대 협조하지 말라며 우리 형제들은 각각 자기 아이들에게 엄포를 놓았지만 사촌들은 모금 봉투에다 돈은 물론 격려 편지까지 넣어 어른들 몰래 보내준 모양이었다.

미스 캘리포니아 선출 전날, 도저히 모른 척 배짱을 부릴 수 없어서 부랴부랴 대회를 개최하는 장소의 호텔을 예약했다. 남세스럽게 무슨 응원이냐며 툴툴대는 동생을 겨우 설득하여 어머니까지 모시고 팜 스프링스 호텔로 갔다.

로비에는 사람들이 빼곡히 들어차 몸을 움직이기도 불편하다. 그야말로 아수라장이다. 머리가 허연 아버지가 드레스를 어깨에 툭 걸치고 굽이 마치 송곳 같은 하이힐을 손가락에 끼고 돌아다닌다. 화장품 가방이랑 옷 가방을 든 가족들 얼굴이 마치 요란한 축제의 주인공이라도 된 양 활짝 피었다.

출신 도시의 이름을 쓴 휘장을 두르고 다니는 후보들 중 의외의 모습도 있다. 초등학생같이 왜소한 동양 아가씨가 있는가 하면 엉덩이가 양옆으로 불거져 걸을 때마다 곁의 사람들이 비켜줘야 할 흑인 아가씨도 있다. 주근깨 자욱한 뺨을 파운데이션으로 덧칠한, 전혀 미인과는 거리가 먼 백인 여자도 보인다. 후보자가 없는 작은 도시에서 단독 출마로 뽑힌 대표라는 조카의 설명에 우리는 깔깔대고 웃었다. 그럴지라도 그녀들은 당당하고 가족들은 마냥 자랑스러운 표정이다.

딸의 머리를 만져주는 엄마, 구두를 갈아 신겨주려고 큰 덩치를 구기고 엎드린 아버지, 연신 카메라 셔터를 눌러대는 형제들. 사람들은 딸의 일탈을 가족 잔치로 승화해 함께 즐기며 추억을 만든다. 구석 자리에 서서 그들을 바라보고 있으니 가슴이 뻐근해진다. 가당찮은 도전일지라도 승부에 상관없이 인생의 득실도 따지지 않고 무조건 믿어주고 격려해주는 부모들이 놀랍다. 온몸으로 자녀들과 소통하는 것도 참 부럽다. 돌아보니 우리는 주류 사회에 들어가 성공하라며 등을 떠밀기만 할 뿐, 아직도 버리지 못한 80년대의 한국식 잣대로 매사를 재단하는 부모였다. 조카는 얼마나 답답하고 한편 외로웠을까. 한 학기 늦게 졸업하면 어때. 부모의 완강한 그물을 씩씩하게 걷어낸 아이가 오늘은 오히려 대견하다.

행사장 문이 열린다. 다른 후보들은 경쾌한 웃음을 날리며 왁자지껄한 가족들을 몰고 들어가는데 우리는 표를 구입하지 않아 들어갈 수가 없다. "잘하고 올게." 혼자서 문 안으로 사라지는 조카의 뒷모습이 쓸쓸하다. 가족을 위한 전야제 티켓을 구입 하지 않은 게 마치 자기 잘못인 양 목소리에 습습한 물기가 묻어난다.

사람들은 파도처럼 행사장으로 쏠려 들어가고, 텅 빈 홀에 우리 세 사람만 덩그러니 서 있다.

Becoming
a Mother

임산부 교육을 받으러 가는 딸을 따라나섰다. 햇볕이 몹시 따가운 한낮. 두 손으로 배를 받친 뒷모습이 내 눈에 낯설다. 질끈 뒤로 묶은 머리와 한 아름이나 되는 두리뭉실한 허리, 맨발가락을 아무렇게나 슬리퍼에 꿰고 우그렁하게 걷는 모습이 영락없는 아줌마다. 검정색 슈트가 잘 어울리던 훤칠한 키와 날씬한 허리, 뾰족구두 위로 쭉 뻗은 긴 다리, 세련된 걸음걸이의 전문직 커리어우먼은 어디로 갔는지 모르겠다. 딸은 지금 임신 9개월째다.

강의실에 배불뚝이들이 한 명 두 명 모여든다. 맨 앞자리는 백인 부부가 앉았다. 커다란 손을 배에 갖다 대며 원을 그리는 남편의 손등에 아내도 자신의 손을 얹는다. 마치 부부란 이렇게 하나가 되어 가는 거야, 하는 것 같다. 아직도 얼굴에 앳된 소녀의 모습이 남아 있는 히스패닉 여자, 배 속의 아기 때문인지 살이 찐 건지 분간이 안 되는 뚱뚱한 백인 여자 그리고 내 딸이 '갓난쟁이 응급처치법' 수강생의 전부다. 강사는 아기 크기와 똑같은 인형을 나눠 주며 응급처치법, 목에 이물질이 걸렸을 때의 대처법 등을 강의한다. 저 기술을 과연 쓸 수 있을까 싶은데 수강생들은 아주 심각하게 연습을 한다.

나도 초년 임산부였던 때가 있었다. 임신과 출산에 대한 아무런 지식도 준비도 없던 신혼 초에 임신이 되었다. 그것은 사건이었다. 결혼은 했지만, 아직은 누군가의 반쪽으로 사는 새로운 환경에 온전히 편입되지 않은 어중간한 때에 임신은 나를 그 울타리 안으로 사정없이 밀어 넣어버리고 말았다. 한 남자의 아내, 한 아이의 엄마로 살아야 한다는 확증의 마침표. 설레는 한편 두렵기도 했다. 그것은 사랑과 약속만의 관계가 절대로 지울 수도 되돌릴 수도 없는 핏줄로 엮이는 일이었으며 무거운 공동 책임이 덜컥 지워지는 일이었다. 내가 선택한 '가정'이라는 배가 넓은 바다를 향해 첫 뱃고동을 울리는 출항 소리였다.

낯선 서울의 작은 아파트에서 수도꼭지를 거머쥐고 노란 위액까지 게워냈다. 그러나 그 입덧보다 더욱 나를 복대기 친 것은 아직 엄마가 될 준비도 안 되었는데 하는 심란한 마음이었다. 임신은 내게 씌인, 절대로 벗어날 수 없는 굴레 같은 느낌을 주었다. 배 속의 생명을 순연히 보듬기에는 내 자아가 너무 뻣뻣했다. 만삭이 되어 출산 준비되었냐 묻는 친구에게 떠밀려 동네 아기 옷 가게를 찾았다. 소매 끝에 손싸개가 붙어 있는 배내옷을 보고서야 배 속 아기의 꿈틀거림이 신기해지며 아기라는 존재와 비로소 대면할 수 있었다. 가르시아 로르카^{Garcia Lorca}의 희곡 〈피의 결혼〉에서 신랑의 어머니는 아들과 신부에게 말했다. "얘야, 넌 결혼한다는 게 뭔지 아니? 한 남자와 몇 명의 자녀들과, 외부와는 어떤 것이든 폭 2미터의 담을 두고 사는 것이야. 더 필요한 건 없어. 모두가 그저 살아가는 거란다." 그저 그렇게 살아가기 위한 첫걸음을 그때에야 비로소 나는 뗄 수 있었다.

딸은 나와 다르다. 임신하기 전부터 산부인과를 정해 임신하기에 적합한 건강 상태인가 검진을 했다. 몇 달 뒤 임신이 되었다는 의사 진단이 나자마자 다니는 직장 빌딩 안에서 운영하는 유아원 대기자 명단에 등록을 했다. 딸과 사위의 차에는 카 시트가 각각 실려 있다. 둘이서 앞서거니 뒤서거니 경찰서까지 가서 경찰에게 직접 안전하게 장착해달라고 했단다. 핑크빛 커튼으로 치장한 아기 방에는 온갖 아기 용품이 즐비하다. 유축기는 물론 병원 갈 때 들고 갈 가방까지 완벽하게 준비되었다. 가방 안에는 산통에 시달릴 때 기분 좋아지게 만든다는 라벤더 향수, 얼굴에 갖다 대는 손 선풍기까지 있다. 텔레비전을 보다가 갑자기 배가 아파 허둥지둥 가방을 챙겨 택시를 타고 병원으로 갔던 내 모습을 떠올리며 피식 웃었다.

딸은 임신이라는 진단을 받은 지 몇 주가 지나자 콩알만 한 점밖에 보이지 않는 초음파 사진을 디밀었다. 암만 자세히 봐도 내 눈에는 시커먼 빗금만 보이는데 딸과 사위 눈에는 손발이 모두 보이는 모양이었다. 의사가 다른 태아들보다 일주일 정도 더 큰 사이즈라고 했다며 헤벌레한 입을 다물 줄 모른다. 팔불출 증상이 참 빨리도 시작되었다.

5개월째 되는 정기 검진 전날 들뜬 전화가 왔다. 딸인지 아들인지 알고 싶으면 내일 함께 병원에 가자고 했다. 남편과 나는 전혀 궁금하지도 않지만 내색도 못 하고 약속 시간에 맞추느라 물도 한 모금 못 마신 채 새벽에 집을 나섰다. "여기가 눈, 코, 입, 여기가 간, 폐, 모두 이상 없습니다. 손가락도 다섯 개고요. 자, 이제 다리입니다. 어디 어디 딸인가 아들인가 볼까요? 오우, 프린세스 공주님이군요." 호들갑스러운 의사의 말에 딸은 보름달 같은 배를 부끄럼도 없이 열어놓고 누운 채로 두 손을 내밀어 사위와 하이파이브를 해댔다.

임신 6개월이 지난 딸의 다음 스텝은 듈라DOULA를 정해 매주 사위랑 셋서 미팅을 하는 것이다. '듈라'는 간호사와 의사의 중간쯤 되는 포지션의 사람이라고 하는데 한국식으로 말하면 조산원인 듯했다. 아기가 나올 기미가 보이면 집으로 와서 산전 호흡을 돕다가 병원까지 따라가 출산한 뒤에도 수발을 들어준다고 하니 내 몫을 덜어주는 작업이라 그리 말릴 일도 아니었다. 부부는 분만의 고통을 줄이기 위해 벌써부터 함께 호흡 연습을 했다. 손을 맞잡고 앉아서 하나 둘 셋 하면 셋이서 똑같이 후우 날숨을 뱉는, 세 살 먹은 아이도 하지 않는 호흡 연습을 심각하게 했다. 마음 같아서는 '뭐하는 짓이고. 치아라 마' 하고 싶었지만 모른 척했다.

7개월부터는 임산부 마사지를 받으러 다닌다. 등뼈와 온몸의 관절, 골반 등이 제자리에서 자연스럽게 움직이게 도와주고 음악을 들으며 배를 쓸어주면 아기도 안정되고 편안해진다고 한다. 부모 교실에도 일요일마다 다닌다. 도대체 뭘 배우느냐고 물으니 찍어온 영상을 보여준다. 사위가 인형을 가슴에 엉거주춤 안고 우유병을 들이대고 있다. 인형 엉덩이를 들어 올리고 기저귀를 채우는 모습도 있다.

8개월로 들어서며 저녁마다 사위가 대롱 같은 걸 배에다 대고 아기에게 이야기해준다고 한다. 아빠의 목소리를 듣고 자라야 세상에 나와서도 아빠를 알아보고 거부감이 없다는 말에 어이가 없어서 허허 웃었다. 매일매일 들려줄 이야기가 없어서 요새는《헨젤과 그레텔》같은 동화책을 읽어준단다. 아기에게 무서운 이야기를 들려주면 어떻게 하느냐는 내 핀잔에 깜짝 놀란다. 그 생각을 못 했다며 이제부터 어린이 성경을 읽어주겠다고 한다.

　30년 전 내 친정 엄마는 침대에 누운 갓난쟁이 내 딸을 보며 "너는 참 좋은 때 나왔구나. 좋은 세월에 태어났다"라고 하셨다. 이제는 내가 똑같은 말을 딸의 배 속에 있는 아기에게 한다. 내 딴에는 현명하게 잘 살아왔다고 생각했는데 딸의 모습과 비교해보니 많이 어수룩했구나 싶다. 생각해보면 내 어머니의 어머니도 역시 딸의 출산 준비에 경탄했을지도 모른다. 세월이 흐르면 내 딸의 딸도 임신을 할 것이고 한결 더 철저해진 출산 준비에 내 딸도 역시 고개를 흔들겠지.

　몇 년 전 앞뜰에 히아신스를 두어 그루 사서 심었다. 계절이 바뀌며 시들어 없어지더니 이듬해 봄에 열댓 송이 꽃무리가 되어 노랗게 피어올랐다. 쓰다듬으면서 말했다. 언제 이렇게 가족을 이끌고 다시 왔니. 장하기도 하구나. 해마다 히아신스는 식구를 늘리며 피어올라 이제는 우리 집 앞뜰이 봄이면 온통 노란 꽃밭이 된다. 갈수록 꽃송이들이 더 커지고 색깔도 짙어진다. 사소한 꽃도 엄숙한 생명의 순환성 안에서 끊임없이 발전하고 변한다. 그러나 아무리 문명이 절정을 이루고 기존 삶의 가치가 폐기 처분되어도 아기의 탄생을 맞이하는 어머니의 마음은 한결같다. 꽁꽁 언 손으로 겨울 냇가에서 빨래를 하던 할머니도, 수돗가에 앉아 방망이를 두들기던 내 어머니도, 세탁기를 왈왈 돌리고 있는 나도, 모성이란 단어 앞에서는 똑같은 '어머니'이다. 탯줄의 강력한 끌림을 삶 전체에 아우라처럼 두르고 사는 어머니. 어린아이라고만 생각했던 내 딸도 드디어 이 성스러운 대열에 합류하려고 한다.

응급처치 교육이 금방 끝났다. 사십 분이나 차를 몰고 고속도로를 달려 왔는데 교육 시간은 겨우 삼십 분이다. 그래도 딸은 흐뭇하다. 하루에도 몇 번씩 나를 찾으며 묵은 경험을 물어보겠지 했던 기대는 애당초 접고, 열쇠를 짤랑거리는 딸을 따라 한 발자국 뒤에 서서 묵묵히 엘리베이터를 탄다.

아들의
정체성

　1년이란 세월을 백수로 살아야 했던 아들이 집에서 뒹굴다가, 삼촌 회사에도 나가다가 몸부림을 치더니 또 배낭을 짊어지고 나섰다. 동남아 쪽을 더 둘러보고 한국에도 가보고, 마지막으로 아르헨티나로 가서 스페인어를 배우다 돌아오겠다고 했다. 남편은 이 기회에 회사로 불러다가 좀 써먹어야지 기대를 했지만 도통 아빠 회사에는 관심이 없다. 인생은 긴데, 세계 곳곳을 돌아보며 견문을 넓히는 것도 나쁘지는 않다며 집 떠나는 아들을 기쁜 마음으로 배웅했다.

　아들은 어느 날은 베트남에서, 또 어느 날은 캄보디아, 라오스, 미얀마, 인도네시아 등에서, 머무는 나라가 바뀔 때마다 이메일을 보내왔다. 전화도 되지 않고 연락처도 없으니 허공 어느 곳에서 밥은 잘 먹는지 잠은 잘 자는지 어떤 사람들이랑 어울리는지 답답하기 그지없지만 그저 믿는 마음으로 소식이 오기만을 기다렸다. 한 달이 지나자 드디어 한국에 도착했다는 연락이 왔다. 마치 우주를 떠돌다가 지구에 안착한 것 같아 휴우 하는 안도의 한숨이 나왔다. 그렇게 한국에서 몇 달을 보내는가 했더니 예정에 없이 일찍 들어왔다. 친구들과 함께 대통령 선거에 출마한 오바마 선거 캠프에 들어가서 도와주기로 했다는 것이다. 뉴멕시코로 날아가서 두달 간의 선거운동을 마치고 돌아온 아들은 몸과 마음이 부쩍 큰 것 같았다.

어느 날 우연히 어느 나라가 더 좋은지 토론이 벌어졌다. 아들에게 물었다. 미국과 영국이 싸우면 어느 나라를 편들겠냐고. 당연히 미국이라고 했다. 혹시 하는 마음에 또 물었다. 만약에 한국과 미국이 싸우면 어쩌겠냐고. 아들은 고개를 갸웃하더니 싸우는 이슈에 따라서 결정을 하겠다고 한다. 한국 사람도 아니고 미국 사람도 아닌 것인지, 한국 사람인 동시에 미국 사람인 것인지 잘 모르겠다. 이런저런 이야기 끝에 아들은 지난 몇 달 간 있었던 이야기를 들려주었다.

동남아를 배낭여행 하면서 유스호스텔에 묵었다. 자기와 같은 세계 각국의 배낭여행 청년들이 모여 각자 소개를 하는 자리에서 제일 먼저 묻는 것은 어느 나라 사람이냐는 것이다. 그들은 이름보다 국적을 더 궁금해한다. 당연히 아들은 미국인이라고 했다. 그랬더니 모두 고개를 갸웃하더란다. 너는 동양인이지 않느냐고. 아들은 미국에서 태어났고, 미국에서 대학까지 마쳤으니 당연히 미국 사람이라고 아무런 느낌 없이 말했다. 너의 부모님은 어느 나라 사람이었냐고 또 묻더란다. 원래 한국 사람이었지만 지금은 미국 시민이라고 했다. 그랬더니 이구동성으로 너는 한국 사람이라고 못을 박아버리더란다. 아들은 한국말보다 영어가 훨씬 쉽고 한국 문화보다 미국 문화에 더욱 익숙하다고 아무리 말해도 소용이 없었다고 했다. 아들은 용납할 수 없었지만 그들의 시선이 이해가 되기도 했다.

동남아 여행을 마치고 한국으로 갔다. 한국에서 또래의 사촌이랑 함께 지내면서 사촌 친구들과 어울리게 되었다. 한국 아이들은 아들이 아무리 한국말을 유창하게 해도 미국인 취급을 하더란다. 아들은 분명 자기와 똑같이 생긴 한국 아이들과 지내는 동안 시간이 갈수록 오히려 더 문화와 생각의 차이를 발견했다. 외국인들은 아들을 한국 사람으로 인정하는데 오히려 한국 사람들은 외국인이라며 더 어려워했다. 정작 미국에서는 한 번도 느끼지 못했던 정체성의 혼란을 부모의 나라 한국에서 느끼고는 한동안 우울해했다.

그러나 지금은 아니란다. 오바마가 대통령에 당선되는 것을 보며 자기는 정말 미국 사람이라는 것을 깨달았다는 것이다. 오바마 선거 캠프에서 그의 할머니를 비롯한 식구들을 태우고 다니며 오바마 부모님은 우리 부모님과 같은 이민 1세대라는 것에 친밀감이 느껴졌다고 했다. 오바마는 자기와 같은 2세대인데, 이민 2세가 이 미국 땅의 대통령도 될 수 있다는 현실을 보면 분명 자신은 미국 사람이라는 확신이 왔다는 것이다. 아들의 말을 들으며 마음 한구석이 아릿했다. 한 번도 미국에서 사는 것을 후회한 적이 없었는데 번민하는 아들을 대하니 과연 미국에 온 것이 잘한 일일까 하는 생각이 든다.

몇 년 전 남편 회사의 컨퍼런스에서 있었던 일이다. 캐나다의 밴프 스프링스 호텔에서 며칠을 보낸 후 마지막 만찬 자리에서였다. 네 쌍의 부부 여덟 명이 앉은 테이블에는 각 주에서 온 사람들이 함께 했는데 그날은 미주리 주에서 왔다는 부부가 옆에 앉았다 그 부부는 동양인을 처음 보는 모양이었다. 우리가 무척 반가운 한편 어떻게 이곳에 오게 되었을까 신기해했다. 부인은 자리에 앉자마자 어디서 왔냐고 물었다. 로스앤젤레스라고 했더니 태어난 나라가 어디냐고 다시 물었다. 로스앤젤레스라는 말에는 아무 의미도 두지 않았다. 코리아라는 내 말에 또 노스? 사우스? 했다. 나는 당연히 사우스지요. 노스는 공산당이 잖아요 했다. 그래도 한국이 분단된 것은 알고 있었다. 미군 파병 때문인 것 같다. 우리가 베트남을 알고 있듯이. 음식이 나오자 "너희들 음식 괜찮니? 입에 맞니?"하고 묻는다. 미국 온 지 30년이 넘었다고 누누이 설명했는데도 여전히 걱정을 했다. 우리가 미국화되어 불편이 없다고 아무리 말해도 이 사람들 눈에는 도무지 미국 사람으로 생각되지 않는 아시아의 작은 나라, 한국 사람일 뿐이다. 순간순간 우리를 어린아이 보살피듯 도와주려는 모습을 보며 나는 아이들 걱정이 되었다. 우리의 2세들이 암만 능력이 있다고 한들 주류 사회에 들어가서 이 벽을 어떻게 뚫고 우뚝 설 수 있을까. 이들의 눈에는 외국인인데, 정말 특별한 전문성이 없으면 힘들겠구나 싶어 마음이 아팠다.

다행히 아들은 정체성을 찾았다며 마음을 다스렸지만 아들을 보는 내 마음은 편치 않다. 내 나라 내 땅에서 주인 노릇 하며 살 수 있도록 해줄 걸 왜 우리는 이곳에 뿌리를 내렸을까 하는 후회도 든다. 아이들이 어릴 때부터 전문직을 가져라, 전문성이 있어야 한다고 강조했지만 그때는 그저 막연히 한 말이었다. 막상 전문인이 되었다고 해도 그 세계에서도 또 경쟁이 있을 것이니 어찌 감당하며 어찌 이 두터운 유리 천장을 뚫고 올라갈까 싶다.

모든 이민자의 마음속에 희망의 싹을 심어준 오바마의 존재가 새삼 고맙다. 오바마를 대통령으로 뽑아준 미국인의 성숙한 의식도 존경스럽다.

아버지의
낡은 점퍼

벌써 몇 년째인가. 어머니가 아버지의 빛바랜 점퍼를 또 꺼내 입으셨다. 어머니 몸에 맞지도 않는 헐렁하고 낡은 그것은 해마다 주인을 기다리지만 올해도 주인 대신 어머니 몸에 걸렸다. 아버지의 사진이 경대 위에서 TV 앞으로, 식탁으로 옮겨 다니는 12월이 다시 왔나 보다. 해가 몇 번 바뀌면 마음에 굳은살이 앉을 법도 하건만 10여 년을 흘려보내도 이맘때만 되면 어머니의 상처는 벌겋게 다시 일어난다. 단 한 달만 일주일만 아니 하루만이라도 아프다가 가실 것이지, 어이 이리 무심한 사람인가. 어찌 이리도 냉정한 사람인가. 어머니의 원망 소리에 우리의 겨울은 그날 이후로 더욱 추워졌다.

추수감사절을 막 보내고 거리의 가게들이 하나둘 크리스마스 장식을 시작하던 겨울의 초입. 그날은 아침부터 부슬비가 회색 하늘을 뒷마당 담벼락까지 끌고 내려왔다. 담쟁이덩굴도 빗물에 흠뻑 젖은 채 느닷없이 찾아온 찬바람을 힘겨워했다. 아들의 바이올린 레슨을 다녀오는 길에 동생한테서 전화가 왔다. 매일 동생네 아이들을 태우러 가시던 아버지가 오늘은 학교에 나타나지도 않고 핸드폰도 꺼져 있단다. 텅 빈 운동장에서 몇 시간째 비를 맞으며 할아버지를 기다리고 있을 아이들 걱정보다 이유 모를 불안감이 가슴을 조여왔다. 어머니는 파마를 하러 가신다더니 아직도 돌아오지 않았고 텅 빈 아버지의 방 책상 위에는 약병과 메모지가 어지럽게 널려 있었다. 전화번호부에서 아버지 필체의 번호를 찾아 무조건 돌렸다. 자주 가시던 기원 주인은 물론 친구분들조차 한결같이 오늘은 뵙지 못했다고 했다. 허둥대는 나를 무심히 바라보던 아들이 한마디 했다. 엄마가 자꾸 전화를 쓰면 계속 통화 중이라 오히려 연락을 못 받으니 차분히 누군가에게서 걸려올 전화를 기다리자고. 마음 같아서는 어디든 찾아 나서야 할 것 같은데 전화기만 바라보고 있자니 참으로 답답한 노릇이었다.

창밖이 어둑어둑해질 무렵 드디어 전화벨이 울렸다. 낯선 여자 목소리였다. 아버지가 사우나 욕탕에서 심장 마비를 일으켜 병원에 실려 가셨단다. 여자는 '종일 전화를 해도 아무도 안 받더니 이제야 연락이 되었다'며 짊어지고 있던 마음의 짐을 훌훌 벗어던진다. 병원을 찾아 동생과 함께 달렸다. 오전에 일어난 일이라니 지금은 어떤 상태인지 온갖 불길한 예감이 다 든다. 빨간 신호등도 눈에 들어오지 않았다. 아스팔트 위에서 번들거리는 빗물이 헤드라이트에 반사되어 내 눈을 마구 찔러댔다. 의식 불명이라도 좋고 반신불수라도 좋으니 제발 살아만 계셔달라고 엉엉 소리 내어 기도했다. 동생이 옆에 앉아 전화로 이리저리 담당자를 찾았다. 한참 만에 연결된 간호사가 차분한 목소리로 지금 운전 중이냐고 물었다. 운전하는 사람 따로 있으니 안심하고 상태를 말해달라는 동생의 애원에 머뭇거리던 목소리가 잦아들며 "아임 쏘리" 했다. 설마 하던 일이 현실이 되어버렸다. 길가에 차를 세워놓고 아버지를 부르며 둘이서 부둥켜안고 울었다. 이게 무슨 일인지 도무지 실감이 나지 않았다.

간호사가 데리고 들어간 방에서 아버지를 뵈었다. 아, 아버지…… 아버지는 아무리 불러도 오실 수 없는 강을 건너가신 지 이미 오래였다. 드라마에서만 봐오던 죽음과의 만남이었다. 생전 처음으로 만나본 만남이었다. 아니 이별이었다.

아버지의 장례식을 예견이라도 하신 듯 곱게 파마를 한 어머니는 아무것도 모른 채 된장국을 끓이고 계셨다. 아버지의 죽음을 전화로 전해 들은 어머니는 내가 집 앞에 차를 들이댈 때까지도 무슨 말인지 말귀를 못 알아들은 사람처럼 무연한 눈빛으로 나를 쳐다보셨다. 앞으로 휜 어깨가 금방이라도 넘어질 듯 엉금엉금 차에 기어오르면서 "참말이가?"만 연발하셨다.

다음 날, 사우나 앞에 세워둔 아버지의 차를 찾아왔다. 운전석 등받이에 걸려 있던 회색 점퍼를 집어 드신 어머니가 그때에야 주저앉았다. "너그 아버지 어데 가셨노? 왜 잘 있거라 한마디도 안 해주고 갔노. 혼자서 우찌 가셨을꼬. 외로워서 우찌 가셨을꼬. 너그 아버지 불쌍해서 우짜노."

그때 아버지 연세가 일흔아홉 살이었다. 살아 계셨으면 올해로 아흔 살이다. 지금까지 살아 계시라고 욕심을 부릴 수는 없지만 그래도 몇 년 더 살면서 병치레를 조금이라도 하다가 떠났으면 어머니의 아쉬움이 저렇게 크지는 않으실 터인데 싶다. 간혹 남편이 노환으로 누웠다는 주위 사람의 말을 들으면 어머니는 오히려 그들을 부러워하신다. 죽이라도 끓여 마지막 사랑을 나눌 수 있으니 얼마나 귀한 일인가, 자식까지 낳으며 한세상 함께한 인연에게 안녕 인사는 하고 헤어질 수 있다는 것이 얼마나 고마운 일이냐며 병수발에 지친 사람들을 진심으로 위로해주신다.

캘리포니아의 우기가 올해에는 일찍 시작되었다. 아침부터 추적추적 내리는 비에 아버지가 심어놓으신 감나무의 감이 젖어 있다. 영문도 모른 채 겨울이 다 지나도록 허공에 매달려 주인의 손길을 기다리고 있던 그해의 가여운 감을 다시 보는 듯하다. 해마다 가을이면 시름

시름 기운 잃은 낙엽들 사이에 발갛게 매달리는 감처럼 아버지의 낡은
점퍼는 올해도 어김없이 어머니의 몸에 걸렸다. 해마다 낡아가는 열
매, 해마다 작아지는 나무를 만나는 우리의 겨울은 올해도 몹시 추울
것만 같다.

몸 기둥
마음 기둥

　지난주부터 체했다며 몹시 고통스러워하시던 어머니. 약해 보이지만 강단이 있어서 병치레 한번 하지 않던 분이 침대에서 일어날 때도 누우실 때도 어구구 신음이 대단하다. 등뼈로 시작하여 갈비뼈를 빙 돌아 허리 전체가 아프다며, 등을 두드려달라 쓸어달라 몸부림을 치셨다. 평소 위가 좋지 않아 소화제랑 위장약을 드시던 터라 당연히 체한 줄 알고 등을 쓸어드리고 바늘로 손가락을 찔러 피를 내며 열심히 간호를 해드렸지만 아무런 효과가 없었다.

　작년 봄부터 몇 달에 한 번은 이런 고생을 열흘씩 했다. 맛있는 것 먹으러 가자고 하면 싫다고 손을 내젓던 모습에 또 체하셨구나 지레짐작만 했을 뿐 별 대수롭지 않게 여겼다. 병원을 들락거리며 정부 돈 낭비하는 것 싫다고 하던 어머니도 이번에는 견딜 수 없으신지 자진해서 위 내시경, 대장 내시경 검사를 했다. 위도 장도 깨끗하여 도무지 아플 이유가 없다는 의사 선생님 말씀에 안심하며 돌아온 며칠이 지나도록, 검사 결과와는 상관없이 계속 힘들어해서 또 병원을 찾았다. 어머니의 호소에 고개를 갸우뚱하던 의사 선생님. 이번에는 엑스레이를 찍어보자고 하셨다. 커다란 필름을 이리저리 살펴보던 선생님이 등뼈가 조금 내려앉은 걸 발견했다. 골다공증이 심하면 이렇게 등뼈가 부서져 내리고, 그것에 신경이 눌려서 아픈데 2주 정도 지나면 적응이 될 테니 걱정 말라는 말도 덧붙였다. 작년 봄부터 조금씩 등뼈가 무너지느라고 그렇게 힘들었구나 생각하니 어머니의 작은 육신을 80여 년이나 지탱하고 견뎌준 그 존재가 새삼 고맙다. 한 번도 생각해보지 못한 부분이다. 의사 선생님은 골 밀도를 높여서 뼈를 튼튼하게 만들어주는 주사를 2년간 맞아야 한다고 했다. 이제는 생전 처음 들어본 뼈 주사와 매일 만나는 친구로 살아야 한다.

쇠약해진 어머니를 위해 간호사를 집으로 보내주어 링거를 맞게 해달라고 부탁했다. 이튿날 방문한 간호사에게서 주사하는 방법을 배웠다. 한 달간 맞을 양의 약이 들어 있는 주사기로 매일 한 눈금씩 주사해야 한다. 주사기를 돌리고 공기를 먼저 빼내고, 또 돌려서 주사를 하는데 약이 들어갈 때는 띠띠 소리가 난다. 의료 행위에 대해선 전혀 문

외한인 내가 보기에 조금 복잡했다.

첫날 배울 때는 뭐가 뭔지 모르겠더니 이틀째에는 서툴게 놓아드렸고 사흘째에는 능숙하게 놓아드렸다. 유난히 자식들에게 신세 지기를 싫어하는 분이 매일 아침 문을 두드리는 내가 부담스러운지 사흘째에는 당신도 배우고 싶다고 하셨다. 당뇨병 있는 친구들도 인슐린을 자신이 주사한다던데 이 정도는 충분히 할 수 있다며 떼를 썼다. 어제도 내가 하는 것을 유심히 보며 방법을 되뇌시는 어머니께 마음대로 기동하실 때가 되면 가르쳐드리겠다고 했는데, 오늘 아침 일찍 전화를 주셨다. 혼자서 주사를 했으니 오지 말라고. 너무 뜻밖이라 말문이 막힌 내게 간호사가 일러준 말을 그대로 외운다. 아니, 오히려 간호사보다도 더 쉽게 설명을 하신다. 마지막에 '따다닥' 하며 약 들어가는 소리도 들었단다. "별라다 별래. 우리 할매 우째 이리 별날꼬. 할매가 좀 할매다우셔야지. 진짜 못 말리는 할매네." 이 말 외에는 달리 할 말이 없었다.

어머니는 며칠 주사를 맞았는데도 옆구리가 계속 결려 오늘 또 병원에 갔다. 의사 선생님이 일주일 정도 더 기다려야 통증이 완전히 가시지만, 이왕 오셨으니 확실히 검사를 하자며 CT 촬영을 해주셨다. 결과는 여전히 '모든 장기에 이상 없음'이었다. 집에 돌아오며 어머니는 당신의 몸에 대해 정리를 했다. "나는 말이다. 집으로 칠 것 같으면 인제

다 낡아삐린 기라. 창문이 부서졌거나 찌그러졌으면 갈아 끼우면 되는 거제. 대문이 부서졌으면 새로 고치면 되고 말이다. 그런데 나는 집에 큰 기둥이 무너진 기라. 집에 큰 기둥이 무너지면 우찌 되노. 벽이 갈라지고 지붕이 새고 창문이 깨지고 난리가 안 나겠나. 천장에 전기 다마도 떨어지고 말이다. 그라니까 부서진 등뼈가 아프고 옆에 갈비뼈도 아프고 주위에 모든 등허리도 아프고 하는 거 아니겠나, 그자?" 비유가 어찌나 적절한지 핸들을 마구 두드리며 웃었다. 더 이상 어떻게 어머니의 몸 상태를 설명할 수 있을까? 오장육부 모두 깨끗하고 노인병도 없어서, 잘 잡수고 원기만 돋우면 된다는 내 말에 기분 좋아진 어머니는 앞으로의 계획도 명쾌하게 세운다. "내 몸 구석구석 뒤적여서 병이 어데 숨었는지 인제는 다 찾아봤다. 이래 들여다보고 저래 들여다보고 찾아내는데 지 놈이 어데 숨어 있을 끼고. 내 몸에 병은 없다 아이가. 인자부터 무조건 맛있는 것 많이 먹고 열심히 운동하고. 호호호호!"

몇 주간의 고생이 꿈이었던 양, 어머니의 웃음소리가 따사한 햇살 사이로 꽃잎처럼 날아간다. 어머니의 활짝 펴진 얼굴을 보며 나는 속으로 기도한다. '하나님, 우리 엄마 하나님께 가시는 그날까지 지금 이 건강 상태 그대로, 조금도 변치 않게 지켜주세요. 비록 몸 기둥은 조금 무너졌지만 마음 기둥은 튼튼히 서 있게 해주세요.'

어머니의
자전거

　오늘따라 24아우어 피트니스²⁴ᴴʳ ᶠⁱᵗⁿᵉˢˢ 홀이 텅 비었다. 하늘은 갑자기 쑥 올라가버렸고, 땅속 깊이 머물던 바람이 몽땅 올라와 나뭇가지를 흔들고 구름을 흔들고 세워둔 차들도 마구 흔들어댄다. 사람들은 기계 위에까지 올라가 흔들리고 싶지 않은지 예전 같으면 와자할 시간인데도 오늘은 조용하다.

　어머니가 먼저 오셨을까? 창문으로 수영장을 들여다보니 아직 모습이 안 보인다. 알록달록 꽃무늬 수영복을 입고 환하게 웃으며 손을 흔드는 어머니 대신 빼빼 마른 한국 남자와 머리에 고무 모자를 눌러쓴 백인 할머니만 풍덩거릴 뿐이다. 노인 복지관에서 오는 버스가 조금 늦나 보다.

먼저 들어가 수영하고 있을 양으로 풀장으로 향한 좁은 복도를 걸어 가는데 어디서 "희야" 하는 어머니의 목소리가 들린다. 왼쪽은 선전 문 구가 붙은 벽이고 오른쪽으로는 운동 기구방인데 어디서 들리는 소리 인지 모르겠다. "여기! 여기!" 목소리가 더 커진다. 두리번거리는 내 시 야에 운동 기구 헬스 자전거 위에 앉아 계시는 어머니가 들어온다. 빨간 구두에 긴 치마, 가로세로 버버리 고유의 체크무늬가 어머니 허벅지 위 에서 둔하게 펄럭인다. 아무도 없는 어둡고 휑한 방, 갖가지 운동 기구 가 무겁게 침묵하고 있는 방에서 어머니는 무엇을 보셨을까. 장난스레 웃으며 손가락으로 가리키는 건너편 자전거에 나도 걸터앉았다.

수영장으로 가다가 자전거가 보이길래 어릴 적 생각이 나서 들어오 셨단다. "나도 옛날에 자전거 많이 탔다." 그 시절에 여자가 자전거를 탔다는 말이 믿기지 않아 멍하니 쳐다보니 어머니는 어느새 열일곱 향 긋한 소녀로 돌아가 있다. 막내 동생을 앞자리에 앉히고 뒤에는 짐을 싣고서 강변을 달리던 씩씩한 시절도 있었노라며 얼굴에 살며시 행복 한 미소가 번진다. 누나를 따라다니던 동생들도, 참 예쁘다는 칭찬을 해주시던 동네 어른들도, 자전거를 날렵하게 몰던 기억도 선명하게 눈 에 보이는지 철커덩철커덩 어머니의 자전거가 점점 빨라진다. 아직도 가슴속에 살아 있는 앳된 소녀가 얼마나 그리우면 어두컴컴한 방 낯선 기계 위에 혼자 앉아 이렇게 페달을 돌리실까. 어머니의 모습이 갑자 기 부옇게 흐려진다.

은빛
머리카락

　아침 여덟 시 오십 분, 초등학교 6학년 아들의 학교 주차장에 차를 대었다. 아들이 내리는 모습을 보다가 문득 고개를 돌렸다. 멀리 운동장 복판에 가방을 메고 우르르 달려가는 꼬마들의 까만 머리, 노랑머리 사이로 반듯하게 빗어 넘긴 은빛의 머리카락이 끼어서 함께 걸어간다.

　고동색 조끼에 베이지색 바지를 깔끔하게 차려입은 할아버지. 아이들 걸음에 맞추느라 바쁘다. 토끼가 얌전히 앉아 있는 우리를 양손으로 움켜잡고 나폴거리는 손녀의 치맛자락을 놓칠세라 마음이 급한 모습. 마음만큼 따라와주지 않는 다리로 허리를 굽힌 채 걷는 할아버지를 가만히 바라보니 아! 아버지, 우리 아버지다. 막내딸의 출근 시간이 조금이라도 수월하라고 손수 두 손자 손녀를 태우고 안경 속의 눈을 부비면서 아침마다 운전대를 잡는 우리 아버지. 오늘은 손녀 학급에서 토끼에 관한 공부를 하기로 했나 보다. 소란스러운 학교 주차장 귀퉁이, 겨우 발견한 좁은 공간에 어렵게 차를 대고는 "자, 무겁다. 할아버지가 니네 교실까지 들어다 줄 테니까 교실이 어디니? 앞서거라" 하면서 내린 모양이다. 아이들 틈에 끼여 건물 안으로 사라지는 아버지의 뒷모습이 너무나 아름다워 나는 "아버지" 하고 가만히 소리 내어 불렀다.

내 기억 속의 아버지는 참으로 멋쟁이셨다. 옛날 60년대, 그 시절에도 아버지는 핑크빛 와이셔츠를 멋지게 차려입으셨다. 먼 데 출장이라도 다녀오는 날에는 알록달록한 비닐에 '대구 능금'이라고 쓰인 사과 바구니랑 천안 호두과자를 사 와서 우리 육 남매에게 늦은 밤의 횡재를 안겨주셨다. 약주를 즐기지는 않았지만, 간혹 취하신 날에는 손에 식빵을 들고 오셨다. 잠든 우리를 모두 깨우며 생전 부르지 않던 콧노래까지 곁들여 방 안 가득 당신의 기분 좋은 저녁을 풀어놓으셨다.

"얘들아, 아버지 오셨다. 빵 좀 먹어봐라."

씻지도 않은 손으로 볼록볼록 튀어나온 식빵을 한 덩이씩 뚝뚝 잘라서 나눠 주면, 우리는 눈이 부신 전깃불을 한쪽 손으로 가리며 방금 자다 일어난 마른입으로 꾸역꾸역 잘도 먹었다. 그래서 우리는 아버지가 취해서 들어오는 날이 좋았다.

어느 일요일 오후, 방바닥에 신문지를 깔아놓고 우리를 부르던 아버지가 생각난다. 우리는 방바닥에 주욱 누워서 아버지께 발을 맡기고 아버지는 또각또각 발톱을 깎아주셨다. 가끔 아버지는 산수 문제를 내어주기도 했다. 덧셈 뺄셈 각각 열 문제씩. 모두 다 맞으면 빨간 색연필로 커다랗게 100점이라고 써주셨다. 나는 아버지만 계시면 산수 문제를 내달라고 졸랐다. 그게 하기 싫은 공부인 줄도 모르고. 학교에서 100점을 받아 오는 날에는 상으로 돈을 주셨다. 액수는 생각나지 않지만, 나는 그 돈으로 만화방으로 달려갔다. 어느 날엔가 마당을 뛰어나가는 내 뒤통수에다 물으셨다. "희야, 또 만화방 가나? 만화가 어디가 그리 재밌노?" 나는 뒤를 획 돌아보며 받아넘겼다. "아버지는 담배가 뭐가 그리 맛있어요? 어른들 담배 피우는 맛하고 똑같습니다." 아버지는 허허 웃으며 나의 당돌한 대답을 대견해하셨다. 지금 생각하면 낯이 화끈거리는 되바라진 응답이었다.

고만고만한 육 남매가 함께 자라니 우리는 수시로 쿵쾅거리며 싸웠다. 힘 있는 형은 씩씩거리고 동생은 울곤 했다. 그럴 때마다 아버지는 둘을 다 불러 앉혀놓고 발바닥을 때렸다. 우리를 체벌하실 때는 손바닥이나 발바닥을 때렸다. 얼굴을 붉히며 화를 내는 아버지를 뵌 기억이 없다. 두 아이를 키우는 엄마로서 몹시 화가 날 때는 머리고 등이고 엉덩이고 할 것 없이 마구마구 때려주고 싶을 때가 있다. 그럴 때마다 나의 아버지를 생각한다. '아버지는 우리에게 무섭게 화를 내지 않으셨는데, 조목조목 잘못을 스스로 시인하게 하고 몇 대의 매를 맞고 싶으냐고 묻곤 하셨는데……' 어느새 마음을 다스리는 자신을 보곤 한다.

반듯하고 멋쟁이던 아버지도 어느덧 머리가 희어졌다. 우리도 이젠 모두 어른이 되어 각각 자기 모양대로 가정을 꾸려가면서 또 다른 소리로 아버지를 찾는다.

"아버지, 오늘은 아이들 축구 시합이라서 공원으로 데리고 가야 합니다."

"아버지, 오늘부터 바이올린 레슨 시작해야 합니다."

"아버지, 오늘은 농구를 YMCA에서 한답니다."

수시로 보채대는 부탁을 아버지는 기억하기에 바쁘다. 그래서 아버지의 차는 온갖 약도와 아이들의 시간표로 어지럽다.

"아버지, 스케줄이 자꾸 바뀌어서 정신이 없죠? 제가 아버지 머리 많이 쓰셔서 치매 걸리지 말라고 자꾸자꾸 바꾸고 있습니다. 히히히."

"그래그래, 자꾸 바꾸어라. 나도 낯선 곳 찾아가보니까 구경이 좋다."

딸의 애교를 미안해서 하는 말인 줄 다 알아들으시고 허허허 웃는 우리 아버지. 어느새 연세가 일흔여섯이 되셨다. 듬성듬성한 머리에 주름진 아버지의 목을 볼 때마다, 이 나이가 되도록 아버지를 부르기만 했지 무엇 하나 해드린 게 없는 것 같아 죄송하다. 건강하니까 여든

살은 수월히 넘기시겠지. 회갑 잔치는 가족들 모두 모여 저녁 한 끼 먹는 걸로 넘겼고, 칠순은 여행 다녀오시라고 돈만 드리고 말았는데. 나는 그게 마음에 걸려 남의 부모 회갑이나 칠순 잔치만 보면 속이 상한다. 회갑도 칠순도 못 차려드린 우리 아버지, 팔순 잔치는 아주 풍성하게 차려드려야지 하는 게 요즘 나의 바람이다. 평생 자식들을 가슴에 안고 무거웠을 아버지, 그날에는 모든 삶의 짐을 다 풀어놓고 활짝 웃으시라고 해야지.

나는 건물 안으로 사라지는 아버지의 뒷모습에다 대고 말한다. "아버지, 고맙습니다, 하는 인사는 팔순 잔치에서 우리 모두 예쁜 옷 차려입고 할게요."

(아버지는 79세에 돌아가셔서 결국 팔순을 못 해드렸다.)

귤 한 박스
쌀 한 포대

가족이라고는 아무도 없는 젊은 부부가 이번에 네 번째 아기를 출산했다고 한다. 혼자서 일곱 살, 네 살, 두 살짜리 꼬마와 함께 신생아까지 돌봐야 할 딱한 처지라 교회 식구들이 음식을 해다 주기로 했다. 크리스마스 날 오후, 친구랑 둘이서 그 집을 방문했다. 친구는 간고등어랑 잡채, 꽃 리본을 예쁘게 장식한 롤케이크까지 챙겼지만 천성이 무심한 나는 달랑 기저귀 한 박스만 샀다.

낯선 동네 아파트라 번지 찾기가 쉽지 않았다. 전화를 걸었다. "차는 못 들어와요. 걸어서 들어오세요. 길에서 가까워요." 마치 음식 배달부에게 하는 말 같아 조금 머쓱했다. 친구는 무거운 음식 보따리를, 나는 눈앞을 가로막는 커다란 기저귀 박스를 안고 끙끙대며 이 건물 저 건물 속을 헤매어 겨우 번지를 찾았다. 아파트 문을 열자 한 떼의 꼬마들이 오로록 식탁에 몰려 앉아 숟가락으로 밥을 먹고 식탁 아래에는 밥풀이랑 떨어진 콩나물이 아이들의 발 사이로 보였다. 건너편 소파 위에는 담요에 꽁꽁 싸인 갓난쟁이가 누워 있었다. 집 구석구석에 쌓여 있는 짐들을 보고 의아해하는 우리에게 곧 다른 주로 이사를 갈 거란다. 축복 기도도 하고 고등어를 어떻게 구우면 맛있다는 친절한 안내까지 해주었는데 고맙다는 인사는 끝내 못 듣고 나왔다. "기분이 이상해. 우리가 너무 오버한 것 아니야? 피곤해서 밑반찬을 더 많이 안 해 온 게 오히려 다행이네." 친구는 여섯 시에 저녁밥을 먹는다는 산모의 시간에 맞추려고 일부러 기다렸다가 잡채를 하고 고등어 간을 절이는 등 정성을 쏟았다. 아무런 수고도 없이 기저귀 한 박스만 덜렁 사 들고 온 나도 억울한 기분이 드는데 친구는 어떨까 싶다. "내 마음도 그래. 본인은 고맙지도 않은데 우리끼리 괜한 짓을 한 것 같아. 더구나 이사도 간대잖아……. 그런데……." 나는 갑자기 옛날 생각이 났다.

우리가 미국에 첫발을 디딘 해였다. 11월에 도착하여 어리둥절하는 중에 크리스마스가 되었다. 이웃집은 창문 너머로 반짝이는 트리와 그 밑에 수북이 쌓인 선물 상자가 따뜻해 보였지만 낡은 창문이 덜컹거리는 우리 아파트는 크리스마스와는 아무런 상관이 없었다. 선물을 들고 갈 곳도, 선물을 들고 올 친구도 없다는 것이 조금은 쓸쓸한 이브 날 저녁, 감기로 작은 가슴이 쉴 새 없이 기침을 토해내는 돌잡이 딸에게 약을 먹이고 있었다. 빗줄기가 조금씩 굵어지고 바깥은 온통 어두움인 데 누군가가 창문을 톡톡 두드리며 "호호호" 했다. 놀라 문을 여는 남편의 파자마 바짓가랑이 사이로 빨간 산타 모자를 쓴 목사님이 보였다. 양팔에 안긴 귤 박스에서 빗물이 뚝뚝 떨어졌다.

목사님은 방바닥에 앉아 손으로 카페트를 쓰윽 쓸며 말씀하셨다. "코지 룸cozy room. 아주 귀엽고 앙증맞은 장소를 말할 때 코지 룸이라 고 하지요. 이 집은 정말 코지하군요." 너무 작아 소파도 놓을 수 없는 방이 갑자기 사랑스러운 동화 속의 방으로 둔갑했다. 목사님은 그렇게 고마운 산타로 우리를 찾아주셨다. 그러나 그때는 머리가 허연 노인의 빗속 운전이 얼마나 위험한지도, 가난한 목사님에게 귤 한 박스가 얼 마나 비싼지도, 크리스마스이브에 식구들을 두고 혼자서 외출하는 것 이 얼마나 어려운 일인지도 몰랐다.

1년이 지나고, 로스앤젤레스 직장 가까운 곳으로 이사를 했다. 어느 토요일 오후, 중년을 훨씬 넘긴 집사님 부부가 쌀을 한 포대 들고 찾아 오셨다. 방이 참 밝아서 좋다는 덕담과 함께 기도도 해주셨다. 두 분이 가시고 난 후, 엉거주춤 깎아 낸 과일 접시를 치우며 남편과 나는 갸우 뚱했다. 왜 오셨을까? 집들이 선물이라면 비누나 화분이나 하다못해 과일을 사 오셨을 텐데 웬 쌀이야? 지나가다 들르셨나? 어디서 공짜로 생긴 건가? 우리는 의아했다. 솔직히 말하자면 극빈자 취급을 당한 것 같아 기분이 살짝 나쁘기도 했다. 그 쌀은 며칠이나 우리의 관심도 받지 못한 채 문 앞에 서 있었다. 그러나 이제는 안다. 함께 어울리지 않는 젊은 사람들에게 관심을 주는 일이 얼마나 어려운 일인지, 모처럼 쉬는 토요일 오후 다우니에서 로스앤젤레스까지 삼십 분 거리를 운전해서 온다는 것이 얼마큼 힘든 일인지를.

친구와 주차장을 털레털레 빠져 나왔다. "그분들은 가난한 젊은 부부에게는 화분이나 비누보다 쌀이 더욱 필요할 거라고 생각하셨을 거야. 지금 돌아보니 정말 고마운 분들이셨어. 감사한 줄도 모르고 감사하단 표시도 할 줄 몰랐던 게 죄송해. 저 사람도 다음에, 나이가 더 들어 우리 나이쯤 되면 그때에야 그 교회 참 좋은 교회였어, 그분들 참 고마운 권사님들이셨어, 할 거야. 나처럼 말이야." 내 얘기를 듣고 있던 친구가 창밖을 바라보던 시선을 내게로 돌렸다. "그래, 크리스마스 날에 참 좋은 일 했다." 우리는 서로 마주 보며 웃었다.

나이야
물렀거라

아침 공기가 아직은 싸한 이른 아침, 남편을 통근 기차역에 내려주고 집으로 오다가 엄마 생각이 났다. 지금은 엄마도 어덜트 스쿨에 가는 시간이다. 대학교 옆 작은 건물에서 갓 이민 오거나 고등학교를 마치지 못한 사람들을 위해서 영어 공부를 가르쳐주는 곳이다. 차를 그곳으로 돌렸다.

어머니는 연세가 일흔여섯이신데도 노인 복지 회관에는 안 가신다. 신체 어느 한 군데 아픈 곳이 없는 덕분이기도 하지만 휠체어를 타거나 지팡이 신세를 질 수 있을 때까지는 하루에 몇백 불씩 정부 돈을 지출하게 하는 일은 싫다고 한다. 대신 커뮤니티에서 운영하는 라인 댄스나 취미 교실을 다녔다. 그러다 어느 날 나이 많은 사람들 틈에 끼어 있는 것보다는 젊은 사람들과 함께 공부하는 게 훨씬 좋다며 어덜트 스쿨에 등록을 하셨다. 영어도 못하면서 어떻게 등록을 했는지 신기했다.

저 멀리 골목길에 레게 머리 흑인 소녀와 이어폰을 귀에 꽂은 히스패닉 청년들 틈에 섞여 어머니가 걸어가신다. 어머니 어깨에 걸린 노란 백팩에서 아침 햇살이 사락거린다. 차를 재깍 세웠다. 재킷 후드 아래에서 움칠하던 작은 눈이 나를 알아보고는 이내 환히 웃는다. 영어 배우러 가는 엄마가 궁금해서 왔지요. 카메라를 들이대었다. 어머니는 포즈까지 취해주신다. 어머니의 보폭에 맞추어 천천히 따라 차를 몰고 가며 물었다. 엄마, 힘들지 않아요? 선생님 말씀을 알아듣기는 해요? 아니, 알아듣기는 무슨. 그냥 앉아 있는 거지. 내가 바보같이 앉아 있으면 선생님이 와서 개인 지도해준다 아이가. 옆에 앉은 학생들이 다 내 개인 선생이다. 내가 입만 벙긋하면 와작 달려와서 도와준다. 아이고, 모두다 어찌 그리 착한지. 쉬는 시간이면 먹을 것도 갖다 준다. 그래서 나도 오늘 빵 좀 사 간다. 멕시칸하고 흑인들이 내가 사 가는 한국 빵 엄청 좋아한다. 어머니는 호호호 웃으며 손을 흔들고는 건물 안으로 들어가셨다. 오늘도 새로 태울 하루를 위해 마음 심지 돋우며 씩씩하게 들어가신다.

집에 와서 오빠와 동생들에게 아침에 찍은 사진을 전송했다.

막내 남동생은 "Wow! Good. Hahaha."

여동생은 "Cute student, good job! "

큰 남동생은 "눈물이 나네요." 한참 뒤에 또 문자가 왔다. "점심은 어떻게 하시는지?"

오빠는 따르릉 전화를 걸어왔다. "희야, 혹시 전화했더나?" 내가 사진을 보낸 줄도 모른다. 나이별로 전혀 다른 반응이다. 자식들끼리도 이렇게 세대 차이가 나는데 어머니는 그 어린 선생님과 학생들 사이에서 어떻게 어울리는지 모르겠다.

올봄 재미수필문학가협회 《퓨전수필》 행시 제목이 '봄은 노래한다' 이다. 내친 김에 행시도 지었다.

봄볕 따사론 아침 노란 백팩 등에 메고

은빛 머리칼 날리며 어덜트 스쿨 가는 우리 엄마.

노숙 청년 시커먼 손에 동전 한 닢 쥐어주고

래게 머리 흑인 소녀 등 토닥이며 일러주네.

한세상 살아보니 아는 것이 힘이더라.

다른 생각 하지 말고 배우는 데 힘 쓰거라.

목욕물

요즘 신문을 보면 한국은 물론, 미국도 중국산 제품 때문에 골치를 앓는다는 기사가 많다. 먹거리뿐 아니라 일상용품, 심지어는 가장 정직하게 만들어야 할 아이들 장난감이나 갓난쟁이 턱받이까지도 문제가 되어 회수한다는 소식은 세상살이의 위기감마저 느끼게 한다. 미국의 어떤 여성이 1년 동안 실험을 해보았는데 무엇보다 일상용품에서 중국산을 피하는 것이 무척 어려웠다고 한다. 어느새 온 세계를 장악한 중국 제품을 피해 갈 수는 없고, 사용하자니 불안하고…… 참으로 심각하다.

신문이나 TV에서 쉬지 않고 떠들어대는 탓에 나도 언제부터인가 먹거리를 살 때는 생산지를 확인하는 버릇이 생겼다. 눈에 띄게 'Made in China'라는 표시가 있으면 슬그머니 제자리에 도로 놓지만, 어떤 제품은 아무리 돌려봐도 제품의 생산지가 보이지 않아 사야 할지 말아야 할지 망설여질 때가 있다.

며칠 전 한국 마켓에서 검정깨를 한 봉지 샀다. 봉지를 손에 들고 요리조리 아무리 살펴봐도 어느 나라 제품이라는 표식이 없었다. 그렇지만 '○○장터'라는 구수한 시골 마을 이름이 있어 마음이 조금 끌렸다. 유행가 가사에도 나오는 시골 시장 이름이기에 한국산이 틀림없다는 믿음으로 그것을 사 왔다. 저녁 식사 준비를 하는 중에 찬물에 훌훌 씻으니 물이 새까맣게 변했다. 예전에도 검정깨는 씻을 때마다 검은 물이 나오더라 싶어서 (옛날에는 정말 아무 생각 없이 씻었다) 이번에도 두어 번만 헹구고 그만두려 했는데 갑자기 중국산? 하는 생각이 들었다. 무심히 넘어갈 수가 없어 또 씻어보았다. 그랬더니 씻을 때마다 같은 농도의 검은 물이 나온다. 염색한 중국 깨란 생각이 들기도 하고, 설마 '○○장터'인데 싶기도 하고. 마음이 갈팡질팡해서 어머니께 전화를 드렸다. 검정깨를 씻으니까 자꾸만 검은 물이 나오는데 본래 검은 물이 나오는 거냐고. 엄마는 그렇지 않은데…… 하며 미심쩍어 하셨다.

"엄마, 검은깨니까 검은 물이 나오는 거 아니야?"

"야가 뭐라카노. 그라몬 흰둥이가 목욕하몬 흰 물 나오고, 노란둥이 목욕하몬 노란물 나오고, 껌둥이가 목욕하몬 꺼어먼 물 나오더나?"

내가 그만 뒤집어졌다. 울 엄마는 이렇게 단칼에 상대방을 제압해버리는 영리한 할머니다. 올해 여든 두 살이시다.

텅 빈
선물 상자

전화기에서 캐롤이 울려 나온다. 색색의 털옷을 입은 아이들이 커다란 크리스마스 트리 앞에 서서 메리 크리스마스! 하며 손을 흔든다. 배달되어 온 이메일 크리스마스카드다.

"크리스마스에는 축복을 / 크리스마스에는 사랑을 / 당신과 만나는 그날을 기억할게요. / 헤어져 있을 때나 함께 있을 때도 / 나에겐 아무 상관없어요. / 아직도 내 맘은 항상 그대 곁에 / 언제까지라도 영원히 / 크리스마스에는 축복을 / 크리스마스에는 사랑을 / 당신과 만나는 그날을 기억할게요."

루돌프 사슴이 끄는 스키를 타고 하늘을 날으는 산타 할아버지에게 손을 흔들며 부르는 아이들의 노래다. "내 맘은 항상 그대 곁"이라는 표정에서 애틋한 마음마저 느껴진다. 그런데 이상하다. 노래가 다

끝날 때까지 예수란 말이나, 아기 탄생이란 말은 한 번도 없다. 몇 번을 다시 돌려보아도 마찬가지다. 당연히 아기 예수라고 생각했던 '그대'는 산타 할아버지다. 아이들의 크리스마스는 우는 아이에게는 주지 않고 착한 아이에게만 주는 선물을 받는 날일 뿐이다. 산타와의 만남을 영원히 기억하겠다는 아이들의 노래를 듣자니 속이 텅 비어 휑한 선물 상자를 풀어보는 기분이 든다.

예수 없는 크리스마스라는 말을 듣기 시작한 지가 꽤 오래되었다. 크리스마스 대신 홀러데이라는 말을 써야 한다는 사실을 알게 된 지도 벌써 15년이 되었다. 아들의 고등학교 시절에 학교 PTSA^{Parent Teacher Student Association}에서 활동을 했다. 내가 맡은 것은 학교 신문을 제작하는 일이었다. 겨울 방학을 앞두고 크리스마스의 들뜬 분위기를 내고 싶어 산타가 트리 앞에서 호호호 하며 손을 흔드는 삽화 밑에다 'Merry Christmas and Happy New Year!'라는 멘트를 예쁘게 넣었다. 며칠이 지나 교직원을 위해 베푼 식사 자리에서 학부모회장이 나를 보자마자 반색을 했다. 그러고는 미안한 표정으로 말했다. "제인, 네가 만든 신문, 모두 참 좋아하는데…… 다음에는 메리 크리스마스 대신 해피 홀러데이라고 해주면 좋겠어." 나는 그 말을 그리 심각하게 받아들이지 않았다. 단순히 종교가 다른 몇 사람이 불평을 했나 보다 했다. 그러나 뒤에 알고 보니 그게 아니었다. 학부모의 항의에 교장과 회장이 곤욕을 치른 모양이었다. 타 종교의 사람들뿐 아니라 종교가 없는 사람들까지도 긴 연휴를 예수 탄생의 의미와 연결하고 싶지 않았던 것이다. 이후로 크리스마스라는 단어가 들어간 카드는 찾기 힘들다는 말이 피부로 느껴졌다. 동방박사 세 사람이 타고 가던 낙타와 아기예수가 누운 구유의 호롱불 대신 선물 상자와 크리스마스 트리, 눈 덮인 설경의 해피 홀러데이 카드일 뿐이었다.

크리스마스라고 하면 생각나는 아름다운 이야기가 많지만 '사랑의 학교'가 유독 기억난다. 2차 대전 당시 독일 베를린 교외의 한 가정에 추위와 배고픔에 지친 미군들이 몰려 들어왔다고 했다. 주인아주머니는 비록 적군이지만 그들을 위해 따뜻한 음식을 만들었다. 상을 차리기가 무섭게 문을 두드리는 또 다른 무리가 있었다. 이번에는 독일군 패잔병들이었다. 두 무리의 군인들은 서로 총부리를 겨누었지만 "오늘은 크리스마스이브입니다." 주인아주머니의 입에서 나온 크리스마스라는 단어에 무기는 모두 내려졌다. 따뜻한 음식과 함께 얼어붙었던 마음도 녹아 캐롤을 함께 부르고, 가족과 고향에 대한 이야기로 밤을 새웠다. 다음 날 아침, 병사들은 집을 나서며 서로 아쉬운 포옹도 나누었다고 했다.

크리스마스는 우리 죄를 씻어주신 그분이 평강의 왕으로 오신 날,

인간이 하나님으로부터 예수님이라는 최고의 선물을 받은 날이다. 온 인류를 축복하려고 주신 그 선물 보따리만 풀면 증오와 미움의 벽은 허물어지고 평화와 평강은 넘쳐날 텐데, 이 엄청난 하나님 선물의 의미가 세월이 가면서 잊히고 있는 것이 안타깝다. 휘황찬란한 불을 밝힌 크리스마스트리 아래에서 우리들은 아기 예수가 빠진 텅 빈 선물 상자만 주고받고 있는 게 아닌가 하는 생각이 든다.

핸드폰에서 아이들은 즐겁게 노래 부르는데, 그 모습이 오히려 공허하다. 어릴 적 교회에서 추위에 오들오들 떨면서도 뜨겁게 부르던 '아기 잘도 잔다아아…….' 노래가 그리워지는 아침이다.

콜로라도 스프링스

2003. 6. 8.

남편 회사 컨퍼런스가 올해는 콜로라도 스프링스에서 열렸다. 비행장 터미널을 빠져나오자 우리 이름의 피켓을 든 직원이 멀리 주차된 까만 세단을 가리킨다. 차 문을 열고 선 정장 차림의 청년을 가까이서 보니 씩씩한 금발의 여자다. 덩치에 어울리지 않는 고운 눈웃음을 흘리며 팔을 턱 벌려서 우리를 차 안으로 에스코트하니 마치 우리가 마피아 영화 속의 주인공이 된 것 같은 기분이다. 마피아단 두목쯤 되면 상당히 사는 게 즐겁겠다는 둥 철없이 농담을 하며 차에 올랐다.

싱싱한 산 공기를 마시며 사십 분을 달려 해발 4,000피트 높이에 있는 브로드무어라는 호텔에 도착했다. 1918년에 지었다는 이 호텔은 녹음이 짙은 산 아랫자락을 딛고 웅장하게 서 있다. 본관 뒤편으로는 큰 호수를 중심으로 또 다른 건물이 서 있는데, 산자락을 깔고 앉아 호수를 품에 안고 있는 모습은 스위스의 어느 산장에 온 기분을 갖게 해준다. 산은 건물 덕분에 더 신비하고 장엄하며, 건물은 산 덕분에 더욱 고풍스럽다. 호수를 중심으로 왼쪽에는 골프장이 시원하게 펼쳐져 또 다른 느낌의 풍경을 보여준다. 자연과 인공의 독특한 조화가 이런 아름다움을 연출해낼 수도 있구나. 건축가의 안목과 상상력이 감탄스럽다.

저녁 식사를 하러 나갔다. 주식 시장이 많이 침체된 탓인지 해마다 보던 얼굴이 올해는 별로 없고 새 얼굴이 몇 명 보인다. 뷔페 음식 둘레로 건장한 청년들이 앵무새, 펠리컨을 비롯한 이름 모를 여러 종류의 새들이랑 여우와 늑대 가죽옷을 입힌 당나귀까지 데리고 재주를 부린다. 조금 후에 서커스단의 묘기가 시작되었다. 두 남자가 나와서 고무줄처럼 몸을 늘려 기계 체조를 한다. 원통 위에 원통을 여섯 개나 더 올려놓고 그 위에 나무판자를 깔고 흔들리는 원통 위에 올라서서 춤을 춘다. 인간 능력의 한계가 어디까지인지 믿을 수 없게 하는 밤이다.

방에 들어오니 하우스키퍼가 우리가 들어가기 쉽도록 침대를 정리해서 반쯤 벗겨놓고, 불빛도 은은한 가운데 고운 멜로디의 음악을 틀어놓았다. 민트 초콜릿 두 개도 베개 위에 단정하게 얹혀 있다. 도대체 이 민트 초콜릿을 먹고 마음을 흔드는 음악을 들으며 몽롱한 조명 아래에서 무엇을 하라는 건지…….

2003. 6. 9.

남편은 아침 식사 후 세미나에 들어가고, 나는 미국 여자로서는 처음으로 에베레스트 등정을 했다는 스테이시 앨리슨의 강연을 들었다. 남편을 세미나로 들여보내고 무료히 있을 아내를 위한 회장 부인의 배려였다. 그녀가 올라와서 "You are the important part of this team and your spouse's success!(여러분은 이 팀과 여러분 배우자가 이룬 성공의 중요한 일원입니다!)"라며 우리를 막 추켜세워준다. 괜히 한 일도 없으면서 내 자신이 중요한 사람이 된 것 같은 착각에 기분은 좋다.

곧이어 등산가답게 깡마르고 새까만 사십 대의 여자가 올라섰다. 자기와 가족을 먼저 소개한다. 의외인 건 남편 소개인데 "He is my final husband, current husband and my children's father(이 남자는 나의 마지막 남편이자 지금의 남편, 아이들의 아빠랍니다)"라고 한다. 정말 우리는 상상도 못 할 말을 여기서는 너무나 자연스럽게 해서 문화의 차이를 또 한 번 느낀다. 어떤 서류든 작성할 때는 몇 번 결혼했느냐고 묻는 난이 있는데 결혼 몇 번씩 한 건 하나도 흉이 되지 않는 세상이다.

에베레스트 산은 해발 2만 9,035피트(약 8,850미터)인데, 정상을 정복하는 사람은 도전자의 25% 미만이라고 했다. 자기도 처음 도착해서 산꼭대기를 바라보고는 울고 싶었단다. 거대한 산과 그 산 끝에 걸린 하늘을 보는 순간 자신은 정말 아무 존재도 아니라는 사실이 그렇게 실감나게 느껴질 수가 없었다고 한다. 올라가야 하나 말아야 하나 심한 갈등하다가 이혼해도 좋다, 나는 나다, 하고는 올라가기로 결심을 했단다. 갑자기 그녀는 단호한 어조로 말했다. 당신들은 남편의 비전에 얹혀 있지 말고 당신 자신의 비전을 한번 가져보라고. 순간 내 마음이 숙연해졌다. 나는 뭔가?

처음 산에 오르면서는 몸은 계속 '스톱'을 외치고 마음은 '고'를 외치고 있었단다. 45일간 등정을 했는데, 그때 마침 40년 만의 강풍이 불어왔다. 시속 100마일의 바람에 눈이 쓸려 다니는데, 도저히 그대로 진행할 수가 없어서 동반했던 남자와 같이 스노 케이브snow cave에 5일간을 꼼짝없이 갇혀 있었다. 우리보고 생각해보란다. 자연 생리 현상을 어떻게 처리했겠냐고. 옆에 구멍을 파고 서서 볼일을 보고는 덮어버린다. 이런 상황에서 등산가들의 룰은 '웃음 금지no laughing'란다. 전혀 남남인 남자하고 단 둘이서 45일씩이나 등산하고 먹고 자고, 또한 그런 좁은 공간에 갇혀서 지낸다는 사실이 참 건전하게 느껴졌다. 남자와 여자가 아닌 독립된 인격체로 대등하게 지낼 수 있다는 게 또한 이 나라의 멋진 문화다.

해발 1만 7,600피트에 베이스캠프가 있는데, 거기서는 출발하기 전에 불교식의 봉헌 의식을 두 시간 삼십 분간 한다. 그러고는 새벽 두시에 출발하는데, 출발하면서 "Your adventure changes your mountain!(당신의 모험이 당신의 산을 바꾼다!)" 하고 외친다고 한다.

해발 2만 피트에 두 번째 캠프가 있는데, 그곳에 가려면 얼음 계곡 사이를 아슬아슬한 그네 사다리를 타고 지나가야 한다. 좁고 깊은 계곡이라 떨어지면 바로 지옥행인데, 마음속으로 I'm all right! I'm balanced! Don't fall down!(나는 괜찮다, 나는 균형을 잡는다, 떨어지지마!)을 끝없이 외치며 공포를 달랬단다. 사진 영상을 보니 정말 아찔하다. 그곳을 지나고 나면 얼음 위에 125개의 플라스틱 학이 꽂혀 있다. 그것을 보는 순간 긴장에 지친 사람들이 동화 속을 걷은 것 같아 미소가 나온다고 하니 아이디어가 괜찮은 것 같다. 자막에 비치는 학들의 색깔이 화려하다. 비록 싸구려 유치한 플라스틱이지만 마음이 푸근해진다. 해발 2만 6,000피트에 있는 마지막 캠프를 거쳐, 드디어 정상에 올랐는데, 미국 국기를 꽂으며 감개가 무량했다고 한다. 최초의 미국 여성 에베레스트 정복 순간이.

오후에는 브로드무어 골프장의 동쪽 코스에서 골프를 쳤다. 이곳은 마흔다섯 개의 홀이 있고, 세계 골프 챔피언 대회가 자주 열린다고 했다. 1918년에 처음으로 18홀의 골프장으로 출발하여 지금까지 계속 키워왔는데, 그때 첫 PGA 대회의 상금이 500불이었다고 한다. 현재는 500만 불이다.

처음 호텔에 도착해서 로비마다 커다란 통에 우산이 꽂혀 있기에 웬 우산이 곳곳에 있나 했는데 그 이유를 오늘에야 알았다. 골프 토너먼트는 샷건*으로 진행되었다. 진행자가 게임 규칙 설명 끝에 골프를 치다가 사이렌 소리가 들리면 즉각 중지하고 돌아오라는 말을 덧붙였다. 천둥 번개를 동반한 소나기가 올 거니까 위험하다는 말이었다. 이렇게 맑은 날씨에 무슨 천둥 번개? 싶었는데 그게 아니었다. 시작할 때는 맑고 화창하던 하늘이 7번 홀부터 갑자기 흐려졌다. 시간이 지나며 다시 맑아지나 했더니 12번 홀부터는 슬슬 보슬비가 날렸다. 정말 변덕스러운 날씨다. 아니나 다를까 14번 홀 그린 위에 공을 올리고는 퍼팅을 하려고 하는데 갑자기 바람이 불며 빗방울이 세어졌다. 남편은 심각하게 말했다. "계속 칠 수 있을까?" 같이 치던 상대 팀 남자도 하늘을 쳐다보며 "글쎄……" 남자 둘은 걱정을 하며 하늘을 쳐다보고, 나는 두

---

* 샷건: 매 홀마다 골프팀이 각각 산재해 있다가 한꺼번에 플레이를 시작하는 방식

손을 모아 비를 받고, 상대 여자는 고개를 비스듬히 숙이고 앉아서 퍼트 라인을 재었다. 그 와중에 드디어 웽~하고 사이렌이 울었다. 나는 또 한 번 미국 사람들한테 놀랐다. 암만 사이렌이 울어도 나 같으면 공을 툭하고 쳐서 홀에 넣고 일어날 텐데, 그 여자는 사이렌 소리를 듣자마자 '오, 스톱!' 하면서 그냥 공을 주워 일어났다. 그러고는 부리나케 카트를 타러 쫓아간다. 천둥이 치는 것도 아니고 번개가 번쩍이는 것도 아니고 그냥 비만 오는데도 사이렌이 울었다고 일제히 클럽하우스를 향하여 돌진하고 있는 카트들을 보며 이 나라 사람들의 준법정신을 또 한 번 보았다. 클럽하우스에 돌아와 빗물을 모두 닦기도 전에 하늘이 말갛게 개었다. 호텔로 돌아가겠다고 신발을 바꿔 신고 있는데 종업원이 와서 물었다. "계속 치러 갈 거예요?" 겨우 두세 홀 남았는데도 마저 치겠다고 자기 홀을 찾아 나서는 사람들을 뒤로하고 돌아오며 참 순진하고 반듯한 사람들, 좋은 나라에 내가 살고 있구나 하는 생각이 들었다.

2003. 6. 10.

US 올림픽 트레이닝 센터에 갔다. 한국으로 치면 태능선수촌쯤 되는 곳이다. 점심을 먹자마자 서둘러 버스에 타고 보니 노인 부부만 열 쌍 정도 앉아 있다. 올림픽에 출전할 선수들 훈련받는 곳이라 젊은 사람들이 많이 흥미 있어 할 줄 알았더니 그게 아니었나 보다. 가이드조

차도 할머니다. 일흔 살 쯤 되어 보이는 할머니가 빨간색 티셔츠에 옆이 터진 진 치마를 입었다. 샌들 위에 얹힌 야윈 발가락에서 빨간 메니큐어가 반짝인다. 하얀 머리 안쪽에도 빨간색 귀걸이가 딸랑인다. 이렇게 차려입어도 왜 미국 할머니들은 추해 보이지 않을까? 나이가 들어도 화려한 색깔에 입술이랑 손톱을 빨갛게 칠하며 멋을 부리고 다녀도 어색하지 않다. 그리고 열심히 일한다. 관공서건 개인 사업체건 가리지 않고 봉사 활동에도 적극적으로 참여한다. 이 할머니도 거의 오십 분간을 흔들리는 버스 안에서 줄곧 서서 설명을 해주었다. 얼마나 힘이 들랴 싶은 마음에 고개를 돌리고 있기가 짠해서 열심히 쳐다보니, 귀로만 얘기를 듣고 눈은 바깥 풍경을 감상하라며 도로 우리를 배려해준다.

올림픽 선수촌이 있는 동네는 1871년에 생겼다. 선수촌은 전체가 32에이커(약 3만 9,000평)나 되며 1975년에 세워졌다고 했다. 버스에서 내려 건물 안으로 들어가려고 화단 앞을 지나는데, 사람들이 갑자기 왁 하고 비명을 질렀다. 무심코 걷던 한 여자가 화단 한쪽 끝에 발을 헛디뎠다. 그곳은 잘못 디디면 발목이 부러질 만큼 땅이 많이 파여 있었다. 가이드가 조심하라며 뒤에 오는 사람들에게 주의를 주는 사이 어느새 일행 중 한 남자가 돌멩이를 주워 와서 구멍을 막는다.

정문에 들어서니 건물 큰 벽에 'Olympic Committee Corporate

Sopnsors'라는 큰 글씨가 보인다. 이런 곳을 후원해줄 정도면 엄청나게 큰 기업체겠구나 싶어 살펴보니 미국의 큰 기업체가 몇 개 있고 일본의 코닥, 파나소닉과 더불어 우리나라의 삼성도 있다. 삼성의 영문체를 보는 순간 마음이 환해지며 내가 바로 한국 사람이라고 큰 소리로 말하고 싶었다.

안으로 들어서니 태권도 동상도 만들어져 있다. 그것 역시 반갑다. 그러나 더 반가운 건 각종 대회 신기록 기념으로 수여된 상패들이 있는 전시장에 있었다. 각국에서 수여한 기념패들 한쪽에 누런 금관이 앉아 있다. 전체 분위기하고는 전혀 어울리지 않는 금빛 왕관이 암만 봐도 경주 불국사에서 본 신라시대 왕관이라 그냥 지나칠 수 없어 가까이 가봤다. 아니나 다를까 금관 설명 자리에 한글이 가득 적혔다. 제목은 Korean Crown Trophy. 2002년도에 300미터 라이플 슈팅 챔피언십Rifle Shooting Championship 세계 신기록 기념으로 그 당시에 조직위원회 회장으로 있던 박종규라는 사람이 기증한 것이다. 남편은 "아, 박종규! 미국서도 알아주는 유명한 권총잡이지." 아는 체를 하는데 나는 도통 처음 듣는 이름이다. 하지만 이런 외진 곳에서도 한국은 색깔을 내고 있구나 하는 생각에 마음은 뿌듯하다.

수영장도 둘러보았다. 넓은 수영장 바닥에 열두 개 각도로 수중 카메라가 설치되었다. 선수들의 움직임을 열두 군데서 찍어 분석하며 연구한다니 과학적이고 치밀한 훈련을 할 수 있는 이런 경제적인 뒷받침을 어찌 가난한 나라들이 따라올 수 있을까 싶다. 구경을 마치고 나오니 들어올 때 누가 땅이 파였다고 신고를 했는지 일꾼들이 와서 그 땅을 메운다.

저녁에는 공식 파티가 있다. 남자들은 턱시도에 정장 차림, 여자들은 이브닝드레스 차림의 시상식이 있는 파티다. 남편은 해마다 같은 옷에 같은 보타이를 매면 되지만 나는 똑같은 드레스를 입고 나갈 수가 없어 그게 항상 부담이다. 새 드레스를 찾아다녀도 땅딸한 한국 아줌마를 빛내줄 만한 옷은 참으로 고르기가 쉽지 않다. 그래서 올해는 에라 모르겠다 옛날에 입었던 것 누가 기억하랴 하는 마음으로 5년 전 드레스를 들고 왔다. 그런데 문제가 생겼다. 내가 나를 너무 몰랐던 것이다. 드레스를 입고 나니 뒤에서 보던 남편이 고개를 자꾸만 갸우뚱거린다. "이기 와이리 자꾸 덜뜨노." 고개를 뒤로 젖혀서 보니 지퍼 위를 덮어주는 천이 붕 떠 있다. 손으로 누르면 지퍼를 얌전히 덮어주는데 손을 놓으면 또 붕 뜨는 것이다. "어서 벗어봐라. 오는 길에 잘못 눌려졌나 보다. 다리미로 한번 다려보자." 남편은 드레스 위에 타월을 깔고 있는 힘을 다해 다리미를 눌러 다리고는 다시 입어보라고 주는데 문제는 그냥 있으면 얌전히 덮여 있는 것이 내가 입으면 슬며시 일어난다는 사실이다. 나는 상황 파악이 빨리 되었다. 그러니까 5년의 세월을 흘리면서 서서히 늘어난 내 허리의 살을 이 드레스는 수용을 못 하고 있는 것이다. 옷이 작으니까 지퍼 잠그는 부분은 늘어질 데가 없어 들뜨고 일어설밖에. 남편은 그걸 눈치채지 못하고 계속 이상하다 소리만 연발하며 조금이라고 누르고 있으면 가라앉으려나 싶어 내가 화장을 다 마칠 때까지 손바닥으로 지퍼를 덮고 있다.

보통 날의 저녁은 뷔페로 좋은 사람들끼리 모여서 먹지만, 오늘은 한 테이블에 여덟 명씩 주최 측에서 정해주는 대로 앉아야 한다. 사교성이 전혀 없는 나는 늘 이 저녁이 불편하고 싫다. 한국 사람들이 모인 자리에서도 처음 보는 사람하고는 몇 마디 인사를 나누면 할 말이 없어 꾸어다 놓은 보릿자루가 되는데, 하물며 미국 사람들 상대로야 어찌 말로 다 할까.

다행히 오늘 옆에 앉은 부부는 어머니가 이탈리아 사람이라며 우리를 반갑게 맞아준다. 자기 엄마는 영어를 잘 못하는데, 영어를 하면 이탈리아 액센트가 묻어나서 참 귀엽다고 한다. 그러고는 자기 이름을 부르는 엄마의 발음을 흉내 내며 좌중을 웃겼다. 내 영어 액센트 흉내를 내는 우리 아이들을 보는 것 같다. 친구들을 초청한 생일 파티에서 영어 노래를 부르는 내 입을 기겁을 하며 막던 아들 얼굴도 떠오른다.

하기야 경상도 사투리 발음이니 아이들 듣기에 오죽하랴. 미국 온 지 얼마 안 되었을 때, 내가 근무하던 사무실 동료들은 나보고 경상도 영어 한다고 놀려대었다. 혹 집안 식구하고 전화를 할 때면 사무실 안이 갑자기 조용해졌다. 모두 시선은 딴 데 두고 안 듣는 척했지만 수화기로 들여보내는 내 말에 몰래 킥킥대었다. 나는 그때 경상도 사투리에 영어에 이중으로 시달려야 했다.

식사 후 시상식이다. 사회자가 "미스터 베리 로프만과 그의 조력자 미세스 브렌다 로프만" 하고 시상자를 호명한다. 여기서는 남편의 성공은 전적으로 아내의 내조 덕분임을 인정해준다. 이름이 불린 남편은 아내를 에스코트하여 나가고, 먼저 무대에 올라선 아내가 호들갑을 떨면서 꽃다발을 받으며 사장과 포옹한다. 남편이 상을 받고 나면 무대 위에서 당당하게 키스를 한다. 무대 위의 사람들이나 관중석 사람들 모두 '이 모든 영광을 아내에게' 하는 분위기다.

오늘은 특별히 40년을 근무한 미스터 매클린의 은퇴식을 겸한 자리다. 자막에서 그의 젊은 시절 활동 슬라이드가 비치는 동안 무대 위에 가수가 나와 프랭크 시나트라의 〈마이 웨이〉를 중후하게 부른다. "이제 끝이 다가 오는군. 마지막 커튼도 내 앞에 있어." 미스터 매클린이 그의 아내 손을 꼭 잡고 천천히 무대에 올라온다. 둥그런 배를 감싸고 있는 턱시도의 넓은 허리띠가 불빛 아래 반들거린다. 그가 살아온 세월이 줄줄 스크린 안에서 걸어 나오는 것 같다. "나는 충만한 삶을 살았어. 모든 고속도로를 다 달리면서." 회장은 감사패를 증정하며 악수와 포옹을 하고, 회장 부인은 그의 목에 양팔을 걸치고 볼에 다정한 키스를 해준다. 옆에서 회장과 가벼운 포옹을 끝낸 아내를 향하여 몸을 돌린 그가 아내를 끌어안으며 뜨겁게 입을 맞추자 앉아서 박수를 치던 사람들이 일제히 자리에서 일어나 환호성을 지른다. 손바닥이 깨어지는 듯한 힘찬 박수에 넓은 연회장이 열기로 꽉 찬다. 곧 이어 아기를 안은 딸 부부와 아들 부부도 올라온다. "사랑했고 웃었고 울었지. 가질 만큼 가져도 봤고, 잃을 만큼 잃어도 봤어. 이제 눈물이 가신 뒤에 보니 모두 즐거운 추억일 뿐이야." 식구들이 모두 무대에 올라와 서자 일어선 사람들은 앉을 줄을 모르고 박수를 계속 보낸다. 머리가 허연 그가 아기를 안고 활짝 웃는 젊은 날의 자기 모습을 배경으로 서서 손수건을 꺼내어 눈물을 닦는다. 관중석에서도 눈물을 훔치는 사람들이 보인다. 나도 눈물을 닦는다.

2003. 6. 10.

파이크스 피크Pikes Peak라는 곳에 갔다. 기차를 타고 간다기에 나는 일반 기차를 생각했는데, 모양만 기차지 코그 트레인Cog Train이라는 관광용 전차다. 한 시간 동안 무려 해발 1만 4,110 피트까지 올라갔다. 얼마나 높은 산인지 짙은 수목이 우거진 골짜기, 콜로라도 시, 숲에 쌓인

산들이 구름 사이로 내려다보여 마치 비행기를 탄 것 같다. 높이 올라갈수록 시야에 들어오는 누런 돌산들은, 화씨 30도의 낮은 기온과 매정하게 불어오는 바람 탓에 나무들은 자랄 수가 없다고 말해주는 것 같다.

산을 3분의 1쯤 올라가니 그 높은 곳에도 집이 몇 채 보인다. 돌 사이사이 하얀 눈이 녹지 않아 몹시 황량한 이런 곳에도 사람이 살고 있는 모양이다. 가이드의 말을 빌리면 그들은 매일 17마일(약 27키로미터)씩이나 나가서 우편물을 가져온다고 한다.

각지에서 온 관광객들과 위스콘신에서 왔다는 고등학교 수학여행단까지 잔뜩 실은 전차는 마치 곡예를 하듯 구불구불 산길을 타고 올라간다. 산 정상을 향해 끝없이 이어진 철길을 바라보며 나는 속으로 '철도 공사하는 일은 언제까지나 / 철도 공사하는 일은 끝이 없구나 / 우렁찬 기적 소리 울려 퍼지면 / 곡괭이를 내려놓고 즐거운 식사' 고등학교 때 부르던 노래를 불렀다. 옛날 미국의 동부에서 서부까지 철도를 놓을 때 중국 사람과 흑인 들이 많이 동원되었다던데, 사막 위로 끝없이 이어지는 선로를 바라보며 가족 생각, 고향 생각에 얼마나 마음이 슬펐을까. 이 노래를 부르면서 향수를 달랬나 보다 하는 생각이 든다.

"시시한 비행기 한 대 운영하는 것보다 이 전차 한 대 운영하는 게 훨씬 이익이겠다. 이 전차, 참 아이디어 좋네. 우리나라 제주도에도 한

라산으로 올라가는 전차 만들면 사방이 바다니 그 경치는 얼마나 좋을까." 바깥만 내려다보던 남편이 갑자기 활기찬 목소리로 말했다. "한라산에다 이런 전차를 설치하면 자연 훼손이잖아. 멋진 산은 산 그대로 잘 보존하면서 감상해야지." 뜬금없는 남편의 말에 나도 한마디 했다. "무슨 소리야? 스위스에 가봐라. 그 세계적으로 아름다운 알프스 산에도 정상에 올라가는 전차 만들어놓고 얼마나 관광객을 유치하고 있는데?" "당신 알프스 산에 가봤어?" "아니, 말만 들었다."

조금 더 올라가니 경사가 무척 심하다. 앞자리에서 물병과 사과, 심지어는 신문지까지 굴러 내려온다. 속도 메스꺼운 게 멀미 현상도 생기기 시작한다. 드디어 산 정상에 온 모양이다. 사람들이 환호를 지르며 내리는데 우리는 머리가 아프고 어지러워 자리에 앉았다. 옆 사람이 물을 벌컥벌컥 마시며 산소 부족 때문이니 빨리 물을 마시라고 일러준다. 어떤 사람들은 병에 든 산소를 사서 코에 대고 숨을 들이쉰다. 산소도 바닐라향, 딸기향 등 향을 넣어 만들었다고 한다. 장사치들의 아이디어가 놀랍다. 먼저 다녀온 사람들이 산 정상에서 사 먹은 도넛 맛이 일품이라고 하도 자랑을 하기에 우리도 그 와중에 도넛 하나씩 샀다. 머리가 아파 맛도 모르겠다.

저녁에는 영화 캐릭터 의상 파티가 있다. 사람들은 파티 의상을 대여해주는 집에 가서 빌려 오고, 혹은 자기들이 코디해서 재미있게 꾸며 입고 나오는데 우리는 전혀 그런 문화에 익숙지 않을 뿐 아니라 어울리지 않을 것 같아 해마다 준비 없이 구경만 한다. 올해는 1980년대 영화 캐릭터 옷이라 별 신통한 것이 없다. 입구에서 주최 측이 해주고 있는 얼룩덜룩 펑크 머리를 한 사람들이 눈에 뜨일 뿐 독특한 차림이 없다. 몇 년 전 1950년대 영화 캐릭터 의상이었을 때는 클레오파트라, 시저 등 고대 옷들이 참 멋있었는데.

음식을 들고 식탁에 앉았다. 단발머리에 빨간 립스틱을 짙게 바르고 게슴츠레 눈을 반쯤 감은 여자가 나비같이 손을 벌리고 날아다니다가 우리 자리로 와서 인사를 한다. 나는 한눈에 마를린 먼로구나 싶어 "마를린 먼로?" 아는 척을 했다. "노, 아이 엠 마돈나!" 깔깔 웃으며 날아가버린다.

옆의 남자가 나보고 1980년대에는 뭘 하고 있었느냐고 묻는다. 그냥 1980년 하니까 엊그제 같은데 막상 돌아보니 무려 30년이라는 엄청난 과거의 시간이다. 빨간 모자를 쓴 남자가 와서 우리보고 마돈나의 히트 곡을 세 개 말하면 상을 주겠다고 한다. 옆 사람은 하나씩 찾아내지만 나는 전혀 생각이 안 난다. 조용필 노래는 많이 아는데, 설운도 노래도. 심수봉 노래도. 남편하고 둘이서 마주 보며 웃고 있는 사이로 까만 복장에 모자를 쓴 마이클 잭슨이 어느새 내 옆에 와서 내 볼에다가 키스를 막 퍼붓고는 달아난다. 오 마이 갓! 세상에 이런 일이.

1980년대의 춤과 노래로 왁자지껄한 가운데 시중을 들어주는 웨이트리스 중 한 사람이 아무래도 한국 사람 같다. 다 먹고 난 접시를 거두어 가는 그녀의 명찰을 보니 Cha인 게 분명히 한국 사람이다. 또 한편에서 연회장 전체를 둘러보고 서 있는 매니저도 역시 한국 사람 같다. 그러고 보니 오늘 저녁도 만두에 잡채, 갈비, 김밥 등 한국 음식이 섞여 있었다. 한국 사람이 여기서 일을 하고 있는 게 분명했다. 남편과 나는 벌떡 일어나 그 남자에게로 갔다. "혹시 한국분이세요?" 그가 우리보다 더 깜짝 놀란다. 반가워서 어쩔 줄을 모른다. 이런 곳에 한국 사람이 섞여 있을 거라고는 상상도 못 했단다.

그분은 1974년도에 이민을 왔다고 한다. 이 호텔을 첫 직장으로 그의 새 삶이 시작되었다. 그때는 먼저 일하고 있던 한국 사람의 소개로 줄줄이 연결되어 이곳이 마치 이민 정착의 관문처럼 되었지만 이제는 교민들이 경제적으로 안정이 되어 리커스토어(한국의 편의점) 등 사업체를 운영하고 있단다. 로스앤젤레스에도 이민 초창기에는 봉제 공장에서 많이 일했듯이 여기서는 이 호텔이 한국 사람들의 첫 정착지였나 보다. 그러고 보면 참 고마운 호텔이다.

지금도 주방에는 일곱 명의 한국 여성들이 일을 한다고 했다. 그래서 오늘의 메뉴에 한식이 섞여 있었나 보다. 한국 사람임을 알고 난 후부터 그 매니저는 열심히 우리 테이블에 와인과 주스를 갖다 주며 많이 먹으라고 한다. 같은 핏줄의 당김이 참 따뜻하다.

파티를 마치고 돌아오며 남편이 말했다. "우리도 만약 처음에 여기 떨어졌으면 어떻게 되었을까?" 내 얼굴이 어두워졌는지 남편이 히히 웃는다. 남의 나라에 와서 정착한다는 게 얼마나 서럽고 힘든 일인지, 살아야 한다는 절박감이 어떤 건지 실감이 났다. 생존을 위한 몸부림을 딛고 일어서는 이민 1세들의 땀방울을 2, 3세들이 알기나 할까? 내일 그 사람들을 다시 만나면 이국 땅 깊숙이 뿌리를 내린 우리가 참 장하다고 자화자찬을 해야겠다.

나고야에서
만난
그 남자

아름다운
사람들

    C장로님 내외분이 다가오셨다. 시선을 우리가 아닌 탁자 위의 콜라 깡통에 고정한 채. 막 수저를 들려던 내가 어리둥절해하자 남편이 얼른 콜라를 따서 컵에 붓고는 들고 오신 쓰레기 봉지에 빈 깡통을 넣어 드린다. 인사할 틈도 없이 장로님은 어느새 옆 테이블로 가서 역시 봉지를 열고 서 계신다. 작은 키에 검소한 옷차림, 부족한 것 없이 유복한 분들이, 모르는 사람들의 눈에는 빈 깡통에 생계를 의지하는 노인으로 비칠 수밖에 없는 모습이다.

    장례식을 마치고 몰려온 사람들의 허기가 수북이 쌓인 고기 위를 저벅거리는데 두 분은 마치 깡통을 모으기 위해 온 사람처럼 테이블 사이를 누비고 다닌다. 한 달에 한 번씩 교회 헌금난에 재활용 판매 액수가 발표되더니 저런 수고가 있었구나. 마음이 뭉클하다.

장로님은 아무도 못 말린다며 껄껄 웃던 어느 집사님의 말이 생각난다. 연세가 드시면서 보청기를 껴도 잘 못 들으니 웬만한 남의 말은 그냥 뚝 잘라버리고 당신 뜻대로 일을 처리하신단다. 비가 많이 오는 어느 날. 교회 주차장에 자리한 재활용 박스로 깡통이랑 신문지를 꺼내러 가자는 말씀에 모두 손을 내저었다고 했다. 맑은 날로 미루자는 젊은이들의 엄살을 전혀 못 들은 장로님이 저벅저벅 앞서 가시니 꼼짝 못 하고 따라가야 했다는 이야기는 불평이 아니라 "장로님을 존경합니다"라는 기분 좋은 소리로 들렸다.

젊은 시절에는 미국 교회에서 성가대 지휘까지 하셨지만, 차림새나 말씨, 눈빛 어느 것으로도 옛날을 내비치지 않는다. 의례적인 인사에도 손을 귀에다 갖다 대곤 진지한 눈빛으로 화답한다. 작은 호의에도 감사의 카드를 보내주신다. 자신이 속한 단체와 사람들에게 이렇게 깊은 애정을 쏟는 C장로님 내외분의 헌신은 어디에서 나오는 것일까.

곧 돌아가실 것 같다는 소문이 우우 호들갑을 떨다가 잦아들곤 하기를 벌써 몇 년째. 꼼짝 못 하고 누워서 암과 투병 중인 분을 찾아갔다. 아들과 단둘이 살고 있는 외로운 분이다. 벨을 누르고 문을 두드려도 아무 기척이 없다. 아들이 집에 없는 모양이다. 병을 앓기 전부터 청각에 이상이 있었는데 이제는 아예 못 든다. 이런 날은 음식을 문 앞에 두고 가야 한다. 그런데 오늘은 곰국이라 그럴 수가 없다. 개미가 몰려올까 걱정되고 햇볕 아래에서 상할까도 걱정이다. 창문에 고개를 들이밀고 안을 들여다보니 벽 한쪽 소파에 누워 있는 그분이 보인다. 소파 속으로 몸의 반쪽은 아예 녹아 들어간 느낌이다. 누렇게 변색된 휠체어, 숟가락이 걸쳐진 그릇, 스산한 바람만 살아 움직일 뿐 방 안은 고요함, 그것뿐이다.

옆 집 벨을 눌렀다. 물이 뚝뚝 흐르는 고무장갑을 벗으며 젊은 여자가 문을 열어준다. 냉장고에 넣어야 되죠? 내가 미처 부탁하기도 전에 내 손에 들린 냄비를 얼른 받는다. 어제 저녁에도 누가 죽을 가지고 왔고, 오늘 아침에는 홍삼 달인 차를 가지고 온 사람이 있었단다. 나만 문을 두드린 줄 알았더니 매일 보이지 않는 손길이 다녀가고 있었나 보다. 긴 병에 효자 없다던데, 이제는 사람들의 호의도 지쳤으리라. 기억에서 지운 사람도 많으리라 하던 생각은 내게만 적용되는 무심함이었다.

비좁은 냉장고지만, 한 칸은 아예 옆집을 위해 비워두고 있는 이웃. 죽음을 눈앞에 둔 가난한 과부의 한 끼를 위해 음식을 만드는 사람들. 정승 집 애완견이 죽으면 문상객이 장사진을 이루지만 정작 본인이 죽으면 손님이 없다는 세상인심에 역행하며 사는 그들의 마음 뿌리가 닿아 있는 곳은 과연 어디일까.

세상에는 아직도 아름다운 사람이 많다는 사실에 마음이 훈훈해진다. 남의 필요에 세심하게 반응하며 배려하는 사람, 약한 사람의 눈높이에 맞춰 자신을 낮출 줄 아는 사람, 힘든 이웃에게 기댈 수 있는 어깨를 내어주는 사람. 모든 것 바쳐 사랑할 줄 아는 사람, 사랑을 위해 수고를 아끼지 않는 사람, 어떤 색깔도 고집하지 않는 넉넉함으로 공동체를 화합시키는 사람, 밝은 표정으로 긍정적인 기운을 몰고 오는 사람, 언제나 용서해줄 준비가 되어 있는 사람, 진리를 붙잡고 요동하지 않는 용기가 있는 사람. 어느 모임에서든 이런 분을 발견한 날은 정말 기분 좋다. 그 모임엔 자꾸 가고 싶다.

"내가 죽으면 저기 있는 소나무 옆에 묻어주게. 저 소나무는 많은 씨앗들을 퍼뜨려 나를 따뜻하게 해주고 나를 감싸주었어. 그렇게 해주게. 내 몸이면 그들에게 아마 2년 치 거름 정도는 될 거야." 윌로 존 할아버지*의 유언이 생각난다.

---

* 윌로 존: 포리스트 카터의 《내 영혼이 따뜻했던 날들》에 나오는 체로키 인디언 할아버지

11월은

11월이다. 기교도 없이 뻣뻣이 선 막대기 두 개, 11.

2나 3, 5, 6 8, 9, 0은 모두 곡선의 운율이 느껴져 부드럽고 4와 7은 비록 곡선은 없지만 완강한 꺾임이 있어서 멋지다. 그런데 1이란 숫자는 참 삭막하다. 사랑스러운 곡선도 없고 날렵한 꺾임도 없다. 그저 밋밋한 작대기 하나다. 달력이 한 장씩 떨어져 나가고 마지막 남은 두 장. 삭막한 작대기가 둘이나 서 있다. 11 사이로 찬바람이 숭숭 공기를 휘젓고 나오는 것 같다.

11월은 1년의 잔열殘熱을 소중히 보듬는 시간이다. 마치 덜 식은 몸의 열기를 누런 놋그릇에 내어준, 밥공기에 남은 식은 밥 한 덩이 같은 달. 미처 자리를 차지하지 못한 여린 사람들이 꾸역꾸역 밀려온 반쯤은 비어 있는 삼등 열차 마지막 칸 같은, 양철 지붕 처마 끝에 매달린 빗방울 같은 그런 달이다.

11월은 이별하기 좋은 달이다. 누군가를 떠나보낸 빈 가슴을 아무도 눈치채지 못한다. 속된 유행가 가사에 흐느껴도, 아득히 먼 하늘만 바라보고 있어도 계절 탓이라고 돌릴 수 있기 때문이다. 낙엽이 스러진 보도 위를 정처 없이 헤매면 뺨 위로 흐르는 눈물을 닦아주는 바람도 있다. 거리의 나무들은 몸에 지닌 것을 다 내어주고 강제로 무장해제 당한 포로처럼 서 있는데, 바바리코트 깊은 주머니에 담긴 손을 따뜻하게 데워주던 그 손의 감촉쯤이야 바람에 날려간들 뭐가 애석하랴.

가을이라고 하기엔 너무 늦었고 겨울이라고 하기에는 이른 계절. 하루로 치면 해가 막 진 어스름한 시간이다. 세월의 모든 물체가 어둠 속으로 사라져가고 하루의 기억이 문을 닫고 가라앉는 시간. 11월은 이런 해 저무는 녘의 잿빛 느낌이라서 좋다. 나는 이 쓸쓸함이 좋다.

밥은
먹었니?

날씬한 발레리나가 긴 팔을 허공에 뿌리며 날아오르더니 한 바퀴 휘돌고는 사뿐히 발을 내딛는다. 하얀 레이스 치마가 살짝 흔들리며 곧추세운 발가락 끝에서 음악이 멈춘다. 연습을 얼마나 했는지 얼굴이 땀범벅이다. 잠시 숨을 고르며 백에서 핸드폰을 꺼낸다. '밥은 먹었니?' 엄마의 문자 메시지. 순간 얼굴 가득 번지는 미소 속으로 어머니의 부드러운 얼굴과 김이 모락모락 나는 하얀 쌀밥이 떠오른다. 연습실 안이 금방 행복의 기운으로 따뜻하다. 모 기업의 즉석밥 선전이다.

'밥은 먹었니?' 그 말 속에는 어떻게 지내니? 힘들지 않니? 건강하지? 보고 싶어. 사랑해. 엄마의 모든 마음이 진하게 들어 있는 것 같아 뭉클해진다.

내 품에서 자라던 아이들이 필라델피아로, 샌프란시스코로 떠난 후, 언제나 마음속에는 하고 싶은 말이 많지만 쉽게 전화를 걸 수가 없다. 아들이 입에 손을 갖다 대며 소곤거리는 듯 "엄마, 지금 도서관이야" 나직이 말하면 "그래그래" 나도 도서관에 앉아 있는 것처럼 목을 움츠리고 주변을 살피며 수화기를 가만히 내려놓는다. "엄마, 지금 나, 바쁘거든……" 딸의 말에 마치 죄라도 지은 양 "미안, 미안" 한마디 던지고는 얼른 끊는다.

즉석밥 선전을 보니 울컥 나도 아이들에게 문자를 보내고 싶어진다. 안부조차 시원하게 묻지 못하고 전화를 끊어야 하는 아쉬움을 문자는 대신해줄 수 있을 것 같다. 아이들이 한글을 잘 모르니 영어로 할 수밖에 없는데, Did you eat? Are you hungry? How's your lunch? 무슨 말을 해도 '밥은 먹었니?'의 느낌이 나지 않는다. 내가 이런 문자를 보내면 아이들은 환한 미소는커녕 What the heck(아 대체 뭐야)? 할 것 같다.

아들의 고등학교 시절, 나는 학교 PTSA(학부모와 교사, 학생들 모임)의 신문 편집을 맡고 있었다. 신문은 매달 발간되는 까닭에 교무실로 교장실로 인쇄소로 바쁘게 들락거리며 백인 학부모들과 함께 할 일이 많았다. 어느 이른 아침, 학생회 간부들과 간담회를 한 유태인 학부모의 원고를 인쇄소에서 받기로 했다. 나는 아직 아침을 먹지 않은 탓에 배가 고프기도 했지만 '굿모닝' 인사만 하기는 너무 밋밋해서 "Did you have a breakfast?"하고 물었다. 내 딴에는 밥은 먹었니? 아주 정다운 인사를 했는데, 눈이 동그래진 그녀는 어깨를 으쓱하며 마치 내가 뭘 잘못 들었나? 하는 표정이었다. 순간 나는 민망했다. 마치 큰 실수를 한 것 같은 느낌이었다. 우리의 정서로는 자연스럽고 친근한 인사가 그들에게는 남의 사생활을 엿보는, 실례를 범하는 일이었다.

여름 방학을 며칠 앞둔 날이었다. PTSA 임원들이 한 학년의 마지막 모임을 가졌다. 초청은 회장이 했지만 '내가 대접을 하겠다'라는 말이 없으니 각자가 돈을 내는 더치페이 자리인 줄은 알고 나갔다. 나는 음식 값을 열두 명이 똑같이 나누어서 내는 줄 알고 제일 값이 싼 치킨 샐러드를 시켰다. 조그만 동양인 여자가 염치도 없이 비싼 요리를 시켰다는 인상을 줄까 봐 신경이 쓰였다. 그런데 어떤 여자는 씨푸드 파스타를, 어떤 여자는 비프스테이크를 시키는 것이었다. 맛있게 먹는 그들을 보며 기분이 이상했다. 샐러드를 후딱 먹고 나니 조금 억울한 느낌도 들었다. 회의가 모두 끝나고 종업원이 계산서를 갖다 주었다. 여자들은 차례차례 계산서를 들여다보고는 어떤 사람은 자기 손바닥에, 어떤 사람은 냅킨에 연필로 숫자를 적으면서 뭔가를 계산하느라고 바빴다. 계산서가 드디어 내게도 왔다. 영문을 몰라 옆 사람을 쳐다보았다. "네가 먹은 음식 값에다 세금을 붙인 금액만 내면 돼." 그때서야 여자들이 왜 그렇게 비싼 요리를 시키면서도 당당했는지, 열심히 고개를 숙이고 계산에 몰두했는지 알게 되었다.

언제부터인가 우리의 문화에 편입된 더치페이가 때로는 합리적이란 느낌이 들기도 했지만 때로는 너무 정이 없다 싶었다. 그런데 오늘 이들의 모습을 보면서 금액을 일률적으로 계산해서 나누는 우리의 더치페이는 그나마도 인간적이구나 하는 생각이 들었다. 문화 차이는 특별한 사건이나 관계에서 느끼는 게 아니다. 나를 당황케 하는 것은 매일 만나는 이런 작은 일상에서다.

'밥은 먹었니?' 단순히 묻는 말인데도 왜 그 속에서 나오는 촉감은 이렇게 다른 걸까. 한국과 미국의 떨어진 거리만큼이나 말의 느낌도, 살아가는 모습도 서로 멀기만 하니 단순한 말과 평범한 행동도 나는 조심스럽다. 상대가 비록 자식일지라도 말이다.

구두를 수선받다

한국으로 오는 짐을 싸면서 정장에 맞는 구두를 하나 챙겼는데 짐을 풀며 보니 굽이 모두 닳았다. 잘 신지 않는 뾰족 구두라 상태가 이런 줄 몰랐다. 난감했다. 이틀 뒤에 있을 행사에 신으려면 만사 제쳐두고 구두 수선집부터 찾아야 한다.

친구를 만나러 나선 길에 구두를 가방에 챙겨 넣었다. 어스름 달빛이 천천히 내려앉는 퇴근 시간, 버스 정류장마다 입으로 손을 가린 사람들이 서서 낯익은 번호의 버스를 초조히 기다리고 있다. 보도 바닥에 쭈그리고 앉아 볶은 땅콩, 쥐포채를 파는 할머니의 단단히 묶인 목도리가 유난히 눈에 들어온다. 온통 소란스러운 네온사인 사이를 두리번거리는 내 눈에 구두수선가게 부스가 들어왔다. 반가운 마음에 쫓아들어갔다. 할아버지가 구두 밑창을 뜯어내고 있다. 내 구두를 보더니 30분 뒤에 오란다.

"늦어지면 앞에 있는 약국에서 찾아가슈."

망치로 탕탕 가죽을 펴며 한마디 툭 던지듯 말한다. 돈도 미리 지불하라 했다.

친구랑 헤어지고 약국에 들렀다. 손님들이 바쁘게 들락거리는 틈새로 주인을 찾았다. "저, 구두를……."

말도 끝맺기 전에 벌써 주인이 손가락으로 문 쪽을 가리킨다.

"저어기."

쌓아놓은 약 박스 위에 내 구두가 엉덩이를 위로 치켜세우고 요염하게 앉아 있다. 지나치는 사람들의 눈길이 부끄러운지 얼굴을 아래로 파묻고 있다.

"돈은요?"

구두 두 짝을 덜렁덜렁 들고 나오는 내 뒤통수에 대고 주인이 말을 툭 던진다. 나도 말을 툭 던졌다.

"선불했는데요."

툭툭 던져지는 말들이 왜일까, 그냥…… 정답다.

압구정동에서

택시에서 내려 두리번거렸다. 분명히 병원 앞에 내리면 길 건너 친구네 아파트가 보인다고 했는데 동서남북을 삥 둘러봐도 그럴싸한 건물이 없다.

이제는 부슬부슬 싸라기눈까지 흩뿌린다. 사람들은 눈을 피하느라 손바닥으로 머리를 가리고 뛰어가고 아슬아슬 자전거도 속력을 낸다. 핸드백은 어깨에서 자꾸만 흘러내리고 짐 가방은 땅에 끌리듯 무겁다. 갑자기 한기가 몰려온다.

지나가는 사람을 붙잡고 물었다. 그 아파트를 아는 사람이 없다. 이럴 줄 알았으면 마중 나온다고 할 때 그러라고 할 걸 괜히 택시 타면 된다고 큰소리 친 게 후회된다. 다시 전화를 걸어서 확인해야 할 것 같다.

주섬주섬 핸드백을 뒤지는데 병원 문 앞에 앉아 수런거리고 있던 환자복 차림의 한 남자가 계단을 뛰어 내려온다. 입에 물고 있던 담배를 획 빼어서 쓰레기통에 던지며 어딜 찾느냐고 묻는다. 아파트 이름에 고개를 갸우뚱한다. 환자복 남자와 눈이 마주친 가게 주인도 고개를 젓는다. 계단 위에서 담배를 피우고 있던 또 다른 환자가 슬며시 내려와 우리의 대화를 비집고 들어온다. 자기가 그 아파트를 잘 안다며 의기양양하다. 내가 엉뚱한 병원 앞에서 내렸으니 다시 택시를 타야 한다고 한다.

말이 떨어지자 첫 번째 남자가 차도로 몸을 획 돌려 손을 흔들어 택시를 세운다. 눈발이 조금 더 거세어졌다. 그의 벌거벗은 발이 슬리퍼 위에서 미끄러질 것만 같다. 푸른 바탕에 하얀 줄무늬의 부드러운 바짓가랑이가 바람에 마구 펄렁인다. 말려 올라간 소맷자락 안에 여윈 팔이 하얗다.

택시가 서자 한 사람은 고개를 택시 안으로 디밀고 기사 아저씨에게 건물 위치를 설명해주고 또 다른 사람은 차 뒤에 가서 트렁크를 열라고 고함을 친다. 가게 주인아저씨는 어느새 내 가방을 들고 트렁크 뒤에 가 섰다. 운전기사가 내려와 가방을 싣고 있는데 두 번째 환자가 운전기사와 나를 번갈아 보면서 한 번 더 위치를 확인시켜준다. 나보고는 기본요금만 내면 될 거라고 위로도 해준다.

차가 멀어질 때까지 손을 흔들고 서 있는 세 사람을 뒤돌아보고 있는 내게 운전기사가 물었다.

"아는 사람들인가요?"

"아니요…… 아, 아…… 맞아요."

아무 사람도 아니라고 하기엔 너무 죄송한 마음이다.

"아저씨예요. 아주아주 가까운 우리 아저씨들요."

전혀 관계없는 운전기사한테라도 아무것도 아닌 사람이 아닌, '어떤 사람'으로 그분들을 지칭해드리는 것이 그나마 내가 고마움에 보답할 수 있는 유일한 길인 것만 같다.

친구를 만나고 돌아오는 길에 텅 빈 병원 앞 계단을 돌아보고 또 돌아본다. 가게 앞 호떡 데우는 기계에서 따뜻한 김이 모락모락 오르고 있다.

서울 일지_3
택시를 타고

　택시를 탔다. 육십 대는 족히 되어 보이는 아저씨다. 백미러로 힐끗 보더니 여기에 사는 사람 아니죠, 한다. 부산 사람이라고 했다. 그게 아니라 한국 사람 아니죠, 하고 다시 묻는다. 로스앤젤레스에서 왔단 소리에 한 번 더 힐끗한다.

　자기는 아직 부산에도 못 가봤단다. 비행기는 물론 타볼 엄두도 못 내고 산단다. 경기도에서 나서 여태껏 아래쪽으로는 갈 일이 없었다고. 아이들도 다 키웠을 테니 시간 내어 여행도 좀 다니시라 했다. 또 힐끗 본다. 이제는 더욱 못 해요. 남자 아이 둘이라 어려워요. 핸들에서 손을 떼어 손사래를 친다. 아이들이 직장 생활할 텐데…… 내가 말을 흐렸다. 애들이 어릴 때는 학비 대느라 힘들었고 이제는 아이들 결혼 비용 마련이 예삿일이 아니라고 한다. 요즘 신붓감들은 절대 셋방살이로 시작하지 않으려고 하니 하다못해 전셋집이라도 마련해주어야 하는데, 아들의 월급으로는 어림도 없다 한다. 도대체 월급을 얼마 받느냐니까 평균 200만 원 선이라고 한다. 여자 친구 생겨 데이트라도 하면 전혀 저축이 안 되는 형편이라니 남의 일이라도 딱하다. 미국은 안 그렇죠? 금방 이민이라도 떠날 말투다.

부모가 열심히 벌어 공부시켜주는 것으로 끝이면 좋으련만 결혼 비용까지 책임져주어야 하는 현실인가 보다. 자녀 학원비 마련을 위해 어머니가 파출부를 한다는 말은 들어봤지만 자녀 결혼 비용 마련을 위해 택시 운전을 하는 아버지가 있다는 건 처음 듣는다. 평생 경기도 구석의 작은 마을과 서울을 벗어나보지 못하고 살아온 인생. 그것도 모자라 자식의 눅눅한 인생까지 덤으로 짐을 져야 하는 부모 노릇의 끝은 어디일까. 갑자기 가슴이 답답해진다. 도로가 너무 밀린다.

치마 길이
소동

S권사님이 벌개진 얼굴로 득달같이 다가오셨다. 우리 합창에 맞춰 율동해주실 K집사님 치마 길이가 너무 짧다며 흥분이다. 예배당에서 여자가 다리를 쩍쩍 벌리고 춤을 출 거냐고 벌써 본인한테 호통까지 쳤단다. 긴 치마를 입히든지 바지로 갈아입히든지 하라니 난감하기 그 지없다. '찬송가 잘 부르기 대회'가 겨우 한 시간밖에 안 남았는데, 옆 에서 듣던 사람들이 미니스커트도 아닌데 무슨 문제냐고 나를 거들어 준다. 돌아보니 여리디 여린 K집사님이 고개를 푹 숙이고 앉아 있다. 저렇게 소나기 맞은 심정으로 어떻게 합창단 앞에서 노래에 맞추어 춤 을 출 수 있을까. 마무리 연습을 하고 본당으로 들어가야 하는데 나도 자신이 없어졌다. 앞에 나선다는 것 자체가 스트레스이고 긴장인데, 거기다 사람들의 부정적인 시선을 미리 꽂아주었으니 어지간한 강심

장이 아니면 나설 수도 없다.

K집사님은 대놓고 내색은 안 하지만 얼굴 깊은 곳이 울먹울먹이다. 스커트 밑 두 다리가 부끄러워서 어쩔 줄 모른다. 어쩌라고, 권사님은 도대체 지금 어쩌라고 이렇게 사람의 마음을 무참히 할켜버리는지 모르겠다. 머리에 떠오르는 생각을 여과 없이 뱉어버리는 그 오만 방자는 어디에서 오는 걸까. 나이가 들면 나이만큼의 권위가 생긴다고 여기는 걸까. 남의 마음 따위는 안중에도 없는 이기심이 나이 앞에서는 모두 용납된다고 믿는 걸까. 아니면 용납이 되든 말든 상관없다는 배짱일까. 나이를 먹었다는 것은 자기보다 어린 사람들 앞에서 죄도 아니지만 권력도 아니다. 화가 났다. "권사님, 저기 좀 보세요. 저 상태로는 무대에 못 나가요. 가서 사과하고 다독거려 주세요. 연세 드신 분의 한마디가 얼마나 젊은 사람들에게 영향을 주는지 아세요?"

고맙게도 S권사님은 풀 죽은 K집사님께 다가갔다. 경건한 신앙생활로 세월을 보낸 분답게 자신의 말실수를 인정했다. 오른손을 뻗어 어깨를 감싸더니 소곤소곤. 둘이 마주 보고 웃기까지 한다. 부끄러워 의자 밑에 꼬여 있던 다리에도 화색이 돈다. 도무지 자신 없던 마지막 연습도 잘 하고 공연도 잘 마쳤다. "치마 길이가 짧다는 말은 괜찮은데, '다리를 쩍쩍 벌리고'라는 말이 정말 상처였어. 내가 천한 여자가 된 것 같아서." 다행히 이야기는 해피엔딩이지만 '다리를 쩍쩍 벌리고'는 우리들 마음속에서 오래오래 머물 것 같다.

LPGA 시합을
보다

　남편 친구 부부와 함께 샌디에이고 칼스베드의 파크 하얏트 아비아라 리조트로 향했다. 오늘은 LPGA 기아 클래식^{Kia Classic} 마지막 결승전이 있는 날이다. 스폰서 기업이 우리나라의 기아자동차라는 것도 반가웠지만 총 75명의 선수 중 한국에서 날아온 선수가 16명, 미국 등 다른 국적으로 출전한 한국 선수가 7명, 무려 23명이나 되는 조국의 딸들이 출전하는 시합이라니 더욱 마음이 쏠렸다.

　오전 10시 33분부터 세 명이 한 조가 되어서 열세 개의 조는 1번 홀부터, 열두 개의 조는 10번 홀부터 경기를 시작했다. 우리가 도착한 시간은 거의 12시라 마지막에서 세 번째 조가 티샷을 하고 있었다. 가방 검사를 끝내고 부리나케 1번 홀 티 박스로 갔다. 마침 폴라 크레이머가 티샷을 할 차례다. 남편 친구는 그녀의 광팬이라 환호성까지 지르며 달려간다.

티 박스를 중심으로 갤러리들이 죽 둘러선 가운데 티셔츠에 바지, 신발, 머리 리본까지 핑크빛으로 멋을 낸 크레이머가 핑크 볼을 핀 위에 올려놓는다. 아나운서가 그녀를 소개하니 갤러리들이 박수로 맞이한다. 무엇보다 조용히 집중해야 하는 티샷을 이렇게 갤러리와 한 묶음이 되어 와자지껄해도 괜찮은가 하는 나의 걱정과는 달리 그녀는 참으로 침착하게 볼을 날린다.

다음 차례는 리디아 고다. 자그마한 체구에 다부진 입. 현재 세계 랭킹 1위의 자리를 차지하고 있는 그녀에 대한 소개에 사람들은 힘찬 박수를 보낸다. 자랑스럽다. 그녀의 가뿐한 티샷 뒤로 작년 우승자인 렉시 톰슨도 티샷을 날린다.

리디아 고 팀이 떠나고 다음 팀이 올라서는데 보니 박세리와 제니퍼 송, 크리스티 커다. 검정 티셔츠에 하얀 바지 차림의 박세리는 옛날보다 많이 날씬하고 세련되었다. 짧은 커트 머리에 눌러쓴 모자 아래로 보이는 작은 눈이 반가워 뛰어가 안아주고 싶다.

그녀들도 갤러리를 몰고 페어웨이로 떠나가고 마지막 팀이 올라온다. 이미림과 앨리슨 리, 일본선수 요코미네 사쿠라이다. 요코미네는 한국 선수들에 비해 키도 덩치도 작다. 마음이 뿌듯하다. 나의 조국은 더 이상 동방의 이름 없는 작은 나라가 아니다.

김효주도 보고 싶고 미셸 위도 보고 싶고, 박인비, 유소연 등 보고 싶은 선수들이 많아 우리는 앞 홀로 급히 걸어갔다. 네 번째 홀에 들어서니 낯익은 뒷모습이 보인다. 장하나와 박인비가 캐티 버넷과 한 조가 되어 치고 있다. 그 조의 선수 이름이 적힌 팻말을 들고 따라가는 사람, 카메라맨과 보조 장비를 들고 가는 사람, 긴 수세미처럼 스폰지로 감싼 마이크를 들고 가는 사람 등. 세 명의 선수 뒤로 세 명의 캐디들 외에 네댓 명이 더 땀을 뻘뻘 흘리며 따라간다. 이 진행 요원들은 모두 골프장 멤버 중에서 차출된 자원봉사자들이라고 한다. 대부분이 중년을 넘긴 나이임에도 불구하고 땡볕 아래에서 숨을 헐떡이며 따라다닌다. 선수들은 매 샷 신중하게 거리와 방향을 연구한다. 아무리 선수가 늑장을 부려도 갤러리들은 양손을 치켜든 진행 요원의 손이 내려올 때까지 숨을 죽이고 기다린다.

한참을 따라다니다 보니 배가 고프다. 9번 홀이 끝난 자리의 클럽하우스 앞에 야외 식당이 마련되어 핫도그와 햄버거를 판다. 그리고 한편에는 간이 화장실이 열 개쯤 서 있다. 실내 화장실은 선수용으로 차단해 놓았고 프로숍은 아예 문을 닫았다. 운이 좋게도 우리는 양산을 세워 그늘이 진 테이블을 차지할 수 있었다. 맛이 어떤지도 느낄 틈도 없이 핫도그를 뚝딱 먹어치우고 일어나려는데 한국 할머니와 젊은 남자 서너 명, 남자 초등학생이 다가왔다. J선수의 식구들이라며 응원을 부탁한다. 야구 시합이나 축구 시합처럼 우우 응원가를 부르는 것도 아닌데 응원을 부탁하는 그들의 마음이 짠하게 다가온다. 열심히 응원해주리라 다짐을 했다.

11번 홀은 17번 홀과 가까이 붙어 있다. 우리는 나무 그늘이 넓은 둔덕에 자리를 잡고 앉아 두 홀을 왔다 갔다 하며 선수들의 티샷을 구경하기로 했다. 11번 홀 옆은 선수들이 지나다니는 길이다. 우리는 부리나케 그곳으로 가서 티샷을 날리고 이동하는 선수들을 보기로 했다. 김효주, 박인비, 장하나, 리디아 고, 박세리, 이미림 등이 차례로 지나간다. 우리는 그녀들의 이름을 부르며 '예쁘다' '자랑스러워'란 말을 연발했다. 남편은 리디아 고에게 하이파이브를 요청한다. 내가 바쁜 아이에게 무슨 짓이냐며 눈을 홀겼다. 우리의 딸들은 수줍은 미소를 지으며 감사의 눈웃음을 웃어주었다.

미셸 위를 꼭 봐야 한다는 친구 부인의 성화에 우리는 본부석으로 달려갔다. 10번 홀부터 시작한 미셸 위 팀은 마침 시합을 끝내고 스코어 카드를 본부석에 전달하고 있었다. 안경을 쓴 모습이 TV에서 볼 때보다 작아 보인다. 사람들의 사인 요구에 일일이 응해주는 그녀의 손이 무척 사랑스럽다.

가까이서 조국의 딸들을 보니 한 명 한 명이 참으로 멋지고 자랑스럽다. 마이크를 갖다 대어도 거리낌 없이 자기 의견을 말하는 것을 보니 '더 이상 상습적인 일탈 행위는 묵과할 수 없다'던 10년 전의 신문 기사 타이틀이 떠오른다. 그때는 한국 선수가 그렇게 두각을 나타내지 못할 때인데도, 미국여자프로골프협회LPGA가 한인 선수와 부모를 향하여 던진 포고문이었다.

경고를 받은 이유는, 관계자 외에 출입이 금지된 페어웨이 구분 밧줄 안으로 무단 침입해서 딸을 코치하는 행위, 캐디인 아버지가 딸에게 고함을 질러 옆 선수에게 공포 분위기를 조성하는 행위, 라운딩 후 딸을 때리거나 책망하는 행위(아버지의 심한 꾸중에 다른 나라 선수가 신고를 하여 출입 금지 조치까지 내려졌다고 한다), 프로암(공식 대회 일정 전날 프로와 아마추어가 함께 연습 라운드를 진행하는 대회)에서 동반 플레이를 하는 VIP와 말 한마디 교환하지 않아 스폰서 회사가 한인 선수 배정을 기피하는 행위, 선수 전용 파티에 출입이 금지된 부모와 친척, 친구까지 입장시키는 행위, 선수 라커룸에서 음식물을 가져다 가족에게 나눠 주는 등, 눈살 찌푸리게 하는 행위 때문이라고 했다. 미국을 포함한 외국 선수들과 협회 사람들이 견디다 못해 내린 결정이라는 설명을 읽으며 많이 부끄러웠다. 그러나 이제는 그런 걱정은 아예 생각도 할 필요가 없다. 선수 한 사람 한 사람이 너무나 세련되고 점잖다. 오히려 백인 선수들보다 더 당당하다. 가족들도 어디에 있는지 전혀 나타나지 않는다.

경기가 거의 끝나간다. 우리는 마지막 경기를 볼 양으로 18번 그린으로 쫓아갔다. 사람들은 이미 그린 주위에 포진하고 선수들의 퍼팅을 구경한다. 진행 요원은 날아오는 볼이 그린에 안착하면 손뼉을 쳐서 멀리 있는 선수들에게 그린 안착을 알려준다. 전광판을 보니 현재 스코어는 크리스티 커가 −21이고 그 뒤로 이미림이 −20으로 바짝 따라오고 있다. 남편은 마지막 홀에서 크리스티 커가 보기를 하면, 이미림은 파만 유지하고 따라와도 서든데스로 갈지도 모르겠고, 만약 서든데스로 간다면 이미림이 이길 것이라며 흥분한다. 남편 말대로 크리스티 커가 보기를 해서 −20이 되었다. 와! 하는 우리의 환호성이 그치기도 전에, 전광판의 이미림 이름 뒤에 −20이 −18로 내려가버렸다. 17번 홀에서 이미림의 볼이 물에 빠져 버렸단다. 덕분에 2점이 올라가 버렸다. 주위의 갤러리들이 아깝다며 발을 구른다.

경기가 모두 끝나자 우리는 또 본부석으로 달려갔다. 선수들이 스코어 카드를 본부석에 제출하고 돌아서 나와 갤러리들에게 사인을 해주기 때문이다. 한 번 더 선수들을 가까이서 볼 욕심으로 사람들 틈에 끼여서 목을 빼고 쳐다보았다. 마침 박세리가 나온다. 사인을 해주는 그녀에게 남편도 모자를 벗어 들이밀었다. 박세리는 겸손하게 웃으며 모든 사람의 사인 요구와 사진 촬영에 응해주었다. 든든하고 차분한 모습이 참 예뻤다. 선수들은 이틀 뒤에 있을 LPGA투어 ANA 인스퍼레이션을 위해 팜 스프링스로 이동한다. 남편 친구는 '폴라 크레이머는 내가 데려다줘도 좋은데' 하며 싱거운 소리를 한다. 돌아오는 차 안에서 우리는 계속 선수들의 이름을 들먹이며 흥분을 가라앉히지 못했다. '대한민국 만세'다.

어머니는,
그렇다

내 어머니 집에 가면 / 새실 한약방에서 얻은 달력이 있지 / 그림은 없고 음력까지 크게 적힌 달력이 있지 / 그 달력에는 / '반나잘' 혹은 '한나잘'이라고 / 삐뚤삐뚤 힘주어 기록되어 있지 / 빨강글씨라도 좀 쉬지 그려요 / 아직까정은 날품 팔만 형께 쓰잘데기 없는 소리 허덜 말어라 / 칠순 바라보는 어머니 집에 가면 / 반나절과 한나절의 일당보다도 / 더 무기력한 내가 벽에 걸릴 때가 있지.

박성우, 〈반나잘 혹은 한나잘〉 전문

시골집 낮은 처마와 툇마루 사이의 허연 벽. 빛바랜 가족사진 액자 하나가 방문 위에 동그마니 걸려 있다. 큼지막한 글씨에 군데군데 태극마크가 빨간 숫자를 안고 있는 달력도 걸려 있다. 시인은 고향집에 들어서며 어머니의 삐뚤삐뚤, 연필심에 침을 묻혀가며 쓴 글씨를 달력에서 본 모양이다. 어머니는 큰 숫자 아래에다 한나절, 반나절 일당 받고 일할 날들을 표시해두었다. 칠순을 바라보는 어머니이건만 아직도 날품을 팔아야 하는 형편이 시인은 마음 아프다.

머리에서 수건을 벗어 옷의 먼지를 탁탁 털어내는 어머니에게 시인은 퉁명스레 말한다. 그저 휴일만이라도 좀 쉬지 그려요. 어머니는 안다. 이 나이 되도록 무기력한 시간만 굴리고 있어서 죄송혀요. 죄송혀요. 하는 아들의 마음을. '아직 까정은 힘이 있응께 쓰잘데기 없는 소리 허덜 말어라' 어머니는 그렇게 아들을 위로한다.

37년 전, 내 부모님은 중학생 막냇동생을 데리고 이민을 오셨다. 해가 어스름한 저녁에 직장에서 돌아와 저녁상을 차리는 어머니를 보며, 동생이 그랬다고 한다. "엄마, 지금 내 형편으론 엄마보고 일하지 말란 말은 못하겠는데요. 일 조금씩만 하세요." 이제 겨우 열네 살 아들의 말이 환한 등불이 되어 그날 밤 내내 어머니의 마음을 밝혀주었다고 했다. 그때 어머니도 그렇게 대답하셨을 거다. "집에 있으몬 뭐하노. 고마 재미 삼아 나간다 아이가."

몇 년에 겨우 한 번씩, 멀리서 세배하러 오는 막내 등을 쓰다듬으며 내 어머니는 지금도 그때의 그 아들 때문에 눈물 나게 행복하다. 어머니는, 그렇다.

나고야에서
만난 그 남자

　그 사람이 보고 싶다. 한 번 더 봤으면 좋겠다. 어머니는 문득문득 그 남자의 너털웃음을 대책 없이 그리워하신다. 잠깐 본 사람, 힐끗 스쳐간 사람, 허공에 그려진 그 남자가 이제는 어머니의 고향 나고야가 된 것일까.

　그는 멜빵 청바지를 입고 있었다. 길바닥에 다리를 펴고 앉은 어머니 곁에 철퍼덕 주저앉으며, 서툰 발음으로 마치 오랜만에 돌아온 손자처럼 '할머니'라 불렀다. 어머니는 팔랑팔랑 치맛자락 날리며 고무줄 뛰던 유년의 모습이 금방이라도 어딘가에서 튀어나올 것 같은 옛 동네에서 세월을 훌쩍 건너뛰고 할머니라는 호칭을 들었다. 그렇게 가고 싶어 하던 어머니의 고향 나고야의 좁은 골목에서.

　동네가 너무 변했다 하면서도 어머니는 어릴 적 살던 빨간 대문 집을 이미 두 시간째 뱅뱅 찾고 계셨다. 주소는 분명히 거기인데. 두레상에 식구들이 둘러앉았던 그 집이 아니라는 것이다. 동네를 지나가는 강 가장자리 여기쯤에서 너희 할아버지가 물지게를 지고 오셨는데, 저기는 내가 자전거를 타고 지나가던 곳인데……. 허공에다 손가락을 가리키며 기억을 하나둘 끄집어내시던 어머니는 그만 길거리에 부스스 앉았다. 괜히 왔나 보다. 아무것도 없네. 머리가 아프고 어지럽구나. 내가 어쩔 줄을 모르고 있던 때였다. 그 남자가 나타났다.

어린 시절의 할머니가 그립다는 그와 어린 시절에 살던 집이 사라져 당황스러운 어머니가 마주 보고 앉았다. 어머니에게 그는 타임머신을 타고 온 60년 전의 사람이었고 그에게 어머니는 사라진 혈통의 부활이었다. 누가 먼저랄 것도 없이 두 사람은 서로의 손을 꼭 잡았다. 그의 눈을 들여다보며 어머니는 안부를 묻는다. 부친은 살아 계시고? 돌아가셨죠. 일본은 언제 들어왔노? 할아버지가 소아마비 아버지를 고치려고 한 살 된 아버지를 안고 들어오셨어요. 그러면 자네는 여기서 태어났겠네? 예. 그런데 한국말 참 잘한다. 우리 할머니와 살았으니까요. 지금 뭐하고 사노? 노가다 하고 삽니다. 노가다? 아이고, 공부 좀 열심히 하지. 옆에서 두 사람의 대화를 듣던 내가 킥킥 웃었다. 남자는 머리를 긁적였다.

어머니는 정신을 조금 차리신 듯 '가께우동'을 파는 곳이 아직 있느냐고 물었다. 일본에 도착한 후부터 줄곧 우동 가게를 찾는다는 내 말에 남자는 정통 가께우동집을 알고 있다며 일본 할머니가 평생 운영해 온 일본 식당으로 모시겠다고 나섰다. 가던 길이 바쁠 텐데 사양을 해도 소용이 없다. 그는 우리의 마음을 짐작이라도 한 듯 차를 가지고 오겠다며 벌떡 일어났다. 팔을 타고 흘러내린 멜빵을 바쁘게 추켜올리며 왔던 길을 도로 막 뛰어갔다. 어지럽던 어머니가 옷매무새를 고치며 남자가 뛰어간 쪽을 하염없이 쳐다보셨다.

털털거리는 고물 차가 왔다. 페인트칠이 가뭇가뭇 벗겨진 곳에서 햇살이 가볍게 튀어 올랐다. 훌쩍 내린 남자는 차에 오르는 어머니의 치마폭을 걷어주며 허허허 상쾌하고 들뜬 웃음을 웃었다. 차는 할머니와 딸과 손자가 오후 나들이를 나서는 행복한 풍경을 담았다.

일본 할머니 혼자 운영하는 식당에는 작은 접시에 담긴 음식들이 찬장 안에 진열되어 있었다. 원하는 음식을 직접 꺼내어 먹는 곳이다. 가께우동도 그릇에 담긴 채 그 속에 있었다. 어머니가 한 그릇 꺼내더니 뜨거운 국물을 끼얹어 남자에게 먼저 내밀었다. 움찔 놀란 남자가 어머니를 억지로 자리에 앉히고는 젓가락을 꽂아 도로 드렸다.

남자는 전화로 자기와 같은 동포 2세 친구를 불렀다. 함께 먹자 해도 굳이 따로 자리를 잡아 자기들 먹을 음식을 나르며 회 접시 하나를 우리 탁자에 갖다 주었다. 그는 맛있게 먹는 우리가 보기 좋은지 엄지손가락을 치켜들며 웃어주었다. 양쪽 테이블 계산을 하겠다고 몰래 주인과 속삭이니 어느새 눈치챈 남자가 쫓아와서 우리가 먹은 회 접시를 자기 접시 위에 올려버린다. 주인에게 눈을 찡긋하며 계산서를 따로 달란다.

친구랑 맥주 세 병을 비운 그가 발개진 얼굴로 대리 운전사를 불렀다. 우리들이 만났던 곳까지 잘 모시란 부탁까지 해주었다. 계산 없는 진심이 얼마나 사람을 감동시키는지 알 것 같았다. 나는 10월에 로스 앤젤레스 올 거라는 그에게 우리 집에 와 계시라 했다. 털털털 시동 거는 소리가 작별을 고했다. 어머니는 남자의 손을 꼭 잡고 놓지 않으셨다. 햇볕에 탄 얼굴에서 안경이 주르륵 흘러내렸다. 짧은 만남의 아쉬운 작별이었다.

어머니는 이제 더 이상 나고야를 그리워하지 않는다. 사라진 옛집처럼 고향이란 건 없다. 바람에 버무려진 천리향 냄새, 강 따라 떠내려가던 뗏목, 발바닥에 와 닿던 돌멩이의 감촉, 머릿속에 계속 퍼 올려지는 기억. 그것이 고향이다. 안개처럼 아득한 사람, 가슴 깊은 곳에서 숨 쉬고 있는 그리움의 사람, 사람이 고향이다.

한 줄기
빛으로

크리스마스 시즌이 본격적으로 시작되나 보다. TV 화면에서 오바마 대통령 가족이 백악관 부근 엘립스에 세워진 '내셔널 크리스마스트리' 앞에서 카운트다운을 준비하고 있다. 이제 곧 트리의 전구에 화려한 불이 켜질 것이다.

카메라는 크리스마스트리 아래에서 산타클로스와 함께 춤추며 열광하는 사람들의 모습을 비껴, 이제는 성난 얼굴로 피켓을 흔들어대는 흑인 시위대를 보여준다. 퍼거슨시의 흑인 소년을 쏘아 숨지게 한 백인 경관의 불기소 처분에 항의하는 시위다.

두 장면이 같은 장소 같은 시각이라는 느낌이 전혀 들지 않는다. 완전한 흑과 백의 대비다. 크리스마스트리는 저토록 현란한 장식을 달고 환한 불이 켜지길 기다리는데, 정작 예수님 탄생의 의미는 어디에 걸려 있는 것일까. 예수님이 오신다면 어디로 가실까. 두툼한 겨울 외투에 털모자를 쓴, 예수 탄생을 노래하며 춤추는 사람들에게로일까, 소외되고 억압받는 자기들의 소리를 들어달라고 외치는 저들에게로일까. '크리스마스'라는 단어가 사라진 크리스마스카드를 보는 기분이다.

한때는 카드에 크리스마스라는 단어가 빠졌다며 떠들썩하던 때가 있었다. 백악관에서 발송하는 카드에 '메리 크리스마스' 대신 '해피 홀러데이'라는 문구를 집어넣었기 때문이었다. 하얀 눈이 소복이 쌓인 풍경의 카드에는 "이 시즌의 빛이 당신의 마음과 새해를 환하게 비추기를 바랍니다"라는 문구와 함께, '하나님의 말씀은 내 발의 등이요 내 길에 빛입니다'라는 성경 구절이 있을 뿐, 정작 크리스마스의 주인공인 예수님은 없었다. 이후로 모든 카드나 판촉물에서 크리스마스는 사라졌다.

3, 2, 1…… 드디어 카운트 다운이 시작되고 불이 켜졌다. 커다란 트리에 색색의 전등 빛이 눈부시다. 어두운 밤하늘에 주황빛이 번져나며 하늘에서 내려온 맑은 영혼의 에너지가 주위를 감싸는 것 같다. 따뜻하고 포근하다. 손과 손을 잡고 성탄 노래를 부르는 사람들 사이로 평화와 기쁨이 흐른다.

카메라가 다시 시위대에게로 간다. 밤하늘에 퍼지는 불빛을 바라보던 시선이 옆 사람에게로 옮겨지며 입가에 미소가 번진다. 허공에 들린 손이 슬그머니 내려와 서로 마주 잡는다. 평화, 평화로다. 하늘 위에서 내려오네. 카드에서 사라진 크리스마스라는 단어가 군중 속에서 살아 나오고 있다.

예수님이 오시면 불공평도 불의도 억울함도 모두 풀어주신다고 했는데, 오직 평화와 기쁨과 사랑만 있을 거라고 했는데, 2,000년 전에 오신 예수님이 흑인 소년의 사진 피켓을 든 저 사람들의 마음속에도 오시면 좋겠다. 검은 피부만큼이나 어둡고 깊은 마음에 한 줄기 빛으로 오시면 좋겠다. TV 속의 크리스마스트리와 그들의 얼굴에 핀 미소를 보며 간절한 마음으로 불러본다.

"예수님, 지금 어디 계세요?"

내가
주잖아

　타운에서 열리는 탈북자 세미나에 참석했다. 일정이 끝난 후 주최 측에서 제공하는 도시락을 받으려고 줄을 서서 기다리는데 함께 간 L장로님이 보이지 않았다. 보나마나 줄 맨 뒷자리에 서 계실 거라며 부인이 두 개를 받아 왔다. 아니나 다를까 늦게야 나타난 장로님은 줄이 너무 길어서 도시락이 모자란다며 털레털레 빈손이었다. 장로님은 우리가 내미는 도시락을 받자 부리나케 일어나더니 도시락을 받지 못한 사람들에게 이걸 드시겠냐고 묻고 다녔다. 오히려 구걸하는 사람처럼. 다행히(?) 아무도 그 도시락을 받지는 않았고, 우리도 나눠 먹을 필요 없이 편안하게 각자의 도시락을 먹었다. 전혀 식욕이 없는 것처럼 보이던 장로님은 밥 한 톨 남기지 않고 깨끗이 잡수셨다.

　몸에 배인 양보와 배려로 내 마음을 훈훈하게 해주는 장로님을 바라보며 얼마 전 모 교회에서 주최한 뜨레스디아스라는 수양회에 참석한 일을 떠올린다. 장로님은 스스로 남을 배려하시는 분이지만 나는 전혀 그러고 싶지 않은데도 강제로 양보를 당하고 속상할 때가 많았다. 생활하면서 행운이라고 흐뭇해할 일을 만나기는커녕 강제로 양보를 해야 하는 상황만 자주 만났다. 아니나 다를까 교회 수양회에까지 가서도 그랬다.

나는 답답한 어둠 속을 헤매고 있는 듯한 신앙생활에서 탈출하고 싶고 위로도 받고 싶었다. 미지의 룸메이트와 밤새 깊은 마음을 나누며 신앙 상담도 하리라 기대했는데 접수를 받는 사람이 내 이름 앞에 적힌 번호를 보더니 독방을 써야 한다고 했다. 참가자 수가 홀수라서 짝이 안 맞는다고 했다. 외로움을 잘 타는 성격에 실망이 컸다. 왜 하필 내가? 저녁 시간 쌍쌍이 짝을 지어 방에 들어가는 사람들을 보며 역시 나는 복이 없어, 를 되뇌었다.

다음 날 아침 식사 시간이었다. 밤 내내 잠을 못 자고 뒤척인 탓에 배가 몹시 고팠다. 사람들은 줄을 서서 주방 앞을 지나며 나눠 주는 접시를 하나씩 받아 테이블에 가서 앉는다. 그런데 내게 주는 접시를 받고 보니 토스트도 시커멓게 탄 것이, 과일도 형편없이 못난 것이, 스크램블 에그도 제일 작게 담긴 접시다. 옆 사람 것과 비교해보곤 나도 모르게 한숨을 쉬었다. 역시 나는…….

　마지막 밤, 모두 둘러앉아 세족식을 하게 되었다. 넓은 홀 가장자리에 빙 둘러 의자를 놓고 그 앞에는 방석이 하나씩 놓여 있다. 참석한 사람들이 의자 위에 앉고 도우미 집사님이나 권사님 들은 그 발 아래 방석에 앉아서 발을 씻겨주는, 예수님께서 마지막 만찬 날 제자들에게 베푸신 의식이다. 우리들은 각각 의자에 앉았다. 곧이어 양쪽 문이 열리더니 발을 씻겨줄 도우미 집사님, 권사님 들이 물 대야를 들고 양쪽에서 줄줄이 들어와 안쪽부터 차례로 의자 앞에 무릎을 꿇고 앉았다. 그런데 그 줄이 내 앞에서 딱 끊어졌다. 오른쪽에서 오던 분도 왼쪽에서 오던 분도 하필 내 옆자리에서 끝이 났다. 도우미가 지원자보다 한 사람이 모자랐다. 설마 나를 혼자 두진 않겠지 싶어서 문 쪽을 열심히 보았지만 양쪽 사람들이 짝과 손을 잡고 축복 기도를 한 후 발을 씻겨줄 때까지 아무도 나타나지 않았다. 이 시간에 많은 사람이 예수님의 사랑을 생각하며 헌신을 다짐하고 은혜를 받는다고 하던데, 나는 은혜는커녕 툭 트인 허공과 마주앉아 멀뚱거렸다. 홀 안에 있는 모든 사람이 짝과 머리를 맞대고 훌쩍이며 기도를 하는데 멍하니 앉아 있으려니 마치 내 잘못인 양 민망하고 창피했다. 사흘 동안의 모든 기도와 찬양이 이 시간에는 하나도 위로가 되지 못했다.

　하나님이 원망스러워지기 시작했다. 하나님, 왜 하필 저입니까? 왜

제게는 한 번도 좋은 것 안 주시고 맨날 손해만 보게 하십니까. 속상해 죽겠어요. 창피해요, 지금. 아이처럼 투정을 부리니 눈물이 막 나왔다. 그때 마음속에 한 소리가 들렸다. "너는 내가 주잖아." 온몸에 전율이 일었다. 온 세상이 환해지며 마치 새벽 이슬을 밟는 것 같은 상쾌한 기운이 넓은 홀을 꽉 채웠다. 외로운 사람이 독방을 쓰게 되었다면…… 가난한 사람에게 작은 그릇이 주어졌다면…… 고통 속에 있는 사람에게 함께 기도해줄 사람이 없다면…… 세족식이 모두 끝났으니 일어나라고 할 때까지 나는 울고 있었다.

나는 왜
어이타가

남편은 보험과 재정 전문 회사를 운영하고 있다. 해마다 각 메이저 회사에서 개최하는 연례 대표자 컨퍼런스에 참석하는데 올해도 어김없이 초청장이 왔다. 플로리다 반도 동쪽 잭슨빌에서 약 40분간 버스를 타고 들어가는 조그만 섬, 아멜리아 아일랜드Amelia Island에서 열린다고 한다.

비행기 출발 시간이 밤 열두 시 사십 분이라 느지막이 공항으로 나갔다. 북적이는 터미널에 앉아 커피 한잔으로 졸음을 쫓고 있는데 아메리칸 항공이 연착이란다. 한밤중인데도 더 기다려야 한다니 사람들은 들고 있던 가방과 함께 긴장도 내려놓는다. 대합실 의자에 엉덩이를 걸치고 바닥으로 길게 다리를 뻗대고 누워 있는 사람, 팔걸이에 얼굴을 옆으로 묻고 엎드린 사람, 고개를 꼿꼿이 세운 채 눈을 감고 팔짱을 낀 사람 등, 기다림에 지친 칙칙한 사람들 사이에서 갑자기 분위기와 전혀 어울리지 않는 웃음소리가 번쩍 우리의 졸음을 깨웠다. 돌아보니 네 명의 한국 남녀 대학생들이 바닥에 퍼질고 앉아 고스톱을 친다. 얼마나 신이 났는지 웃통도 다 벗어 던지고 얼굴도 벌겋다. 한국 사람이라곤 그들 일행과 우리 부부뿐인데 대합실이 다 울리도록 왁왁 대며 한국말로 점수를 따지는 모습이 무척 부끄럽다. 유학생들인 듯한데, 미국의 사려 깊은 공중 도덕심도 함께 배워서 돌아가면 얼마나 좋을까 싶다.

아들이 고등학교 시절에 말했다. 전체 2,300명 중 한인이 약 1,000명 정도 다니는 그 고등학교는 한국서 온 유학생들 때문에 부끄러울 때가 많다고 했다. 한국 아이들이 교정에서 한국말로 "오빠야, 언니야" 하고 마구 부르고 다니면 자기가 창피하다고 했다. 너랑은 상관없잖아. 걔들은 네 친구도 아닌데 뭐. 그래도, 우리는 같은 한국 사람이잖아. 다른 나라 애들이 같은 한국 사람으로 본단 말이야. 하긴 그랬다. 속이야 어떻든 겉은 같은 한국 사람이니까. 지성인이라는 대학생들이 이 지경이니, 혀를 끌끌 찼다. 외국에서 다닐 때는 한국이란 이름의 명찰을 달고 있다는 자각이 필요할 것 같다.

늦게 출발한 비행기 탓에 달라스 공항에는 갈아탈 비행기 시간을 겨우 삼십 분 남겨놓고 도착했다. 예정대로라면 조금 쉬었다 가도 잭슨빌 행을 충분히 탈 수 있는데, 이렇게 늦었으니 터미널을 잘못 헤매다간 큰일이다 싶다.

비행기에서 내리기 전 기내 방송으로 다음 행선지로 가는 터미널 번호를 불러주는데 터미널이 한두 곳이 아니다. 이곳이 그렇게 많은 지역을 연결해주는 경유지인지 놀라웠다. 한참 만에 불린 우리의 목적지는 터미널 C35. 내리자마자 안내 팻말을 따라 C1을 거쳐서 C2, C3…… 한참을 뛰어가도 끝이 보이지 않는다. 언제 35가 나올지 한심하다. 마구 뛴다 해도 다음 비행기를 탈 자신이 없다. 적막한 새벽의 공항 복도를 두 동양인 중년 부부가 체면도 없이 쿵쿵거리며 뛴다. 밤새 시달린 꾀죄죄한 남편이 연신 뒤를 돌아보며, 화장이 다 지워진 얼굴에 헝클어진 머리를 휘날리는 나를 재촉한다. 부지런히 뛰어 가다 보니 C12-27까지, C28-32까지 가는 방향이 전혀 달라진다. 이럴 때는 머리가 빨리 돌아 눈으로 보는 동시에 앞으로 해야 할 일도 함께 그려야 한다. 우리 번호를 찾아 달려가니 화살표가 에스컬레이트를 타고 위층으로 올라간다. 우리가 지금 게스트 라운지로 잘못 가고 있나 싶다. 그러나 달리 어찌해볼 재간이 없다. 가라는 대로 갈 수밖에는. 부지런히 올라가 보니 스카이링크 트레인Skylink Train이라는 실내 기차가 다

넌다. 비행기는 고사하고 난데없이 공항 청사 2층에 웬 기차? 갈수록 태산이다. 가슴까지도 두근거리는데 행선지별로 기차 타는 정거장도 몇 군데나 된다. 공중에서 돌며 공원 전체를 구경시켜주기도 하고 테마별 장소 이동도 쉽게 해주던 디즈니랜드 열차가 생각난다. 2분쯤 갔을까? 내려서 화살표를 따라가니 도로 에스컬레이트를 타고 1층으로 내려가란다. 이제는 아찔아찔 스릴마저 느껴진다. 헐떡대며 갔다. 너무나 멀리 있을 걸로 생각한 C35가 바로 나타났다. 성공! 성공! 환호성이라도 지르고 싶은 우리를 여자 승무원 둘이서 손뼉을 치며 반가워한다. 우리가 들어가자마자 문은 닫힌다. 머리까지 올라온 심장을 가라앉히는데 시간이 좀 걸렸다. 공항이 얼마나 크기에 실내 기차로 이동을 시킬까 싶어 창밖을 내다봤다. 구름다리 같은 것이 공설 운동장만 한 건물 두 동을 서로 연결해주고, 그 다리 위로 기차가 다닌다. 두 터미널 지붕의 크기가 기차를 타지 않고는 전혀 이동할 수 없겠다. 과연 세계로 비행기를 날리는 국제공항다웠다. 많은 곳을 다녀보았지만 이렇게 거대한 곳은 처음이다.

"리조트로 가는 비행기라 수준이 확실히 다르네."

남편의 말에 주위를 둘러보니 정말 사람들이 깔끔하다. 그렇게 생각해서 그런지 비행기도 고급스럽다. 세 시간을 달려 플로리다로 가는데, 미시시피 강을 지나간다고 했다. 뿌옇게 밝아지는 하늘 아래 희미하게 강줄기가 보인다. 하늘 높은 곳에서 내려다보니 강이라고 하지,

아마 땅에서 바라보면 바다라고 할 것 같다.

도착하니 회사 직원이 팻말을 들고 서 있다. 많이 기다렸나 본데 우리 외에도 세 쌍의 부부가 늦게 도착해서 부담이 조금 덜하다. 금발 머리에 멋지게 웨이브를 준 여직원이 리무진 문을 닫으며 40분만 달리면 된다고 한다. 마음 좋게 생긴 조Joe가 운전대를 잡자마자 휘파람을 획획 날리며 콧노래를 부른다.

플로리다를 햇빛 찬란한 주Sunshine State라고도 부른다고 하더니 과연 그렇다. 비집고 들어갈 수도 없이 빽빽하게 서 있는 나무들 위로 쏟아지는 햇살이 눈부시다. 차가운 얼음물에 담그었다가 꺼내놓은 듯 푸들푸들 살아서 하늘로 올라갈 것만 같은 꽃나무와 들풀. 로스앤젤레스에서는 볼 수 없는 싱그러운 풍경이다.

호텔에 도착하여 체크인을 하러 간 남편이 방 열쇠도 못 받고 돌아왔다. 눈이 둥그레진 내게 묻는다. "더블베드 두 개로 하면 지금 체크인 되는데 킹 사이즈 베드는 두 시간 후에 준비된단다. 우짜꼬?" 옛날에는 싱글 침대 두 개든, 벽이 앞을 꽉 막은 구석방이든 운명인 줄 알고 묵었는데, 이제는 우리도 약아졌다. "당연히 킹 사이즈 방이지. 그리고 바다 경치로 앞이 확 트인 방으로 달라고 해요오~."

접대홀에는 접수받는 한 편에 먹음직스러운 음식이 뷔페로 준비되었다. 샌드위치를 들고 정원으로 나가니 차끈한 바다가 하늘을 가득 안고 출렁이며 잠도 못 자고 달려온 우리들의 고생을 날려 보내준다. 정원 곳곳에 오렌지 나무가 보인다. 오렌지꽃이 플로리다 주의 꽃이라 그런지 정말 많이 심었다. 오렌지꽃 향기가 바람에 날려 호텔 주위를 온통 감싸고 있는 느낌이다. 이 꽃에서 네롤리 오일 향수를 추출한다는 말이 실감이 난다. 티 없이 맑은 순백의 꽃이 신부의 부케와 화관을 만드는 데 많이 쓰이는 이유도 알 것 같다.

잘 손질된 흙더미 위로 키 작은 향나무들이 갖가지 모양으로 앙증맞게 서 있다. 선명한 노랑, 보라, 빨간색의 팬지와 이름 모를 꽃들이 몽글몽글 피어 푸른 잔디를 더욱 푸르게 꾸며준다. 옛날 푸에르토리코의 총독이 탐험 차 왔다가 온 천지에 만발한 꽃을 보고 감탄하여 이 땅 이름을 꽃이 만발해 있다는 뜻의 라 플로리다La Florida라고 지었다고 하더니 정말 그렇다. 사람이 걸어 다니는 보도 외에는 모두 나지막한 꽃으로 마치 벨벳을 깔아놓은 것 같다. 덕분에 내 마음에도 예쁜 꽃들이 송송 피어난다. 이제부터 며칠간 몸과 마음을 모두 펼쳐두고 포슬포슬 말려야지.

방은 823호. 원하는 대로 180도로 펼쳐진 바다가 보이고, 파도 소리 외에는 아무것도 들리지 않는 우리들의 천국이다. 발코니에 나가 고개를 오른쪽으로 돌려보니 아까 차를 타고 오며 만났던 숲들이 서로 머리를 맞대고 또 다른 초록의 바다가 되어 출렁인다.

저녁 식사 시간이라 연회장으로 내려갔다. 가슴에 명찰을 단 사람들이 하나둘 모여드는데 낯선 사람이 많다. 올해는 두 회사가 합병되는 바람에 임원들의 얼굴이 많이 바뀐 것 같다. 사진사도 우리들이 별명을 불러주던 히스패닉계의 미스터 플래시가 아니고 깍쟁이처럼 생긴 백인이니. 들이미는 카메라 앞에서 미소 짓고 서 있기가 몹시 쑥스럽고 거북하다. 실내 장식 주제는 무엇인지 테이블마다 놓인 장식이 예사롭지 않다. 투명한 큰 화병에 당근이나 오이, 양배추가 물속에 잠겨 말간 얼굴로 바깥을 내다보고, 그 위로 갖가지 꽃과 채소 들이 특유의 모양으로 조화를 이뤄 눈을 즐겁게 해준다. 디자이너가 보통 미적 감각을 가진 사람이 아닌 것 같다. 꽃병 사이에 피워둔 촛불도 특이하여 테이블마다 돌면서 이것만 구경해도 컨퍼런스에 온 보람이 있을 것 같다.

군데군데 불을 피워 고기를 굽는 냄새가 섬 전체를 가득 채운다. 배고픈 남자들이 고깃간(?) 앞에 접시를 들고 서서 껄떡거리자 순하디순한 요리사가 큰 손으로 한 움큼 덜어서 접시에 담아준다. 멀쩡한 신사가 고깃덩이 하나를 받고는 입이 함지박만 해져서 돌아 나오는데 영락없는 개구쟁이다. 나이만 먹었지 마음은 스무 살인 것 같다.

섬이라서 그런지 차려진 음식이 거의 다 해물이다. 먹기 좋게 집게 위로 소복한 살이 나오도록 잘 발라진 게와 등이 갈라진 손바닥만 한 가재가 커다란 용기에 수북이 쌓여 있고, 숯불 지나간 자국이 선명한

왕새우와 굴이 눈길을 잡는다.

　오늘도 역시 뷔페 한 곁 제일 좋은 장소에 스시가 버티고 있다. 무늬만 스시지 미국 요리사가 만든 것이라 밥도 냉장고에서 나온 것처럼 딱딱하고 작은 생선 조각이 덮여(발라져 있다는 말이 더 어울린다) 있는데, 그나마 싱싱하지도 않다. 그래도 격식은 갖춘다고 겨자에 간장과 젓가락은 꼭 곁에 둔다. 젓가락을 엄지와 중지 사이에 사이에 끼우고도 두 짝이 뭉쳐진 그대로 스시를 푹 찔러서 가져가는 사람, 아예 손바닥에 두 젓가락을 막 쥐고는 숟가락으로 퍼듯이 퍼 올리는 사람……. 마음처럼 움직여주지 않는 젓가락 따라 고개가 막 돌아가도 스시를 입에 집어넣는 얼굴은 환하다. 맛으로 먹는지 멋으로 먹는지 하여튼 많이도 갖다 먹는다.

　스시는 김밥에 비하면 훨씬 맛이 못한데도 이렇게 대접을 받고, 김밥을 설명할 때도 '코리언 스시' 하며 들먹여야 이해를 하니 어떨 땐 질투가 난다. 좋은 물건을 암만 만들어도 홍보 능력이 없으면 빛을 못 보듯, 나라 고유 음식도 상품 못지않게 정부 차원의 체계적이고 계속적인 홍보가 필요하다. 돌아보면 뭐든 일본에 뒤지는 것 같아 자존심 상할 때가 많은데 그나마 다행인 건 미국의 건강 전문지《헬스》가 스페인의 올리브유, 일본의 낫토, 인도의 렌틸콩, 그리스의 요구르트와 함께 세계 5대 건강식품으로 김치를 뽑아주었다는 거다. 거기다 요즘은 또 순두부가 건강뿐 아니라 다이어트 식품으로도 꼽혀 순두부 전문

식당 손님의 20퍼센트 정도는 외국 사람들이라니, 영화나 드라마, 노래로 일어난 한류 열풍에 음식까지 가세해줄까 기대가 된다. 그때에는 이런 뷔페에 갈비뿐 아니라 김밥과 만두, 잡채가 그득히 담겨 나와 음식 이름을 가르쳐주며 으스댈 수 있을까? 생각만 해도 신난다. 미국 사람들한테 우리가 발음 교정을 해줄 수 있다니.

사람들은 모두 맛있는 것 골라 먹느라 바쁜데 피곤한 나는 접시를 들고 이곳저곳 기웃거려도 먹고 싶은 게 없다. 올리브유에 소금과 후추를 넣어 볶은 가지나물(?)과 해물 수프, 껍질째 구운 굴로 배를 채웠다. 마가리타와 선라이즈를 이 사람 저 사람이 반갑다며 주는 대로 넙죽넙죽 받아 마셨더니 얼큰하니 취한다. 파도 소리도 좋고, 음악 소리도 좋고, 와글와글 떠드는 소리조차 정다운 취기다.

와인 한 잔을 들고 모래사장을 걸었다. 해운대의 부서지는 파도 아래 보드라운 줄무늬를 그리던 모래톱이 생각난다. "그 물새 그 동무들 고향에 다 있는데 나는 왜 어이타가 떠나 살게 되었는고" 흥얼거려지는 노래가 있다. 마산 앞바다 합포만을 그리워하며 쓴 시를 70여 년이 지난 지금 대서양을 바라보며 부른다. 그 좁은 땅덩어리 안에서도 저토록 고향이 멀고 그리웠을까. 사람들은 존 덴버의 'Take Me Home Country Road'를 어깨동무하며 불러대는데 우리는 같이 부를 노래도 손잡고 흥겨워할 친구도 없다. 반갑다며 볼을 맞대고 정다워해도 시간이 지나면 슬그머니 이방인이 되어버리는 우리. "나비야, 나비야 이리 날아 오너라"를 부르던 정서가 "Itsy bitsy spider climbing up the spout"를 부르며 자란 정서와 어떻게 취흥을 나눌 수 있을까.

불빛 하나 보이지 않는 먼 수평선을 바라보며 파도 소리를 반주 삼아 〈가고파〉를 큰 소리로 불러본다.

내가 가꾼
정원

사람 흔적

이건 놀랍다는 수준이 아니다. 충격이다. 그분에게 이런 면이 있으리라고는 상상도 못 했다. 야윈 몸집에 작은 키, 부드러운 눈빛, 어디를 봐도 카리스마는 없는 분이셨다. 그런데 오늘은 아니다. '뷰잉(고인과의 대면)'을 위해 양복 차림으로 관 속에 누워 있는 그분을 보니 세상 누구보다도 큰 거인이다. 사랑하는 아내에게는 온통 하늘이고 땅이다.

그는 교회 제직회의 때는 빠지지 않고 일어나서 장로님들을 꾸짖고, 교회 행정을 지적하는 집사님이셨다. 호칭도 기분 따라 갖다 붙였다. 목사님을 아저씨라 부르기도 하고, 선생님이라 하기도 했다. 좌중을 둘러보며 친애하는 국민 여러분이라고 해서 한바탕 웃게도 만들었다. 엉뚱하고 철없는 한편 귀여운 칠십 대 노인이셨다.

그분이 1년 전부터 위암에 걸렸다는 소문이 돌았다. 교제하는 그룹이 전혀 다른 터라 먼 이야기인 듯 별 신경을 쓰지 못했다. 수술을 했다는 소식에도 문병을 못 갔다. 많이 심각하지 않으신 듯 여전히 밝게 웃고 다녀서 이제는 완쾌되셨나 보다 짐작만 했다.

어느 날 갑자기 돌아가셨다는 소식이 왔다. 자녀가 없는 가정이라 쓸쓸한 장례식일 거라는 짐작에 모든 약속 팽개치고 남편과 함께 참석했다. 그런데 예상이 빗나갔다. 어둑어둑 어둠이 내리는 주차장에는 길게 늘어선 차들의 끝이 안 보인다. 장례식장 안에는 앉을 자리는 물론 설 자리도 없다. 초등학교, 중학교, 고등학교, 대학교, 유학 친구 등, 검은 양복 입은 노신사들로 장례식장 안은 꽉 찼다. 사방 벽은 모두 화환으로 덮여 그야말로 꽃 세상이 되었다.

식순을 보니 조사를 네 명이나 한다. 이 사람아 하며 원망으로 시작하는 친구가 있는가 하면, 준비해 온 메모지를 펴놓고 눈물을 훔치며 서 있기만 하는 사람도 있다. 조사는 할 생각도 않고 시신을 손으로 만지며 얼굴을 갖다 부비기도 한다. 많은 장례식을 다녀봤지만 이렇게 애정을 가지고 고인을 회상하는 모습은 처음이다. 그의 죽음에 사람들의 마음은 가뭄에 쩍쩍 갈라지는 논바닥이 된 것 같다.

모든 조문객의 추억 속 사람은 내가 알고 있던 그분이 아니었다. 그는 말을 타고 등교하는 부잣집 아들이었다고 했다. 가난한 친구들의 인심 좋은 후원자임은 물론 어려움에 처한 친구들을 그냥 지나치는 법이 없었단다. 노래하고 춤추는 파티에서건 심각한 회의 자리에서건 그는 언제나 리더이자 장소와 분위기에 맞게 변신할 줄 아는 멋쟁이였다. 그분이 없는 세상은 얼마나 삭막할까 하는 것이 친구들의 슬픔이었다.

경상북도 안동시 일직면 조탑리에 가면 예사롭지 않은 곳이 있다. 권정생 아동 문학가가 살다 간 흔적이다. 그는 1930년대 일본 도쿄의 빈민가에서 태어나 평생을 결핵이라는 병과 싸우며 걸인 생활을 했다. 마흔이 넘은 나이에 겨우 안동에 정착하여 교회 종지기로 살면서 동화《강아지 똥》을 발표했다. 몇 권의 동화책을 낸 후 일흔 살이 되던 해 그는 세상을 떠났다. 동네 사람들은 가난하고 미천한 시골 노인의 죽음에 많은 문상객이 오는 것을 보고 놀랐다. 좋은 책을 많이 쓴 사람인 줄도, 불쌍한 아이들을 위한 유산을 많이 남긴 줄도 그가 떠난 후 알게 되었다.

사람이 살다 간 자국은 그가 떠나고 난 뒷자리에서 나타나는가 보다. 결혼식은 부모의 사람들로, 장례식은 자녀의 사람들로 채워진다는 말이 있다. 훌륭한 부모를 만나 화려한 결혼식을 한다면 그건 고마운 일일 뿐 온전한 내 것이 아니다. 잘 키운 자식 덕에 내 장례식에 문상객이 줄을 지어도 자식이 자랑스러울 뿐 그것도 내 것이 아니다. 거인

집사님이나 권정생 아동 문학가처럼 세상에서 사라진 나를 잊지 못해 모여드는 사람들의 곤고한 마음, 그것만이 온전한 내 것이다. 내가 몰랐던 내가 사람들의 입에서 다시 그려질 때, 그것이 참 나인지도 모른다는 생각이 든다. 여기에서는 이런 모습으로 저기에서는 저런 모양으로 비치는 나. 어느 것이 참 나일까.

한 사람의 삶이 보이는 장소와 시선에 따라 이렇게 확연히 다르다는 것도 놀라움이고 내 삶의 흔적이 적나라하게 사람들 앞에 다시 태어난다는 것도 두려움이다. 살다 간 흔적이야 모두 다르겠지만 이왕 남겨질 것이라면 나의 죽음으로 남은 사람들이 슬픔으로 툭 하고 떨어졌다가 선한 다짐으로 다시 깨어나는 그런 흔적이라면 좋겠다.

말의 빛깔

협회 일을 하다 보면 크고 작게 의논거리가 생긴다. 연례행사, 월례회, 퓨전수필이나 재미수필 발간, 회원 관리 등. 일의 내용에 따라 의논을 해보면 사람마다 반응이 다르다. 누군가와 의논을 하려고 할 때는, 내가 생각하지 못한 부분까지 다루어져 한층 업그레이드된 모습으로 재탄생되기를 바라는 마음이 있다. 그런데 대화를 하고 나면 생각했던 사안을 아주 근사하게 해석하며 북돋워 주는 사람이 있는가 하면, 부정적인 자기 잣대로 볼품없이 재단해서 의욕을 잃어버리게 만드는 사람도 있다.

다행히 아직까지는 힘이 불끈 솟게 해주는 사람이 더 많다. 미심쩍어하며 내어놓은 의견을 멋진 행사로 둔갑시켜주거나, 자신만만하게 일을 밀고 나가라며 용기를 준다.

"흐흠, 어렵겠는데? 그래도 한번 시도해봅시다. 의견이 괜찮네요."

"아이구우, 회장님이 자꾸 일을 저질러서 죽겠네. 그래도 한번 해 봅시닷. 어떡해요. 회장님이 하시겠다는데~엥."

그럴 때면 나는 히히히 멋쩍게 웃으며 설익은 내 의견을 자진해서 철회한다. 그래도 기분은 참 좋다. 협회를 위해서라면 무슨 희생이라도 하겠다는 각오도 생긴다.

협회를 맡고부터 사람을 새롭게 발견하는 기쁨도 있다. 우리 회원이었던가 싶을 만큼 낯설던 분이 따뜻한 말로 격려를 해주고, 사귐에 전혀 관심이 없는 듯하던 분이 마음을 열고 대화의 자리를 끝까지 지켜준다. 참 고맙다.

어떤 일을 해도 실패만 하는 청년이 점쟁이를 찾아갔다. 좌절에 빠진 그는 자신의 전생을 알고 싶었다. 점쟁이는 그의 전생이 나폴레옹이었다고 했다. 그때부터 청년이 변했다. 패기와 열정이 나폴레옹을 닮아갔다. 그의 인생도 달라지기 시작했다. 신이 난 청년이 선물을 사 들고 다시 점쟁이를 찾았다. 점쟁이는 보너스라며 그의 전전생은 솔로몬이라고 말해주었다. 청년은 또 지혜를 얻기 위한 노력을 하게 되었다. 용맹과 지혜로 무장된 청년의 사업은 날로 번창했다는 이야기를 읽은 기억이 있다. 이 이야기에서 점쟁이가 만일 그에게 전생이 거지였다고 알려주었다면 어떻게 되었을까. 말의 위력이 얼마나 큰지 실감나는 이야기다. 내가 무심코 뱉은 말에 상대방의 인생이 무너지기도 성성하게 살아나기도 할 수 있다니, 참으로 두려운 일이다.

얼마전 K선생님의 수필에서 '그래, 사람은 다시 잎 돋는 나무가 아니지'라는 글귀를 읽고는 마음이 멈추었다. 다시 돋지 않는 것이 어찌 사람의 생명뿐일까, 하는 생각이 들었기 때문이다. 육체적인 고통은 시간에 묻어 잊히지만 말로 받은 상처는 치유가 어렵다. 말이 준 상처는 다시 잎이 돋을 엄두도 못 낼 만큼 철저히 마음을 훼파해버리기 때문일까.

말도 꽃처럼 빛깔을 지니고 있다. 강렬하게 파고드는 빛깔, 여운을 남기는 감미로운 빛깔, 모든 것을 끌어안는 부드러운 빛깔.

희망해본다. 우리가 모여 있는 곳에는 빛깔 고운 말들이 꽃잎처럼 향기를 내면 좋겠다고. 얼굴을 마주 대할 때마다 격려와 칭찬과 생명의 말들만 술술 나오면 좋겠다.

어딘가에 나의 전생이 에밀리 브론테였거나 박화성이었다고 말해주는 사람 없을까?

무엇일까?

 이번 주 들어 장례식을 두 군데나 다녀왔다. 64세 간암 환자와 92세의 노인이었다. 간암으로 가신 분은 아직 이른 나이라 장례식장이 많이 무거울 줄 알았는데, 자녀들을 모두 출가시켜 손주들의 재롱을 보고 가셨다는 것으로 문상객들이 위로를 받았고, 노인분 또한 자손들이 많아 쓸쓸하지 않았다.

 투병 중인 간암 환자의 문병을 다녀온 사흘 뒤, 편안히 가셨다는 소식을 들었다. 감은 눈자위 아래로 눈물조차 흘리기 힘겨운지 피부가 축축해지던 그분의 얼굴과 60세도 안 돼 홀로 남겨진 아내의 젖은 뺨이 한꺼번에 내 가슴을 밀고 들어와 장례식장에 들어서기도 전부터 나는 손수건을 적셨다. 식장은 화환들로 화려했다. 치렁치렁 늘어진 휘장에는 큰 금박의 글자들이 소란스러웠다. ○○대 동창회, ○○고교

동창회, ○○여대 동창회 등 화환들이 마구 우쭐대고 있었다. 고인의 약력 난에는 학교가 주인이 되어 앉았고, 설교하시는 분이나 조사를 읽는 분이나 한결같이 화려한 학벌을 들먹였다. 사람들은 다투어 자기가 그 학교의 동창임을 선포하는 듯한 느낌을 주었다. 그분이 어떤 삶을 살았는지, 무엇을 위해 애썼는지는 모두 일류 학교 이름 아래 묻혀 있었다. 그분의 일생에서 더 소중한 무엇이 있을 텐데, 장례식 순서가 모두 끝날 때까지도 그것을 보지 못한 아쉬운 마음으로 돌아왔다.

92세의 노인은 1년가량 요양 병원 신세를 지다가 떠나셨다. 움직이지도 못하고 의식만 있는 상태라 자손들이 많이 힘들었던 모양이다. 방문할 때마다 배에 뚫린 구멍으로 죽이 주입되는 모습을 봐야 했고, 애처로운 눈동자에서 옛날의 쩌렁쩌렁 울리던 목소리가 떠올라 맘이 아팠다고도 했다. 할아버지가 돌아가셨다는 소식에 '해방'이라는 단어가 먼저 떠올랐다고 하니 그 굴레가 얼마나 답답했는지 짐작이 갔다. 장례식장은 많은 자손이 있음에도 불구하고 조촐했다. 고인의 약력 난에는 지난 삶이 얼마나 신앙적이었는지를 말해주느라 애쓰는 글이 눈길을 붙잡았다. 일제에 어떻게 항거했으며, 신앙을 지키기 위해 어떤 힘든 시간을 견뎠는지, 해방 후에도 기독교 역사에 찍은 발자국이 얼마나 큰지 알 수 있었다. 조사도, 설교도, 기도도 하나같이 신앙이란 단어를 열심히 풀어 보였다. 그분의 희생적이고 헌신적인 삶 앞에서 숙연해지면서 새삼 참 신앙의 길에 대해 깊이 생객해보게 되었다.

한 주에 두 장례식을 보며, 언제가 될지 모를 나의 장례식장을 그려본다. '지금 당신의 인생은 이미 오래 전에 당신이 선택한 인생'이라는 스펜서 존슨의 글이 떠오른다. 오늘의 '나'를 만든 많은 선택들, 그것들이 꼿꼿이 서서 나를 바라본다. 잘했다는 칭찬의 눈빛도 있고 게으름과 안일을 질타하는 눈빛도 있다. 사람을 사랑하는 선택을 하였는지, 허물을 덮어주는 선택을 하였는지, 내가 가진 것 세어보기 바빠 누구에게 인색하였는지, 현실과 맞장구치느라 혹 누굴 슬프게 하지나 않았는지 돌아본다. 순간순간 추구하는 삶의 가치에 따라 선택의 모양도 달라졌을 터이니, 지나간 인생 여정에 붙잡아 앉히던 수많은 결정이 우수수 내 앞에 일어난다. 후회 같은 것은 이제 아무런 의미가 없다. 장례식장에 앉은 사람들 앞에서 나의 자손들은, 친구들은, 이웃들은 다 소진한 내 삶 속에서 무엇을 끄집어내어 깃발로 흔들까? 학벌일까? 재산일까? 신앙일까? 사랑일까? 아니면 내가 전혀 상상도 못 한 그 어떤 단어일까?

먹튀 자식
방지법

재미있는 법이 생겼다며 남편이 보던 신문을 건네준다. '먹튀 자식 방지법'. 마치 유머 같은 제목의 이 법은 지난 9월에 발의되어 현재 국회에 계류 중이라고 한다. '먹튀'는 먹고는 튀어서 도망간다는 뜻으로 젊은이들이 사용하는 비속어로 알고 있었는데 그것에 '자식'이 붙어서 '먹튀 자식'이라니, 굳이 기사를 읽어보지 않아도 무슨 뜻인지 알겠다.

번번이 사업에 실패하는 아들을 가진 노부부 이야기다. 이번만, 한번만 더, 하는 통에 평생 열심히 일해서 마련한 상가도, 땅도 모두 팔아서 사업 자금으로 준 노인 부부는 함께 살며 효도하겠다는 서약서를 들고 와서 보채는 아들에게 급기야 집마저 넘겨주는 상황이 되었다. 모든 재산을 물려받은 아들 부부는 이후 태도가 달라졌다. 허리를 다쳐 운신을 못 하는 어머니 병간호는커녕 끼니도 챙겨주지 않았다. 견디다 못한 노부부가 이층집을 오르내리기가 힘드니 독립할 아파트 살 돈을 달라고 했다. '천년만년 살 것도 아니면서 무슨 아파트냐'며 요양원에 가라는 아들의 반응은 횡포에 가까웠다. 더 이상 참을 수 없는 아버지가 재산반환청구소송을 했고 대법원에서는 승소 판결을 내렸다는 이야기다. 기사를 읽으면서 참 어리석은 부부도 있구나 싶다. '효도 서약서'를 쓴다는 자체가 우스운 일이 아닌가. 서약서를 이행하기 위해 효도를 한다면 그건 이미 효도가 아니다.

인간에게 '효도'라는 것은 정말 존재하는 것일까? 사랑은 내리사랑이라는 말처럼 사랑은 물과 같아서 아래로 내려가기만 하지 거슬러 올라가지 못한다. 자식을 향한 부모의 사랑은 본능이지만 부모에게 올리는 자식의 사랑은 의지이고 노력이다. 부모는 자식이 아무리 실망을 시켜도 끝없이 용서하며 보듬지만 자녀는 부모에게서 욕구가 충족되지 않거나 노여움을 느끼면 회복이 어렵다. 부모를 버리거나 해쳤다는 종류의 신문 기사를 읽을 때마다 효도란 것에 대해 의구심이 생긴다.

프랑스의 문학평론가이자 사회인류학자인 르네 지라르는 《낭만적 거짓과 소설적 진실》이라는 그의 저서에서 소설 속의 인물들을 대상으로 인간 욕망의 구조를 밝혀내어 '욕망의 삼각형' 이론을 정립했다.

인간의 욕망은 모두 자기 내부의 '자발적인 욕망'이 아니라 어떤 중개자에 의해 만들어진 '허상의 욕망'이라는 것이다. 즉, 겉으로는 자발적 욕구에 의해 무엇을 행하는 듯 보이나, 욕망의 본질은 중개자의 모방에 불과하다는 이론이다. 오늘 아침 신문기사를 읽으니 효도란 것도 바로 이 욕망의 삼각형 구도가 말하는 거짓 욕망인가 하는 생각이 든다.

우리는 어릴 때부터 자식의 도리에 대해서 너무나 많은 가르침을 받았다. 인간을 창조하신 하나님께서는 자녀에게는 '네 부모를 공경하라'고 했지만, 부모에게 '자식을 사랑하라'는 말씀은 하지 않으셨다. 단지 '자식을 노엽게 하지 말라'고만 하셨다. 누구보다 인간의 본성을 잘 아시는 하나님이 효도는 인간의 본능적인 욕망이 아닌 것을 아시기에 '부모에게 순종하라, 공경하라'라는 명령을 십계명에까지 명시하신 것이 아닐까. 또한 공자는 '사람에게는 3,000가지의 죄가 있는데 그 가운데 불효의 죄가 가장 크다'고 했고, 유교의 《효경孝經》은 '자식은 아버지를 왼쪽 어깨에 업고 어머니를 오른쪽에 업고 수미산을 10만 번 돌더라도 그 은혜를 갚을 수 없다'고 했다. 영어권에서는 'Filial Piety'라는 말로 효도는 곧 부모를 사랑하며 존경, 순종하고 도와주는 것이라고 가르치고, 중국은 '효孝'라는 글자를 노인 노老자 아래 아들 자子를 써 자식이 노인을 떠받드는 모양으로 만들었다. 그리고 우리나라에서는 부모가 먹을 것이 없으면 생머리를 잘라 곡식을 사서 드렸다, 허벅지 살을 구워서 드렸다는 등의 전설 같은 이야기로 효를 부추기고 효자 효부비, 정려각 등을 세움으로써 효를 장려했다. 조선시대 정조는 백성들에게 어머니의 은혜를 '가슴에 품고 지켜준 은혜, 해산의 고통을 이기신 은혜, 자식을 낳고 나서야 근심을 잊으신 은혜, 쓴 것은 삼키고 단 것은 뱉어 먹이시는 은혜, 진자리 마른자리 갈아 누이시는 은혜, 젖을 먹여 키워주신 은혜, 손발이 닳도록 깨끗이 씻어주시는 은혜, 먼 길 떠남을 걱정하시는 은혜, 자식을 위해 나쁜 일을 감당하시는 은혜, 불쌍히 여기고 사랑해 주시는 은혜' 등으로 구체적으로 나열해 효도를 해야 할 이유를 제시했다. 이처럼 동서양을 막론하고 효를 모든 덕목의 최우선, 최고의 가치로 삼은 것은 '효'라는 것이 인간에게 있어서 자연 발생적인 행위가 아닌, 인간의 의지와 노력 없이는 도저히 수행할 수 없는 것이기 때문이 아니었을까.

인간의 삶에서 노년 시대는 피할 수 없는 것이고 노쇠하고 병들면 '누군가'의 수발을 받지 않을 수 없다. 그 '누군가'가 현대 사회에서는 병원이나 양로원이 될 수 있지만 옛날에는 오로지 자식밖에 없었다. 자식의 도움 없이는 살 수 없는 노년을 우리 조상은 효도를 최고의 가치로 미화하여 르네 지라르가 말하는 욕망의 삼각 구도에서 중재자의 자리에 둔 것이 아니었나 하는 생각이 든다. 자식은 부모를 봉양하겠다는 자연 발생적인 진짜 욕망이 없으므로 효도라는 행위에 주어진 사회적인 가치와 덕목이 스스로 발생한 욕망이라는 착각이 들도록 말이다. 여태까지는 그 사회적인 통념이 힘을 발휘했다. 그러나 현대는 그게 아니다. 부모들은 자식이 아니라도 노년을 잘 살아갈 수 있는 여건이 다각도로 형성되었고, 자식 또한 그런 형이상학적인 가치에 매달리기에는 너무 삶이 복잡하고 영악해졌다. 이제는 더 이상 효도라는 행위가 '최고의 덕목'으로 인정받아 부모 봉양의 중재자 역할을 할 수 없다.

사람들은 베이비 부머 세대를 샌드위치 세대라고 한다. 부모 봉양을 의무로 알고 섬겼고, 자식에게서는 효도를 받지 못하는 끼인 세대. '먹튀 자식 방지법'까지 만들어 노년을 지켜주려는 이 세태를 관망만 할 것이 아니다. 얼마나 심각하면 정부까지 나서서 법제화할까 하는 위기감도 가져야 한다. 노년을 잘 보내고도 자산이 남아 자녀들에게 넉넉하게 물려줄 수 있을 정도면 다행이지만 만일 그렇지 못한 사람이라면 생각을 다잡아야 한다. 이제 더 이상 자식의 인생에 엮여 심신으로 고달픈 노년을 맞는 어리석은 부모가 나오지 않으면 좋겠다.

He is a Black Guy!

　싸움 소리가 난다. 도서관 열람실, 내가 앉은 바로 앞자리다. 고개를 들고 쳐다보니 틴에이저를 갓 넘긴 듯한 히스패닉 아가씨와 흑인 청년이 삿대질을 하며 얼굴을 붉힌다. 청년이 고함을 지르면 아가씨는 고개를 빳빳이 들고 더 큰 소리로 대든다. 핸드폰 충전 때문이다. 여자가 핸드폰 충전기를 콘센트에 꽂아두었는데 남자가 컴퓨터를 쓰면서 걸리적거린다고 빼어버린 모양이다.

　사람들이 주위로 모여들고 도서관 실내 공기가 온통 헝클어졌다. 관장이 사무실에서 나와 두 사람을 말린다. 흑인 남자가 못 이기는 척 자리를 뜨려고 하는데 멕시칸 여자는 아직도 분이 안 풀리는지 따라가며 욕을 한다. 조그만 여자가 악다구니를 하며 따라붙으니 남자도 화가 나는 모양이다. 눈을 크게 뜨며 허공에다 대고 주먹질을 하는 모습이 여자를 때릴 기세다. 조금 가라앉으려나 싶었던 분위기가 다시 험악해졌다. 관장은 곁에 있는 직원을 보고 빨리 경찰을 부르라고 한다. 여직원이 데스크로 쫓아가서 전화 다이얼을 돌리는데 저쪽 구석에서 온 도서관이 쩡쩡 울리도록 큰 소리를 지르며 흑인 할아버지가 뛰어온다. 손으로 자기 가슴을 움켜쥐며 헉헉거리는 모습이 앞으로 고꾸라질 듯 위태롭다.

"경찰 부르지 마시오. 경찰이 오면 저 청년은 총에 맞아 죽습니다. 그는 흑인입니다."

있는 힘을 다하는 할아버지의 울부짖음에 도서관이 통째로 얼어버렸다. 며칠 전에도 사우스캐롤라이나의 작은 도시에서 백인 경관이 흑인 남성에게 총을 쏘아 숨지게 한 사건이 있었기에 "그는 흑인입니다!" 하는 할아버지의 목소리는 너무 절절했다. 그는 청년의 할아버지도, 지인도 아니었다. 주위에서 뭉그적거리던 사람들이 하나둘 떠나가고 입을 강다물고 섰던 흑인 청년도, 멕시칸 아가씨도 슬그머니 자리를 떴다.

사우스캐롤라이나 주의 작은 도시에서 일어난 사건처럼 백인 경찰이 비무장 흑인 남성을 공무 중이라는 이유로 총격을 가한 사건이 올해 들어 벌써 몇 번째인지 모른다.

'내 자식이 그럴 리가……' 흑인 어머니와 백인 어머니의 얼굴이 나란히 신문에 실린 것을 보았다. 두 사람 모두 똑같이 젖은 눈동자에 입술을 들썩이며 울먹였다. 백인은 총을 쏜 경관 마이클 슬레이저의 어머니고 흑인은 그 총에 사망한 월터 스콧의 어머니다. 신문은 며칠 동안 백인 경찰에 대한 분노로 들썩거리는 흑인 데모대로 지면을 채우더니 그날은 두 어머니의 얼굴을 커다랗게 실었다.

"사실이 아니라는 것을 나는 압니다. 왜냐하면 내 아들이 강도 짓을 할 리가 없기 때문입니다. 내 아들은 천사입니다."

"내 아들은 착하고 사랑받는 경찰이었습니다. 경찰직과 앞으로의 인생을 위태롭게 하는 일을 했다고는 상상조차 할 수 없습니다."

두 어머니는 한결같이 자식이 한 행동을 부정했다. 두 어머니의 눈물이 인종 편견으로 인한 갈등으로 들끓던 사건을 다른 각도로 보게 만들었다. 흑인도 백인도 모두 똑같은 누군가의 사랑스러운 아들이었다.

흑인 인권 운동에 영향을 준 소녀 클로뎃 콜빈은, 흑인 교회의 목사에게 "하나님이 세상에 저주받은 인종을 만드셨다면, 나는 그런 하나님을 섬기고 싶지 않아요"라고 했다고 한다. 피부에 대한 그들의 고뇌와 슬픔을 알 것 같다. 마틴 루서 킹의 "나는 꿈이 있습니다I have a dream"란 절규가 앞으로도 얼마나 더 견뎌야 할까.

자기 자리로 돌아가는 할아버지의 뒷모습이 보인다. 그가 말한 "그는 흑인입니다"는 "나는 흑인입니다"의 다른 말로서 평생 그를 가두는 족쇄가 아니었을까. 눈물이 나온다.

가난한
사람들

남편을 출근시키고 설거지를 했지요. 시원하게 쏟아져 나오던 물이 졸졸 소리를 줄이더니 드디어 뚝 끊어졌습니다. 캘리포니아의 가뭄 때문에 절수를 강요하는 수도국이 잠시 물을 끊었나 싶어 일단 기다리기로 했습니다. 소파에 와 앉는데 순간 머리를 스치는 수상한 생각. '내가 수도세를 언제 내었지?' 그러고 보니 수도세 보낸 기억이 까마득합니다. 이미 수돗물이 끊긴 전과가 있는지라 얼른 책상 위에 쌓여 있는 우편물들을 뒤졌습니다. 어제까지 수도세를 납부하지 않으면 물을 끊겠다는 협박장이 숨어 있네요. 바쁘게 다니느라 그 속에 고지서가 뒹굴고 있는 걸 모른 척한 것이 기어이 일을 내고 말았습니다. 수도국에 뛰어갔습니다.

수도국 사무실은 조용했습니다. 하기야 요즘같이 온라인 뱅킹에다 자동 이체도 쉬운 시대에 수돗물 끊겼다고 달려오는 사람이 어디 있을까요. 고지서를 백에서 꺼내며 들어 서니 작은 사무실에 건장한 남자의 넓은 등판이 접수처 창구를 막고 섰습니다. 고개를 숙이고 뭔가를 들여다보는 그의 손끝에 시선이 갔습니다. 아, 돼지 저금통에서 잔뜩 쏟아져 나온 듯한 동전 한 무더기가 창구 앞 좁은 턱에 불안하게 쌓였습니다. 남자가 몇 개의 동전을 골라 창구 구멍으로 넣어주면 여직원은 남자의 동전을 받아 종이로 쌉니다. 동전을 세어본 여자가 "20센트 더요" 하면 남자가 동전 무더기 속에서 10센트 두 개를 골라 창구 안으로 넣어줍니다. 여자는 10센트 열 개를 한 다발로 묶어 1불을 만들어 두고는 다시 주문을 합니다. "4센트 더요" 남자는 말 잘 듣는 아이처럼 고개를 숙이고 또 동전을 뒤집니다. 네댓 살은 되어 보이는 남자 아이는 그의 곁에 서서 빨간 막대 사탕을 물고 있습니다. 뒤에 서서 차례를 기다리는 더벅머리 청년은 손을 바지 주머니에 꽂은 채 하염없이 하품을 합니다.

30여 년 전 어느 토요일 아침, 남편과 함께 딸아이를 안고 식료품 가게에 갔습니다. 계산대 위에 올려진 고기와 야채, 아기 분유와 기저귀들이 일주일 살아갈 예산 50불을 초과해버렸습니다. 지갑 속에 있는 돈은 달랑 50불인데. 이미 계산을 끝내고 카트에 담긴 물건 몇 개를 도로 꺼내야 했습니다. 67달러, 58달러. 다브 비누 냄새가 상큼한 금발의 아가씨는 우리가 물건을 하나씩 덜어낼 때마다 계산기 숫자판에서 내려가는 가격을 불러주었습니다. 아기 분유가 나오면 도로 카트에 집어넣고 또 뒤지기를 여러 번. 48달러. 드디어 그녀는 우리를 보고 생긋 웃어주었습니다. 뒤에서 길게 늘어선 사람들에게 미안해서 뒤돌아보니 말없이 기다려주던 그들도 미소를 보내주었습니다.

영수증을 받고 돌아서서 아이를 덥석 안아 올리는 남자에게 나도 생긋 웃어줍니다. 아이의 손에는 사탕이 모두 사라진 빈 막대기만 흔들거리고 있습니다. 뒤에 섰던 청년의 손이 바지 주머니에서 지갑을 꺼냅니다.

아룬다티 로이가 미국을 신랄하게 비난한 강연 원고를 읽은 기억이 납니다. 그녀가 만약, 이런 소소한 미국 사람들의 일상을 본다면 어떤 글을 쓸까 하는 생각이 듭니다. 살아가면 갈수록 점점 더 이 나라가 좋아집니다.

잃어버린
투표용지

　여드름 송송했던 제임스가 결혼을 한단다. 벌써 이렇게 세월이 흘렀나 싶다. 유치원부터 고등학교까지 무려 13년. 유년기와 청소년기를 함께한 아들의 친구들이 뿔뿔이 흩어지더니 어느새 어른이 되어 소식을 보내왔다. 청첩장에 적힌 이름 위로 함께 공부하며 뛰놀던 아이들 얼굴이 떠오른다. 몸과 마음이 보드랍던 사춘기 시절의 어렴풋한 기억들, 그 속에 잊을 수 없는 상처 하나가 불쑥 튀어 오른다. 가슴 깊숙이 가라앉아 이제는 잊어버렸나 했는데 그게 아니었나 보다.

　여름 방학을 앞둔 6월 초순, 전교회장과 각 학년회장을 뽑는 때가 되었다. 전교회장 후보는 두 사람이었다. 한 사람은 여학생인 헬런이고 또 다른 후보는 내 아들 라빈이었다. 그리고 각 학년을 대표하는 학년회장 후보로는 아들과 가장 친한 제임스가 나섰다. 헬런은 입학 때부터 학생회에 들어가 담당 선생님의 귀여움을 독차지하며 3년을 보낸 고운 아이였다. 그러나 라빈과 제임스는 전혀 학생회에 관심이 없는 학생이었다. 라빈은 SAT 만점에 각종 경시대회에서 메달을 목이 무거울 정도로 메고 오는 아이였고, 제임스 역시 초등학교 때부터 영재반에서 탈락된 적이 없는 모범 학생이었다. 그러나 평화스러운 학생회를 이끌고 가는 담당 선생님에게는 버거운 사춘기 남학생들일 뿐이었다. 비상한 머리에 리더십까지 뛰어난 두 친구가 한 팀이 되어 전교회장과 학년회장이 되어 학생회를 장악하겠다고 나섰으니 선생님으로서는 달갑지 않은 상황이었다.

라빈은 선거 운동을 아주 특이하게 했다. 손으로 눌러 터뜨리면 딱딱 소리가 나는 포장용 기포 비닐에 이름과 기호를 새긴 스티커를 붙여서 나눠주었다. 아이들은 재미있고도 신기하여 서로 다투어 터뜨렸다. 교실에서도 식당에서도 온 학교가 딱총 터지는 소리로 시끄러웠다. 선생님들도 수업 시간에 함께 터뜨리며 장난을 쳤고, 라빈의 이름이 전교생 입에 계속 오르내렸다. 백인, 흑인, 멕시칸, 중국, 필리피노 등 인종에 상관없이 라빈의 인기는 날로 올라갔다.

그러나 학생회 담당 선생님으로서는 조용한 학생회에 어디로 튈지 모르는 럭비공 두 개가 갑자기 나타난 격이었다. 선거 운동이 어느 정도 무르익을 무렵, 라빈과 제임스를 향한 담당 선생님의 핍박이 시작되었다. 정견 발표 중 제임스가 웃통을 벗어 던지며 퍼포먼스를 한 것이 꼬투리가 되었다. 신성한 학교에서 섹스 어필을 했다며 그의 후보 자격을 박탈해 버렸다. 그는 전교회장 후보와 학년회장 후보 두 남학생을 한데 묶어 불량아로 몰아갔다. 전교생이 반발하며 우우거렸지만 선생님은 끄덕도 하지 않았다. 제임스의 엄마는 항의는커녕 오히려 선생님을 찾아가 자식 교육을 잘못시켜 미안하다며 사과를 했다.

백인들이라면 도저히 용납 못 할 선생님의 전횡을 도리어 자신의 잘못으로 돌리는 한국 정서가 나는 못마땅했다. 미국에서 아무리 오래 살아도 그 정서를 벗어나지 못하는 우리들이 딱했다. 사과를 받은 선생님은 더욱 기고만장이었다. 그는 아시아 작은 나라에서 온 부모의 약한 마음과 세련되지 못한 영어 실력을 너무도 잘 이용했다. 제임스의 실격을 본 라빈도 한풀 기가 꺾였다. 항간에서는 여학생 후보인 헬런의 부모가 선생님과 함께 어느 식당에서 식사를 하더라는 둥, 아버지와 골프를 쳤다는 둥, 사실 유무를 알 수 없는 소문까지 떠돌기 시작했다.

드디어 선거일이 되었다. 투표를 하고 나오는 아이들이 모두 엄지손가락을 치켜들고 "라빈, 라빈"을 외쳤고 헬런의 친구들은 공공연히 "졌다"는 말을 하고 다녔다. 구경을 하고 있는 내게 중국계 학부모가 걱정스레 말을 던졌다. 개표는 학생회 담당 선생님이 혼자서 한다고, 자기 큰아들도 작년에 분명히 이긴 선거였는데 개표 후에 보니 낙선이었다고 했다. 전직 전교회장이 개표를 함께 하자고 건의를 해보았지만 거절당했다는 믿을 수 없는 말도 했다. 그것이 몇 년째 내려오는 이 학교의 개표 방식이라고 했다. 나는 합리적인 미국 사회에서 그런 일은 결코 있을 수 없다고 우기고 싶은 마음뿐이다.

개표가 시작되었다. 많은 학생이 교실 문 밖에서 웅성거리고 선생님은 투표함을 모두 자기 방에 가지고 갔다. 선거관리위원들은 선생님이 안에서 분류하는 소리에 숫자만 적을 뿐 투표용지를 볼 수는 없었다. 셈이 끝나고 발표가 났다. 당연히 헬런의 승리였다. 아이들의 야유 소리가 학교 지붕을 밀어 올렸지만 어느 누구도 진상을 따지려 하지 않았다. 선생님들은 모두 퇴근한 후였고, 아니 있었더라도 자기 관할이 아닌 일에 신경 쓰는 사람은 없었을 것이다. 'None of my Business(내가 상관할 일 아니다)'일 뿐이다.

다음 날 아침, 화장실 벽마다 히틀러와 뿔 난 마귀가 된 그 선생님의 얼굴이 붙었다. 헬런은 부끄러워서 학교에 나오지 못했다는 말도 돌았다. 투표를 다시 해야 한다는 소리들이 울퉁불퉁 솟는 걸 라빈이 말렸다. 존경할 수 없는 선생님하고 불화하며 고등학교 마지막 1년을 보내고 싶지 않다고 단호히 학생회 입성을 거부했다. 전교생이 이미 진실을 알고 있다는 것만으로도, 몇 분의 선생님이 분개해주신 것만으로도 충분하다며 입술을 깨물며 깨끗이 승복했다. 어린 나이임에도 권력이 주는 횡포를 담담히 수용하는 라빈이 참으로 장해 보였다. 이 땅에 살면서 얼마나 많은 부당한 권력 앞에 서야 할지 모르는 그의 모습을 보며 미국 땅에 뿌리 내린 게 잘한 것이었는지 돌아보게 됐다. 이민 온 후 처음으로 흘린 뜨거운 눈물이었고 가져본 후회였다.

지금 라빈은 동부의 명문 대학을 졸업하고 월스트리트에서 몇 년 근무 후, 워싱턴 D.C.에서 벤처캐피탈 회사의 파트너로 일하고 있다. 세계 각국의 회사 재무를 분석하고 그곳에 투자하는 유능한 경제 전문가의 반열에 들어선 것이다. 제임스는 ROTC 군 장교 복무를 마치고 명문 법대를 졸업하여 변호사가 되었다. 자신의 작은 이익을 위해 장래 창창한 아이들이 한때 불량 학생이란 낙점으로 상처받았다는 사실을 그 선생은 얼마나 마음에 담으며 살고 있을까. 민감한 사춘기 아이들을 상대하는 고등학교에서 일어난 사건, 부정을 목격한 아이들의 소리를 부모가 들어주지 못했다는 그 사실을 생각하면 지금도 가슴이 떨린다.

제임스가 결혼을 한단다. 사랑하는 아내와 함께 언젠가는 자기 모습을 닮은 아이도 낳고 살겠지. 그 아이가 자라서 그와 같은 경우를 겪는다면, 힘없이 당하지는 않을 거란 생각을 해본다. 자신은 비록 묵묵히 지켜볼 수밖에 없었던 부모 밑에서 자랐지만, 이해할 수 없고 이해해서도 안 되는 사건 앞에서 당당하게 싸울 것이다. 조용한 디아스포라로 살 수밖에 없는 우리네 1세들과는 달리 거침없이 나서서 자식의 권리를 찾아주는 부모로 살기를 마음으로 기원해본다.

내가 왜
이럴까

아침에 눈을 뜨자마자 신문을 가지러 대문 밖에 나갔다. 가까운 친척이 한국 정치에 깊이 개입되어 있는 터라 매일매일 급변하고 있는 정치 상황이 궁금했다. 그런데 오늘따라 신문 배달이 늦는다. 여섯 시가 되면 어김없이 떨어져 있던 하루 소식이 열 시가 되어도 보이지 않는다. 답답하여 동네 지국 배달부에 전화를 했다. 중요한 발표가 어젯밤에 있었기에 인쇄가 늦어졌단다. 조금 더 기다려보기로 했다.

열두 시가 지나고 오후 한 시가 되어도 기척이 없다. 또 전화를 했다. 메시지를 남기라는 녹음뿐, 아무도 받지 않는다. 이번에는 본사로 다이얼을 돌렸다. 본사에서는 지국에 확인해보겠다고 한다. 현관문을 들락거리며 두 시를 넘기자 이상한 오기가 생긴다. 지국에다 또 전화를 했다. 배달은 멕시칸들이 하기 때문에 잘 모르겠다고 한다. 갑자기 화가 났다. 그냥 인터넷으로 볼까. 마음 밑바닥에서 떠오르는 생각과는 달리 입에서는 찬바람이 나온다. 배달을 누가 하는 것까지 제가 알 필요는 없죠. 나는 구독자니까 신문 배달 안 된 걸 말하는 것뿐인데요. 어떤 방법으로든 오늘 배달을 해줘야 하는 게 당연하지 않나요. 오늘 같이 중요한 기사가 나가는 날에 배달 사고라니요. 말이 안 되죠. 죄송 하다는 소리가 수화기 저쪽에서 조그맣게 들린다.

전화기를 놓고 나니 괜히 마음이 찝찔하다. 도토리 껍질처럼 딱딱한 내 말이 그 여직원의 오후를 휘젓고 있지나 않을까. 속마음이 편치 않다. 컴퓨터만 켜면 온갖 신문사의 기사를 다 훑어볼 수 있는데 굳이 사정이 있어 배달되지 못하는 신문을 보겠다고 어깃장을 놓은 이유가 뭔가. 빗물에 번진 아스팔트 기름때처럼 번들거리는 마음자리를 놀란 눈으로 들여다본다. 내가 나를 조정할 수 없을 때도 있구나. 나이가 들수록 버거워지는 이 심사를 어찌하나 싶다 .

이층으로 올라와 컴퓨터를 켰다. 보고 싶은 기사를 모두 찾아 읽고, 변두리 가십까지 섭렵한 즈음 딩동 하며 현관벨이 울린다. 시계를 보니 오후 세 시. 낯선 노인이 비닐 봉투에 든 신문을 내민다. 희끗희끗 흰머리가 정갈하다. 신문 배달과는 어울리지 않는 할아버지다. 배달부에 관한 정보가 전혀 없다더니 그 여직원은 엔간히 열심히 사람을 찾

왔나 보다. 이분은 나른한 오후에 어떤 일을 하다가 차출되셨을까. 눈을 마주칠 수가 없다. 고맙다는 인사조차도 제대로 못하고 고개를 모로 돌린 채 손만 내밀어 신문을 받았다. 그냥 참고 있을걸. 휘적휘적 걸어 나가는 노인의 굽은 등에 노을을 지고 걸어가던 내 아버지의 뒷모습이 겹친다. 헐거워진 점퍼를 급히 챙겨 입고 손주들 데리러 차를 몰고 나가시던 아버지. 턱에 손을 괴고 심각한 바둑을 두시다가도 우리들의 부탁 전화 한 통에 아버지는 벌떡 일어나시곤 했다. 저분은 혹 여직원의 아버지가 아닐까? 딸의 전화를 받고 행여 딸 직장에 지장이 생길까 봐 마음이 바쁘셨겠지. 주소를 들고 찾아오는 길은 또 얼마나 멀었을까.

노인의 차가 떠나간 대문 앞이 휑하다. 손에 든 신문의 활자들이 와글와글 손목을 타고 올라온다. 하루 종일 전화통을 붙들고 신문, 오직 신문에 목숨을 건 내 어이없는 오기에, 읽던 책을 타악 덮으며 힐끗 쳐다보고는 자기 방으로 들어가버리던 아들의 눈빛도 마음에 걸린다.

풋낯과
너나들이

오늘 아침 신문의 예쁜 우리 말 소개에 '풋낯'과 '너나들이'란 단어가 뽑혔다. 굳이 말의 뜻까지 들여다보지 않아도, 글자 모양만 봐도 풋낯은 뭔가 풋풋하고 설익은 느낌이 들고 너나들이는 서로 손을 잡고 있는 듯 다정하다.

뜻을 보니 '풋낯'은 명사로서 서로 낯이나 익힐 정도로 앎, 또는 그 정도의 낯이라고 하고, '너나들이' 역시 명사로서 서로 너니 나니 하고 부르며 터놓고 지내는 사이라고 한다. 터놓고 지내는 사이. 말이 재미있다. 이웃 간에 담을 터놓고 지내는 것처럼 서로 마음의 담을 터놓고 지낸다는 뜻인가 보다. 담을 터놓고 지내는 사람들은 왕래와 소통이 쉽고 잦으므로 서로에 대한 이해의 폭도 넓어지고 배려도 많아진다. 그러다 보면 정도 쌓이고 사랑도 깊어진다. 집의 담을 터놓고 지내는 것도 이렇게 좋은데 마음을 터놓고 지내는 사이이면 얼마나 서로가 행복할까 싶다.

내 주위에 있는 너나들이 관계를 한번 돌아본다. 이런저런 모임과 사람들을 떠올리니 너나들이는커녕 풋낯으로 지내는 사람이 더 많다. 다른 사람과의 관계 맺기는 살아가는 동안 피할 수 없는 처세인데, 나는 그것에 참 서툴다. 무심한 천성 탓일까. 사람에 대해 도무지 관심이 없다. 마음의 용량이 작아 내 안에 보듬을 수 있는 사람도 많지 않다. 그뿐 아니다. 몇 번을 만난 사람도 낯선 장소에서 만나면 못 알아본다. 혹 알아보는 사람이 있어도 내 경험에 비춰 설마 저분도 나를 기억하랴 싶어 인사를 못 한다. 그래서 나는 새 사람을 사귀기가 참 힘들다. 얼마 전에 우리 동네로 이사 온 친구를 보면서는 내가 얼마나 인간관계 맺기에 서툰지를 더욱 절실히 느낀다.

나는 25년 넘게 동네 터줏대감으로 살았지만 마켓에 가도 식당에 가도 모두가 낯선 사람으로, 아는 척해주는 주인이 없다. 그런데 이제 겨우 이사 온 지 넉 달 되는 친구는 어느 곳엘 가나 환대를 받는다. 그녀는 길거리 과일 장수 아저씨께도 팔꿈치 툭 치며 아들 잘 있냐는 인사를 한다. 춥지 않으세요? 머리 깎았네요. 그녀의 관심은 늘 살아서 톡톡 상대방의 마음을 일으켜 세운다. 반면 나는 언제나 처음 온 손님이다. 사람은 안 보이고 계산할 물건만 보인다. 계산기만 바라보고 서 있는 무신경의 나와 계산기 앞 사람과 마음을 나누는 친구. 이 사소한 차이가 수없이 들락거려도 단골 대접 못 받고 뻘쭘하게 서 있는 나와, 반가운 환대에 덤까지 받는 친구를 만들었다. 차가 고장이 나서 차체 수리소에 가야 했던 날, 어디를 가야 할지 몰라 업소 주소록을 뒤지는데 친구는 핸드폰을 누르더니 어서 오라는 밝은 음성의 가게로 나를 데리고 갔다. 25년을 더 살았던 내가 오히려 넉 달 전에 이사 온 친구 손에 이끌려 다닌다. 북적북적 주위에 사람을 모으는 친구가 신기하기도 하고 부럽기도 하다. 아무렇지도 않게 안부 한마디를 나누는 그녀의 다정한 심성이 정말 사랑스럽다. 작은 관심이 얼마나 쉽게 관계의 싹을 틔우는지 친구를 보며 느낀다. 아무리 오래 알고 지내던 사이라도 관심과 배려가 없이는 너나들이가 될 수 없다는 것도.

어느 대학교의 심리학 교수가 강의를 시작하면서 학생들에게 물었다고 한다. 만일 당신이 사흘 뒤에 죽는다면 무엇을 하겠는가? 학생들은 자주 연락 못 드린 부모님을 찾아뵌다, 가족과 여행을 하며 사랑을 나누겠다, 원수처럼 지내던 사람과 화해하며 사랑하겠다 등등 하나같이 더 많이 사랑하며 나누지 못한 것을 후회하는 말을 했다고 한다. 그 말에 교수님은 칠판에 커다랗게 적었다. "Do It Now."

앞으로 내가 살아낼 시간은 비록 줄어들겠지만 내 마음에 풋낯으로 있는 사람들은 더욱 늘어나면 좋겠다.

내가 가꾼 정원

그들의 춤추는 모습을 처음 보았을 때는 킥 웃었다. 부부 싸움을 하는 중인가? 허리를 굽히고 엉덩이를 뒤로 쭉 뺀 여자와 머리를 숙인 채 두 팔을 뻗어 간당간당 그녀를 끌어안고 있는 남자의 모습이 옆에서 보면 영락없는 소문자 'h'다. 앙탈 부리는 아내를 억지로 붙잡아 달래느라 얼마나 힘이 들까 싶다. 칠십은 족히 넘어 보이는 노년의 나이에도 남편 속을 긁느라 저러는 걸 보면 한국이나 미국이나 사람 사는 모양은 똑같구나 싶어 슬며시 웃음이 나온다.

오늘은 미세스 폭스의 제자들이 모여 제각기 갈고닦은 춤 실력을 뽐내는 날이다. 허수아비 둘이 붙어 삐거덕거리는 것 같은 바싹 마른 백인 부부. 이멜다 여사를 연상시키는 세련된 여자와 코가 동그랗고 작달막한 전형적인 필리핀 남자, 수박 두 개를 매달아놓은 듯 볼록 솟은 엉덩이로 경쾌하게 리듬을 타는 히스패닉 여인과 구레나룻 수염을 잘 다듬은 남자. 큰 홀을 종횡으로 미끄러지는 사람들을 구경하는 것만으로도 즐겁다.

신나는 폴카 곡이 끝나고 돌아다보니 h자 부부는 여태도 엉거주춤한 모습 그대로다. '아직도 맘이 안 풀렸나? 여자 고집이 참 세기도 하네.' 곁눈으로 슬쩍 흥을 보니 싸운 사람들의 표정이 아니다. 남편이 손을 아래로 뻗쳐서 돌리면 허리가 굽어진 채 손가락 끝을 겨우 잡고 원을 그리는 모습을 자세히 보니 허리가 90도로 굽은 꼬부랑 할머니다. 백인 꼬부랑 할머니는 본 적은 없는데. 혹시 사고나 병으로 등이 굽었을까 하는 생각이 들자 갑자기 그들의 모습이 한 폭의 아름다운 풍경화로 변한다. 멋진 춤 솜씨로 홀을 누비는 구레나룻 남자보다, 탄탄한 어깨로 아내를 리드하는 젊은 남자보다 아내를 조심스레 감싸 안으며 춤을 추어주고 있는(추어주고 있다는 표현이 정말 맞다) 하얀 머리의 이 할아버지가 더 멋있다.

외국 사람들과 함께 어울리다 보면 가끔 가슴 찡한 부부애를 만날 때가 있다. 사랑하지 않는 사람과는 절대로 살 수 없어 이혼을 해야 하는 것을 이해하지 않을 수가 없다. 그들은 모든 모임이 부부 동반이고 철저히 부부 중심으로 움직이는 문화이기 때문이다. 무늬만 부부, 쇼

윈도우 부부라는 단어는 도저히 있을 수가 없다. 그들은 생활 자체가 사랑의 표현이다. 아니, 정말 사랑하며 살고 있다.

몇 년 전, 남편 회사 파티에 참석했다. 축하 연회에서 칵테일을 들고 사람들과 어울려 밝게 웃는 여자의 허연 등판이 유난히 크게 보였다. 커다랗게 입을 벌리고 있는 지퍼 사이로 까만 브래지어 끈이 가로로 선을 긋고 있으니 보기에 민망했다. "당신 등 뒤에……." 조그만 목소리로 말을 꺼내는데 "하하하, 지퍼가 고장 났어요." 하며 오히려 그녀의 남편이 더 큰 소리로 말했다. 섹시하지 않으냐며 개구쟁이처럼 톡톡 아내의 등을 두드렸다. 아내의 즐거움에 비하면 그까짓 것쯤이야 아무것도 아니었다. 마주 보고 웃는 그들의 사랑이 은근히 부럽기도 하고 예쁘기도 했다.

미국 최초의 여성 연방 대법관 샌드라 데이 오코너는 스탠포드 법대에서 동갑내기로 만난 남편과 법조인 부부로 평생을 잘 살아왔는데, 칠순을 넘긴 남편이 치매에 걸렸다. 그를 요양 병원으로 보낼 때는 참으로 마음이 아팠지만, 거기에서 만난 다른 할머니와 사랑에 빠져 행복해하는 모습을 보면서 자신도 행복하다고 했다. '바람난 남편? 괜찮아!' 신문 기사를 읽으면서 마음이 따뜻했다. 사랑을 위해 끊임없이 수고하고 희생하고 이해해주는, 그런 수고와 희생과 이해가 세월 속에 스민 부부 사랑은 얼마나 무겁고 깊고 한편 향기로운 것인가 싶었다.

28년 전, 결혼의 의미도 모른 채 한 남자의 아내가 되었다. 푸석푸석 먼지 이는 작은 텃밭을 둘이서 함께 들여다보며 물도 자작하게 뿌리고 햇살도 받아 부으며 도란도란 시작했는데 어느새 꽃도 피고 열매도 맺는 커다란 과수원이 되었다. 때론 비바람에 마음 졸이기도 했고 화사하게 피어나는 꽃망울에 환호하기도 한 시간들. 돌아보면 한 장의 그림을 넘긴 것 같다. 긴 여정을 한결같이 성실하게 살아준 남편이 새삼 고맙다.

그저 곁에 있어 주는 것만으로도 축복이라 여기고 굽은 허리로 춤을 즐기는 노부부. 그들의 세월 속에 녹아 있을 많은 추억을 들여다보고 싶다. 그들도 어느 시절 빨간 드레스에 턱시도를 입고 오늘처럼 저렇게 춤을 추었겠지.

이제 나의 정원에도 노을이 질 것이고 돌아다보면 희미해진 기억이 얼핏설핏 얼굴을 내밀 것이다. 그날에는 아픈 기억은 바람처럼 날아가고 아늑한 순간만 화려한 꽃들로 다복다복 피어나 있으면 좋겠다. 숨어 있는 아픔을 톡톡 건드리는 가지들은 모두 잘려 나가고, 고맙고 측은한 마음의 나무들만 정원에 가득하면 좋겠다. 가지치기가 잘된 마음의 정원에서 꼬부랑 할머니가 되어서도 손끝을 마주 잡고 빙글빙글 예쁜 춤을 추는 그런 노년을 살면 좋겠다.

I See You

한인 타운에서 유명한 공인회계사이신 K선생님이 계신다. 같은 협회 회원이긴 하지만 함께할 기회가 없어 좀 어려웠다. 회장직을 처음 맡은 얼마 후, 의논할 일이 있어 전화를 드리니 고맙게도 흔쾌히 허락하시고 성실히 참여도 해주셨다. 그뿐만 아니라 회의 때마다 다양한 아이디어로 모인 사람들을 감탄시키고, 논의 내용도 자세히 메모했다가 다음 모임에는 그것을 정리해 오신다. 주고받은 이메일까지 프린트해서 첨부된 그분의 파일을 보면 격조 있는 회의를 진행하는 느낌이라 기분이 좋다.

오늘은 색다른 느낌을 만났다. 모임 날짜를 전달하는 메일에 '저녁 만남에는 식권이 있습니다'라는 답신을 주셨길래 "식권이 있다는 건 무슨 말이에요?"여쭈었다. 식사비를 본인이 지불하겠다는 뜻이었단 다."매번 선생님께서 그렇게 하셨는데 이번에는 제가 내야죠."내 말에 아무렇지도 않은 듯 말씀하셨다."저는 아이들에게 항상 Be Generous(관대하라)를 가르칩니다. 방학 때마다 많은 용돈을 주면서 주위의 사람들을 위해서 쓰라고 하지요. 그래서 우리 아이들 주변에는 친구가 많습니다."청량한 바람이 스윽 지나갔다. 생각해보지 않았던 부분이다. 나는 아이들에게 어떤 손해를 보든 비난을 받든 정직해야 한다는, 삶에서 최고의 선은 정직이라고만 강조했는데. 이렇게 중요한 삶의 지혜도 있구나 싶었다. 그것은 단순한 금전의 제공만이 아니었다.

회의를 끝내고 청구서를 달라는 내 말에 주인은 벌써 계산이 되었다고 한다. 다른 약속이 있다고 먼저 나가시더니 어느새 또 지불하셨다. 비자 카드를 들고는 멍청히 서 있었다. 사람이 마음을 주고받는다는 것이 바로 이런 거구나. Be Generous를 실천하기 위해 그렇게 베풀고, 어떤 부탁도 사양이나 거절 없이 겸손하게 들어주셨구나. 사람은 자주 만나봐야 그 진가를 알게 된다는 말은 정말 진리다.

사람과 사람과의 관계는 자주 만나는 우정의 단계, 같이 일하면서 형성되는 동역의 단계를 거쳐서 피를 나누는 것 같은 친척의 단계가 있다고 한다. 이 단계까지 가면 상대방의 허점이나 약점을 쉽게 용서하고 보완해줄 수 있는, 나아가서는 희생까지 할 수 있는 돈독한 믿음이 생긴다. 나는 협회나 단체를 위해 봉사하며 받는 가장 큰 보너스가 바로 사람을 만나는 것이라고 생각한다. 아니, 만나는 것이 아니라 얻게 되는 것이다. 사역을 함께하다 보면 그 사람의 참모습을 알게 되고 함께 시간을 보내지 않으면 절대로 얻을 수 없는 귀한 마음을 보게 된다. 일을 의논하거나 진행하면서 주고받는 특별한 내면의 교감이나 함께한 추억은 세월이 가도 사라지지 않는 귀한 내 인생의 보석이다.

영화 〈아바타〉의 나비 부족 사람들은 상대방에게 마음을 여는 관계가 되면 "I See You" 했다. 제이크와 네이티리가 서로 눈을 들여다보며 "I See You" 하던 장면이나 제이크를 원수로 알던 수테이가 죽어가면서 "I See You" 하던 모습은 정말 감동적이었다. 단순한 말 '나는 당신을 봅니다'는 당신의 겉모습만 보는 것이 아니라 당신의 인격과 성품, 당신의 전부를 있는 그대로 봅니다,라는 뜻이다. 인정하며 수용한다는 것이다. 이 단계까지 갈 수 있는 인간관계가 많다면 얼마나 성공한 인생일까.

나는 어떤 일을 하면서 전혀 예상치 않았던 사람에게 마음속으로 'I See You'라고 하는 경우가 종종 있다. 그럴 때는 정말 행복하다. 세상을 살면서 그런 사람을 만난다는 것은 축복이다. 이 만남은 일을 함께하지 않으면 가질 수 없는 특별한 보람이기도 하다.

우리는 매일 하루라는 시간을 선물로 받는다. 이 시간을 사는 동안 서로 'I See You' 하는 관계가 많아지면 좋겠다. 내가 K선생님을 보았듯이 말이다.

제5부

사춘기,
지나가는 병

도대체 이기
무슨 짓이고?

　방학이라며 신나게 노는 아들 녀석을 보며 속을 꽁꽁 앓고 있는 요즘이다. 10학년이니 남들은 SAT 준비다 커뮤니티 봉사다 하며 대학갈 준비로 알찬 여름을 보내고 있는데 이 녀석은 도대체 무슨 배짱인지, 이번에는 아예 무작정 놀기로 작정을 한 모양이다.

　몇 주를 계속 친구 집에서 놀았다면서 해가 어둑해져서야 들어오더니, 아이들도 새로운 놀이터가 필요했던지 그저께부터는 슬금슬금 우리집으로 모여들었다. 부모 없는 빈집이 편해서 더 좋다고 하던데, 내가 집에 버티고 있는데도 찾아와주니 얼마나 황송한지. 아이들이 하나둘 모여들면 잽싸게 이층 내 방으로 올라가 문을 꼭 닫아걸고 감옥살이를 한다. 행여 엄마 때문에 부담스럽다며 우르르 다른 집으로 날아가버릴까 봐 여간 조심스러운 게 아니다. 점심 준비도 살금살금 해서 짠 하고 식탁에 차려내며 상냥한 목소리로 "얘들아, 점심 먹어라" 한다.

오늘도 여섯 명이 뭉쳤다. 쳐다보니 참 한심하다. 너희들 SAT 시험 준비는 끝냈니? 소리가 목구멍까지 차오는 걸 꾸욱 삼키고 "너희들 정말 재밌겠다. 실컷 놀아라. 이제 곧 개학하면 또 고생할 텐데" 했다. 어이구우, 이 한심한 녀석들아. 속으로는 눈을 흘기면서도 겉으로는 그들을 너무나 잘 이해하고 있다는 듯이 말했다. 아들은 눈이 둥그래져서 쳐다보고, 친구들은 입이 벌어지며 씩씩하게 "예!" 하고 대답한다.

낮에는 친구들이랑 컴퓨터 게임에, TV에, 조금 더 신이 나면 웃통을 벗고 동네 풀장에 몰려가서는 덤벙덤벙. 거기다 조금 더 신이 나면 부르릉 차를 타고 바닷가로 쫓아간다. 신선 노름이 따로 없는 요즘의 내 아드님 생활이시다. 종일 놀았으니 밤에는 일찍 주무시면 좋으련만 새벽 2시까지 컴퓨터, 한쪽 창에서는 정신없이 게임을 하다가 짤깍 화면을 바꾸어 대여섯 개 열려 있는 채팅 창의 친구들과 또 수다가 엄청나다. 다다다다 자판기 두드리는 속도도 굉장하다. 여러 개의 창에다 일일이 대꾸를 해주려니 얼마나 바쁠까. 거기다 게임까지 해야 하고. 노는 건지 중노동을 하는 건지 도무지 봐줄 수가 없어서 오늘은 내가 머리를 썼다.

아들이 들어오는 시간에 맞춰 컴퓨터에 앉아 부지런히 자판을 두드렸다. 나의 연극을 알 도리 없는 아들이 엄마가 일어나주기를 기다리다가 도대체 엄마는 컴퓨터에 앉아서 뭘 하느냐고 항의를 한다. "응, 엄마가 지금 일기를 쓰고 있거든. 일기란 하루가 다 끝난 밤에 쓰는 거잖니? 오늘은 좋은 생각이 많이 나네. 지금 쓰지 않으면 다 날아가버려서 안 돼." 할 수 없는지 메일 체크만 좀 하겠다고 내게 사정을 한다. 아마 친구들한테 오늘은 울 엄마 땜에 일찌감치 잘란다, 그런 말을 하는 거겠지? 하여튼 다다거리더니 드디어 자기 방에 들어갔다. 살짝 내다보니 방에 불이 탁 꺼지는 게, 정말 자는 모양이다. 아, 성공, 성공. 졸린 눈을 비비며 시계를 쳐다보니 새벽 2시다. 도대체 이기 무슨 짓이고?

SAT 준비,
왕도 없다

　요즘 신문은 대학 진학에 대하여 자세하고 정확한 정보를 많이 다루어서 학부모에게 도움이 되지만, 7~8년 전 내가 딸을 키울 때만 해도 그런 교육 정보는 흔하지 않았다. SAT란 말은 많이 들었는데 그게 SAT I과 SAT II로 나뉘어지니 도대체 어떻게 다른 건지, 성적표 과목 앞에 복잡하게 따라 붙어 있는 AP, IB, Honor들이 뭔지 도무지 막막했다. 안갯속을 헤매듯 더듬거리는 와중에도 딸이 11학년이 되어 드디어 SAT 시험을 쳤다.

　첫 시험에 만족하지 못한 아이가 학원에 등록하여 팔 주를 공부한 후 다시 시험을 보더니 처음 점수보다 정확히 100점을 더 받았다. 그러고 더 이상은 암만 노력해도 점수가 오르지 않았다.

5년의 세월이 흘러 아들도 고등학생이 되니 이제는 미국 대학 입시 시스템을 조금 알 것 같아 나름대로 이론을 세웠다. 'SAT란 게 무엇인가? 말 그대로 실력 테스트다. 실력이란 게 단기간에 이루어지는 것은 절대 아니다. 수학은 단순한 훈련으로 성적을 올릴 수 있지만 영어는 짧은 시간 투자로 정복되지 않는다. 영어를 위한 장거리 경주를 하자.'

그리하여 9학년에 들어가면서부터 단어 공부시킬 방법을 찾아보았다. 다행스럽게도 아들은 책 읽는 것을 좋아하므로 신문과 잡지를 많이 읽을 수 있게 구독 가짓수를 늘렸다. 환경 때문인지 아들은 자연스럽게 많은 읽을거리 가운데서 단어들을 습득하는 것 같았다. 11학년 초에 SAT I 시험을 보니 그런대로 성적이 괜찮았다. 그러나 문제는 9, 10학년 때는 사춘기 몸살을 앓기는 하지만 그리 공부에 지장을 받지 않았던 아이가 11학년이 되어 자동차를 운전하면서부터 문제가 발생했다. 발이 자유로우니 학교 공부에 소홀해진 것이다. "하나님은 왜 사춘기를 이때에 겪게 하실까. 협박이 잘 먹혀들어가는 초등학교 때나, 결혼하고 난 후에 하게 하시지 하필 대학 입시 준비를 해야 하는 이 중요한 시기에 겪게 하실까." 몸이 어른으로 자라면서 생기는 호르몬 현상을 모르는 바도 아니면서 너무 답답해 억지소리를 하곤 했다.

12학년이 되어 대학 입학 원서를 작성하게 되었다. 학교 성적인 GPA를 종합해서 보니 점수가 9학년부터 11학년까지 완전한 하향 곡선이다. 대학 입학 사정관은 GPA가 높지만 하향 곡선인 학생보다 비록 GPA는 조금 떨어지지만 상향 곡선인 학생을 더욱 선호한다. 나이가 들수록 공부에 열의를 가진다는 증거로, 그런 학생이 대학에 들어오면 공부에 열정을 쏟을 것이기 때문이다. 큰일났다 싶은지 시험을 한 번 더 치겠다고 했다. "그만두어라, 아들아. 그나마 잘 받아둔 성적 깎아 먹을까 겁난다. 그냥 이대로 고이 있자꾸나." 내가 말렸지만 아들은 마음이 급했다. 시키지도 않았는데 학원에 등록을 하고는 열심히, 정말 열심히 공부하는 것 같았다. 그러고는 나도 몰래 혼자 가서 시험을 쳤다. 결과가 나온 날 전화선 저쪽에서 아들은 몹시 흥분해서 말했다. "엄마, 1,600점 만점 받았어."

학원에 가기 전과 비교해보니 80점이 올랐다. 더 올라갈 곳이 없어서 80점이지 그것도 따지고 보면 100점이 오른 셈이다. 내가 왜 이런 말을 하느냐 하면, 요즘 주위에서 너무 SAT, SAT 하면서 특별한 과목인 것처럼 학원들도 부모들도 야단인데 그게 절대로 특별하지 않다는 사실을, 평소 학교 공부에 충실하며 실력을 쌓는 것이 바로 SAT 공부를 하고 있다는 사실을 말하고 싶어서다. SAT를 위한 과외나 학원 공부는 결국 자기 실력에다 시험 치는 요령 터득과 훈련으로 100점 정도를 더 올릴 수 있다고 보면 될 것 같다. 요즘은 또 에세이까지 800점이 더 첨부되어 만점이 2,400점이 되었다니 그게 어디 단기간에 얻어지는 실력이겠는가.

며칠 전, 아이가 이제 겨우 9학년인데 SAT 준비를 해야 한다며 좋은 학원을 소개해달라고 하는 젊은 엄마를 보며 안타까웠다. 그 아이가 정작 시험을 칠 11학년이 되면 얼마나 지쳐 있을까 싶다.

영어 실력
향상의 지름길

그러니까 딸이 유치원에 입학한 것이 벌써 16년 전이다. 한국에서 받은 교육으로 미국 학교에 다니는 딸을 이끌려니 망망대해를 가는 기분이었다. 유치원을 보내고 나서야 유치원을, 초등학교를 졸업하고 나서야 초등학교를, 중 고교, 대학·대학원을 지나서야 어렴풋이 미국의 교육 제도를 알게 되었다. 딸을 키우면서 익힌 길들이라 아들을 데리고는 더욱 잘 갈 수 있을 줄 알았는데, 그 길 또한 낯설기는 마찬가지였다. 이 모퉁이는 이렇게 돌고 저 골목은 저렇게 지나가야지 하는 요령은 두 아이가 대학·대학원으로 가고 난 이제야 어렴풋이 생긴다.

아이들을 키우면서 잘했다고 만족하는 것 중 하나는 책을 열심히 읽혔다는 것이다. 딸이 아기일 때부터 목소리를 바꾸기도 하고 훌쩍훌쩍

우는 시늉도 해가며 동화를 현실로 엮어 읽어주었다. 자연히 딸은 책만 보면 들고 와서 읽어달라고 졸라 어떤 때는 귀찮기도 했다.

유치원에서는 한 달에 한 번씩 책 읽히기 장려 이벤트가 있었다. 선생님이 출판사에서 나온 신간 서적 팸플릿을 집으로 보내주면 부모들이 그중에서 한두 권 골라 구입하는 것이었다. 딸은 그 날을 무척 즐겼다. 이 책 저 책 호기심으로 책 표지를 가리키면 나는 딸의 손가락이 가는 곳마다 체크를 해서 보냈다.

책이 학교에 도착하는 날, 다른 아이들은 한두 권 책가방에 넣어서 가지고 가지만 딸은 내가 가지러 가야 할 만큼 많았다. 방안에 쌓아둔 책이 모두 도서관에서 빌려 온 남의 책이 아니라 자신의 것이란 게 무척 행복한 눈치였다. 그러고는 혼자서도 책 속에 파묻히기 시작했다. 이렇게 어릴 때부터 가까워진 덕분에 어딜 가나 책이 없으면 허전한 모양인지 손에는 항상 책이 들려 있었다. 차를 타고 갈 때에도 책을 읽느라 전혀 나를 귀찮게 하지 않았다. 덕분에 돌을 갓 지난 동생도 책을 거꾸로 들고도 누나처럼 읽는 흉내를 내었다. 간혹 볼 일이 있어 도서관에만 내려놓으면 몇 시간 걱정 없이 일을 처리하고 올 수도 있었다.

영어는 수학이나 과학 등 어느 과목에나 필요한 것이어서, 책 읽기를 집중적으로 시킨 건 정말 잘한 일이었다. 빨리 책을 읽을 수 있으니 시간이 절약되었고, 높은 독해 실력은 빠른 이해와 적용으로 연결돼

남보다 쉽게 공부하는 지름길이 되었다. 영어가 아닌 다른 과목에서도 뛰어난 독해력이 도움을 주었고, SAT 시험에서는 단어를 많이 아는 것이 큰 이점이었다. 어릴 때부터 책을 읽는다는 관념 없이 책 읽기 습관을 붙여준 것이 학습에 좋은 무기가 된다는 걸 그때는 몰랐다. 대학에 가서부터는 날개를 단 것처럼 결과가 좋았고, 지금은 원하는 대학원에 가서 공부를 잘하고 있다.

"우리 아이는 좋은 책은 읽지 않고 만화나 이상한 이야기책만 읽어요." "우리 클 때는 명작을 많이 읽었는데, 요즘 애들은 그런 책을 통 읽지 않아요." 자녀가 책을 읽고 있는데도 불평하는 엄마들을 볼 때 마다 나는 말해준다. "무조건 뭘 읽는 건 좋은 거예요. 달리기 연습을 꼭 운동장에서만 해야 하나요? 산에서도 하고, 들에서도 하고, 골목길에서도, 바닷가에서도 하다 보면 실력이 느는 거죠. 책이든 잡지든 상관없이 읽어서 읽기 실력이 향상되면 좋은 거 아니에요? 좋은 책을 많이 읽어서 훌륭한 생각을 얻으면 그보다 더 좋은 일이 어디 있겠어요. 하지만 아이들이 그런 책 읽기를 지루해하니 도리가 없지요. 좋은 생각이나 교훈은 평소 우리가 삶으로 보여 줍시다. 엄마의 행동과 말이 책 속의 글자보다 더 큰 영향을 주지 않겠어요?"

프롬 파티

　　오랜만에 봄바람이라도 쐬자며 친구들이랑 롱비치에 갔다. 퀸메리 호가 올려다보이는 야드하우스에서 맛있게 점심을 먹고 바닷가를 거니는데, 까만 턱시도에 무스로 반들반들 머리를 치켜세운 미남들과 어깨를 다 드러낸 드레스를 입은 미녀들 한 무리가 리무진을 타고 들어온다. 아쿠아리움에서 프롬 파티(졸업 파티)가 있는 모양이다.

　　"프롬 파티는 왜 하는 걸까? 뭔가 아이들에게 주는 교육적인 목적이 있겠지?"

　　"그렇겠지. 좀 있음 어른이 될 거니까 사회화하는 훈련을 시키는 건가?"

　　"사회생활하면서 참여하게 될 파티 문화의 맛을 미리 보여주는 것 아니겠니?"

우리는 나름대로 정의를 세워보다가 결론을 내렸다. '그래. 오늘 하루라도 공부에서 해방되어 행복한 신데렐라와 왕자님이 되어 보아라. 12시 종소리가 땡 울리면 뎅구는 호박이랑 생쥐를 뒤로하고 남루한 차림으로 집으로 돌아가야 하니까.'

쌍쌍이 팔짱을 끼고 걸어가는 아이들의 뒷모습을 바라보고 있자니 요즘에는 프롬 신청을 어떻게 할까 궁금해진다. 옛날 딸아이 때에는 친구들끼리 전화로 하거나 학교에서 "나랑 프롬 갈래?" 하면 "오케이" 하고 짝이 지워졌는데. 5년이 지난 후, 아들 때에 와서는 프로포즈하는 것처럼 거창하게 신청을 한다고 한다.

남학생이 여학생 집에 꽃다발을 갖고 가 무릎을 꿇고 신청하는 방법은 아주 고전 이야기가 되어버린 지 오래다. 한 아들 친구는 차 트렁크에 쪼그리고 들어앉아 있다가, 친구들이 여학생을 불러낸 다음 팡! 하고 트렁크를 열자 벌떡 일어나 꽃다발을 바치며 신청을 했다고 자랑을 했다. 그 여학생 엄마는 무척 기분이 좋았다지만 아들 가진 엄마들은 정말 속이 다 니글거렸다.

"에이구, 녀석들. 실컷 공들여 키워놓으니까 뭐가 어쩌고 어째? 트렁크에 쪼그리고 들어가 앉았다고?"

그런데 내가 더 마음이 싱숭생숭했던 기억은, 우리 아들이 그중에서도 제일 별나게 프롬 신청했다는 것이다. 아들이 파트너 여학생과 데이트를 하고 있는 동안, 친구들에게 붕어 모양 과자들을 파트너 여학생의 방에서부터 화장실까지 쫙 뿌려놓게 했다. 그리고 화장실 싱크대 안에는 진짜 붕어 한 마리를 담아 놓고 거울에다 스프레이로 'You are the only fish in my heart(너는 내 마음속 유일한 물고기야)'라고 썼대나 어쨌대나. 친구들의 "임무 완수. 오버" 전화를 받고는 모른 척 파트너를 집에다 데려다주었단다. 화장실에 들어가 그걸 보고 감격한 여자 친구 "어머나! 어머나!"를 연발해가며 아들한테 전화를 걸고. 밖에서 기다리던 아들은 회심의 미소를 띠며 촤-악 가라 앉은 목소리로 말했다. "나는 지금 네 집 앞에 있다. 나오라. 오버." 뛰어나오는 여자 친구를 붙잡아 세우고는 앞에 무릎을 딱 꿇고 앉아 "프롬 같이 가 줄래?" 하자 옆에서 친구들은 박수를 짝짝 쳤다고 했다. 아들이 신이 나서 하는 이야기를 듣고 있자니 기분이 참 묘했다. (너도 이제 마음의 연못에 누군가를 '이 세상에 오직 한 사람'으로 담기 시작하는구나.) 입으로는 "야, 정말 멋있는 신청이다." 해주었지만 마음 한구석은 바람이 휙 지나갔다.

아쿠아리움 앞에서 입장을 기다리며 줄을 선 아이들을 바라보며 생각한다. 오늘도 얼마나 많은 엄마들이 떠나가는 너희들의 마음에 손을 흔들어주었을까. 그래 이제 훨훨 떠나가거라.

조바심과
잔소리

컴퓨터가 바이러스를 먹었는지 자판기를 두드려도 모니터에 글자가 뜨지 않는다. 눌러보고 또 눌러봐도 아무 흔적이 없으니 답답해서 그만 전원을 꺼버렸다. 그러곤 또다시 전원 켜기를 벌써 며칠째. 생각 같아서는 내다 버리고 싶지만 그래도 오늘은 인내심을 가지고 살살 달래며 한번 작업을 해보리라 마음먹고 앉았다.

글자 한 자를 치고는 가만히 기다리면 꾸물거리며 글자가 뜬다. 답답하지만 나타나주니 고맙다. 반드시 글자가 나타난다는 컴퓨터의 상태를 알고, 믿고, 이해하고, 기다리고 있으려니 '옛날 아이들 사춘기에도 이런 마음으로 기다려주었더라면……' 하는 생각이 든다. 그때는 정말 아무 소용도 없는 애간장을 혼자서 많이도 태웠다. 언제나 저 TV

를 끄고 공부하러 들어갈까. 속이 부글부글 끓어 인제 그만 끄고 방에 들어가 공부해, 소리가 목까지 차는 걸 누르느라고 얼마나 애를 썼는지. 그 말을 참으려고 할 일도 없는 부엌을 들락날락하며 5분을 더 있으니 아들은 TV를 끄고 방에 들어갔다. 한 발 늦추기를 정말 잘했구나 싶어 안도의 한숨을 쉬기도 했고, 그 잠깐을 못 참고 TV 끄라는 소리를 질러 서로 마음이 상한 적도 있었다. 돌아보면 아이 나름대로 생각이 있고 계획도 있는 걸 언제나 내가 앞질러 가는 데에 문제가 있었다.

얼마 전, 고등학교 한인학부모회에서 열심히 일하는 미세스 민이 전화를 했다. 학부모를 대상으로 하는 '청소년 범죄'에 관한 세미나를 위해 경찰을 연사로 초빙했다고 했다. 이미 우리 아들은 대학생이 되었지만 학부모 활동 선배라며 가끔 나를 부른다. 그날도 세미나 장소에 나갔다. 경찰은 마약을 하는 아이들의 성향, 마약을 하는 아이를 발견했을 때의 주의 점, 갱단에 가입하면 일어나는 사건들, 실제 갱단이 저지른 범죄 사실 등을 아주 적나라하게 교육시켜주었다. 내가 학부모일 때도 이런 세미나를 연 적이 있었다. 그러나 지내놓고 보면 그 세미나를 듣는 학부모의 자식들에게는 아무도 해당 사항이 없는 내용이었다. 갱단에 연루되거나 마약을 하는 아이들은 전체 아이들의 1퍼센트도 안 되는 숫자다. 그리고 우등생도 상위 1~2퍼센트 밖에 없다. 그 외는 모두 중간에서 평범하게 학창 시절을 보내는 아이들이다. 그러나 엄마들은 아이가 모범이 아니면 갱이 되는 걸로, 중간 지대를 인정하지 않고 속을 끓인다. 올 'A'를 받던 아이 성적표에 어느 날 B가 하나 보이면 낙망이 대단하다. 아이가 혹 갱단에 가입한 건 아닐까 하고.

경찰과 일정을 맞추느라 전화로 대화를 하는 미세스 민 등 뒤에서 딸이 말하더란다. "엄마, 경찰을 부를 게 아니라 카운슬러를 불러야 해. 우리가 무슨 범죄를 저지른다고 경찰을 불러? 우리들이 경찰의 교육을 받을 만큼 나쁜 아이들이야? 우리보다 엄마들이 먼저 상담을 받아야 해. 엄마들이 더 문제야."

학교에 가면 우울증으로 약을 먹는 아이들도 있고, 집이 싫다며 밖에서 빙빙 도는 아이들이 많은데, 모두가 다 엄마의 잔소리 때문이라고 한다. 집에 들어가기 싫어, 죽고 싶어, 외로워, 가 요즘 아이들의 현주소라니 믿어지지 않았다. 정말 그 정도일까? 설마. 하지만 옛날의 나를 돌아보면 아들이 얼마나 숨 막혀 했을까 하는 생각이 들기도 한다. 잠시라도 책상에 앉아 공부하지 않으면 곧 성적이 떨어질 것 같고, 친구들이랑 놀면 그냥 빈둥거리는 걸로 보여 공부에 흥미가 떨어지면 어쩌나 싶고, 실력 있는 과외 선생님을 찾아줘야 할 텐데, 커뮤니티 서비스를 해서 봉사 점수를 올려야 할 텐데. 등등 내 마음엔 언제나 조바심이 있었다. 그 조바심과 애태움이 가져다준 결과는 아무것도 없었는데 말이다.

지금도 생생히 생각나는 말이 있다. 엄마, 이 세상에서 나보다도 더 내 성적 땜에 고민하는 사람 있음 나와보라고 해! 11학년 들어 성적이 떨어졌다고 나무라는 내게 한마디 하고는 방문을 쾅 닫으며 던진 아들의 말이다.

　　성적이 나쁘다며 야단을 친다고 공부가 잘해지는 것도 아니고, 하기 싫은 공부 억지로 하라고 해서 공부를 할 것도 아니고. 그저 우리는 느긋이 믿고 아이가 철들어 쫓아와주기를 기다리는 게 최선이라고 한다면 너무 안일한 생각인가? 나이 다 들어 어른이 되고 나서 철들면 뭐해요? 하고 따지면 할 말은 없다. 그러나 그 시절, 나의 잔소리 때문에 내 아들이 잠시라도 '죽고 싶다'는 생각으로 살았다면? 등골이 서늘해진다.

사춘기,
지나가는 병

멸치로 국물을 낸 담백한 국물에 김치 송송 썰어 얹은 잔치국수만 보면 신나 하는 남편. 이번 주말에도 잔치국수를 만들었다. 그런데 오늘은 영 맛이 나지 않는다. 국물 맛이 왜 이렇지? 맥 빠져 하는 남편의 말에 나는 깔깔 웃었다. 들켰구나. 다시멸치가 없어서 볶음멸치로 국물을 내었거든. 에이 참, 볶음멸치더러 국물 맛을 내라고 하면 어떻게 해? 국물을 낼 수 없는 멸치인 줄 뻔히 알면서 물에 집어놓고 홀렁홀렁 저었으니 멸치가 나를 보고 얼마나 한심해 했을까. "아줌마, 나는 볶음용이라오. 아무리 애써도 국물이 안 우러나요." 능력이 없는 멸치를 보고 억지를 부리는 지금이나, 한창 사춘기를 앓고 있는 아들에게 모범생이 되어라, 공부 열심히 해라 닦달하던 내 모습이 똑 같아 나는 혼자 픽 웃었다.

그때는 정말 세월이 느리고 칙칙했다. 사근사근 재미있던 아들이 왜 벙어리가 되었을까. 깨끗하던 아들의 방이 어쩌다 발 디딜 틈 없는 고물상이 되어버렸을까. 엄마가 최고라며 품에 안겨오던 아들이 왜 나를 벌레 보듯 피할까. 대체 왜, 내 말은 절대로, 절대로 안 듣는 걸까. 저 애가 나를 이렇게 괴롭힐 줄은 상상도 못 했는데 배신감과 미움으로 많이도 울었다.

너무 답답해 엄마들끼리 모여서 서로의 한숨을 섞기도 했고 교육 전문가를 모시고 세미나도 열었다. 이런저런 나눔과 교육 세미나를 통해 얻은 깨달음은 '저 애는 사춘기라는 병을 앓고 있는 환자다. 사람 따라 정도의 차이는 있지만, 누구나가 다 겪고 지나가야 하는 병을 앓고 있는 환자.'

환자는 얼마나 불쌍한가를 구체적으로 생각했다. 마음은 그렇지 않은데 몸이 말을 듣지 않는 답답한 사람이다. 열이 펄펄 나고 관절이 쑤시는 사람한테 일어나서 청소하고 밥하라고 하면? 당연히 할 수 없을 터. 그래, 제 딴에는 열심히 투병하고 있는 아들한테 정상 때의 모습을 보여달라고 하는 내가 잘못이다. 인제부터 간병인의 자세로 아들의 투병을 돕자. 참자, 참자, 꾹 참자.

이후로 남편과 나는 화가 날 때마다 서로 눈을 깜빡이며 환자인데 잘 모시자 하고는 고개를 돌렸다. 머리를 샛노랗게 물들이고 들어오면 참 멋있다고 감탄해주고, 새벽 늦게까지 불을 켜놓고 친구랑 통화를 해도 모른 척했다. 참 쉽지 않은 가면을 얼굴에 쓰고 살았다. 지금 생각하면 잘했던 것 같다. 주위에 그 시간을 견디지 못한 엄마와 부딪치다가 부러져버린 가정이 많다. 아주 나쁜 길로 가버린 아이도 있고, 아직도 부모와 화해를 하지 못 하고 사는 아이도 있다. 방학이 되어도 집에 오지 않고 대학교 근처에서 지내는 친구가 있다는 아들의 말을 들으며 가슴을 쓸어내린다.

시간은 반드시 흘러가고 거기에 실려서 아이들의 사춘기 시절도 끝이 난다. 부모들은 아이가 변했다고 하지만 변한 것이 아니라 정상적인 길을 가고 있는 중이다. 옛날 중학생 때에 수첩에 적어 지니고 다녔던 데미안의 말을 나는 아이들의 사춘기를 겪으면서 종종 되뇌며 참았다. "새는 알을 뚫고 나오기 위해 싸운다. 알은 세계다. 태어나려는 자는 하나의 세계를 깨뜨려야 한다." 사람도 어른으로 성장하기 위해서 반드시 겪으며 깨뜨려야 할 것을 깨뜨리는 중이다. 다만 정도의 차이는 있겠지만.

지금 이 시간에도 가슴을 앓고 있을 엄마들에게 하고 싶은 말이 많다. 사춘기는 절대 못 고치는 불치의 병도 아니고 영원히 계속되는 지병도 아니다. 시간과 사랑이 완치시켜주는 아주아주 순진하고 착한 병이니 기다리라는 말을 해주고 싶고, 아이와 같은 수준이 되어 싸워서 평생 상처로 남을 일 만들지 말라는 말도 하고 싶다. 아이들이 듣든 말든 좋은 말을 자꾸만 해주면, 콩나물 사이로 물이 다 빠져나가 버렸는데도 어느 날 콩나물이 자라 있듯, 아이들의 마음 밭에 뿌려진 엄마의 가르침이 싹을 틔우고 있는 걸 보게 될 거라는 희망도 주고 싶다. 부모 자식 간에 끈끈한 사랑을 쌓을 소중한 시기를 다 놓쳐버리고, 대학 보내놓고 시시때때 뒤돌아보며 후회하는 엄마는 결코 되지 말라는 말도 함께하고 싶다.

마음 비운 것이
약

드디어 딸이 대학원을 졸업했다. LSAT 시험 점수가 잘 나왔다고 폴짝거리던 모습, 오라고 손짓하는 명문 법대들을 펼쳐놓고 열심히 재어보던 순간이 바로 엊그제 같은데, 벌써 3년이란 세월이 흘렀다. 박수와 환호 속에 긴 가운을 펄럭이며 무대 위로 걸어 나오는 모습을 보며 나도 모르게 눈물이 주루룩 흘렀다.

돌아보면 딸은 그저 착하고 순하기만 할 뿐, 특별히 두각을 나타내어 나를 흥분시켜준 기억이 없다. 그저 뚜벅뚜벅 학교 공부 충실히 해가는 평범한 학생이었다. GPA나 SAT 점수를 잘 받아보려고 애를 써도 수학이나 과학이 받쳐주지 않으니 답답하고, 그렇다고 밤을 새우며 남보다 더 노력을 하는 것도 아니고, 마음이 너무 여리고 애기 같아 경쟁이 심한 대학을 가서 공부를 해낼까도 걱정이었다. '그래, 욕심을 버리자. 너한테 맞는 학교에 가서 대학 생활이나 즐겨라. 명문 대학을 가지 않을 거라면 지금 이 성적으로도 충분하다.' 11학년을 지나면서 마음속으로 욕심을 접었다.

나의 무관심 속에서 SAT를 치고 여러 대학에 입학 원서를 내었다. 결과는 당연히 원하는 대학의 허가서를 받을 수 없었다. 예상했던 터라 나는 전혀 실망하지 않았는데, 딸은 그게 아니었던지 4년이 지난 후 대학원 입학 허가서를 받아놓고 나서야 고백을 했다.

"엄마, 그때 나 많이 울었어. 친구들은 모두 동부의 아이비리그 대학으로 갔는데, 나만 로스앤젤레스에 남게 되어서. 그런데 엄마는 실망도 안 하는 게 너무 섭섭했어. 'I'm not stupid(나는 바보가 아니야)'를 보여주려고 열심히 공부했어."

내가 마음을 비운 것이 이렇게 좋은 약이 되어줄 줄 몰랐다.

"누군가를 도와줄 수 있는 사람이 되어라. 남을 도와주려고 하면, 도와줄 수 있는 힘이 있어야 한다. 나라에서 인정하여 실어주는 힘, 그걸 가지도록 해보아라."

공부하라는 잔소리 대신 어떤 게 하나님께 영광 돌려드리는 삶인지 가르쳐주고 싶었다.

어떤 직업을 가지라고는 한 번도 가이드하거나 강요한 적이 없다.

엄마의 말이 얼마나 아이에게는 굴레가 되는지 잘 알기 때문이다. 나는 어릴 때부터 '너는 아이들을 좋아하니 초등학교 선생님이 되어라'라는 말을 듣고 자랐다. 초등학교 선생님이 되는 것이 내 숙명인 줄 알고 다른 직업은 생각조차 하지 못했다. 지금 돌아보면 갖고 싶은 직업, 내가 잘할 것 같은 일이 너무나 많은데 나는 나 스스로 굴레에 갇혀서 살았다.

"옛날 사람들의 직업은 퀴퀴한 냄새나는 삼등 여객선이었지만 요즘 아이들의 직업은 호화 유람선이어야 한다"는 글을 읽은 적이 있다. 우리 세대의 직업은 오직 가족 부양과 생계를 위한 것이었지만 요즘 아이들에게는 자신이 좋아하는 분야에서 능력을 마음껏 발휘할 수 있는 직업을 선택할 수 있는 자유를 주어야 한다는 것이다. 잘하는 것보다 좋아하는 것을 하라는 말은 정말 명언이라고 생각한다.

부모의 강요로 의대에 간 아이가 졸업을 하자마자 부모님의 소원을 풀어드렸으니 자기가 하고 싶은 것을 한다며 이탈리아로 요리를 배우러 가버린 경우를 보았다. 부모님은 병이 나서 드러누웠지만 그 아이는 얼마나 자유로웠을까. 딸 친구들 중에서도 졸업하면 변호사 하지 않고 선생님이 될 거라고 하는 아이가 있다고 한다. 주위에서 초등학생 아들한테 닥터 김이라고 부르는 엄마를 보았다. 커서 꼭 닥터가 되라는 희망을 주기 위해서라고 했다. 그 아이가 참으로 불쌍해 보였다.

딸은 대학 생활을 하면서 어렴풋이 자기의 미래 모습을 그리는 것 같더니 그게 변호사라는 직업으로 구체화되면서 공부할 이유도 함께 생겼다. 목적이 있으니 내가 힘들다고 말려도 소용이 없었다. 주중에 학교 일과가 끝나면 두 시간을 달려 LSAT 학원에 가서 공부를 하고 밤 11시가 넘어서 기숙사로 돌아오는 힘든 과정을 조금도 힘들다는 내색 없이 잘 견디어내었다. 자기가 스스로 선택한 길이기에 성취감도 더 큰 것 같았다.

"엄마 아빠가 없으면 내가 여기에 없지?"

"당연하지. 엄마 아빠가 없으면 네가 어떻게 세상에 태어났겠니?"

지금의 자기가 있도록 해준 부모님께 감사해하는 서툰 한국말을, 이 철없는 엄마가 못 알아듣고 주책스럽게 말했다.

"그게 아니고, 엄마 아빠 땜에 내가 지금 이 자리에 서 있단 말이야."

"아하, 알긴 아는구나. 그래그래. 모두 다 이 엄마 아빠 덕인 것을 절대로 잊어선 안 되느니."

졸업 가운을 벗어 들고 우리들은 모두 가슴 가득 채워지는 웃음을 웃었다.

다시 틴에이저로
돌아가고 싶어

"엄마, 나는 다시 한번 틴에이저 시절로 돌아가고 싶다. 엄마는?"

봄 방학이라고 집에 온 아들이 갑자기 밑도 끝도 없는 말을 한다.

"틴에이저라니? 언제를 말하는 거니?"

"7학년부터 고등학교 졸업할 때까지."

나는 깜짝 놀랐다.

"다시 돌아가면 뭘 할 건데?"

"공부도 더 열심히 하고, 운동도 열심히 하고, 클럽 활동도 열심히 하고……."

왈칵 눈물이 나려는 걸 참았다.

"너도 그렇구나. 나도 그런데. 그때로 돌아가면 너를 더 이해하고, 도와주고, 보듬어줄 수 있을 것 같은데. 돌아보니 엄마가 잘못한 게 너무 많구나."

아들과 나는 말을 잊은 채 각자의 옛날로 돌아갔다.

아들 때문에 마음고생이 시작된 첫 사건은 7학년 때 터졌다. 아침 먹은 설거지를 끝내고 있는데 교장 선생님에게서 전화가 왔다. 아들이 2교시 수업을 빼먹고 몰래 학교로 들어오다가 들켰다는 것이었다. 방과 후 두 시간을 더 학교에 남아 시간을 보내고 집에 가는 벌이라 알려준다고 했다.

다음 날 아침, 남편과 나는 교장 선생님을 찾아갔다. 중학교 수학 과정을 이미 끝낸 아들이 인근 고등학교에 가서 수학 수업을 듣고는 스쿨버스를 타고 돌아오던 길이었다. 마침 배가 아파서 1교시 수업을 결석하고 2교시 시간에 맞추어 들어오던 친구랑 학교 현관 앞에서 마주쳤단다. 배가 아파 그저 드러눕고 싶은 친구랑, 형과 누나들 속에서 힘든 한 시간을 보낸 아들은 공부하기 싫다는 딱 떨어지는 공통분모를 눈짓으로 주고받은 뒤 교실 대신 그 친구 집으로 발길을 돌려버렸다. 부모가 모두 출근을 해버린 빈집에서 한 녀석은 방바닥에 배를 깔고, 한 녀석은 소파에 누워 그냥 잠이 들어버렸다고 했다. 깜짝 놀라 일어나보니 2교시가 끝나는 시각이었다. 3교시가 이미 시작된 어중간한 시각에 허둥지둥 가방을 둘러메고 들어오던 두 녀석이 교장 선생님께 꼼짝없이 걸린 것이다. 교장 선생님이 말씀하셨다. "라빈은 만일 싸움판이 벌어진다면, 맨 앞에 서서 '싸우자~' 하고 뛰어 나갈 아이니까 관찰을 잘 하십시오."

그 후, 나의 신경은 곤두서기 시작했다. 혹시 갱단에 연루되면 어쩌나. 담배를 배우는 건 아닐까, 포르노 잡지를 숨겨놓고 보는 건 아닐까, 저 친구는 좋은 친구일까 나쁜 친구일까. 지금 생각하면 왜 그랬을까 싶을 정도로 아들에 대한 나의 세밀한 통제가 시작되었다. 모범생이 되지 못하면 당장 갱이 될 것 같은, 내 머릿속에는 오직 두 가지의 극단적인 모델만 존재했구나 하는 깨달음은 아들이 졸업하고 나서야 왔다. 그 중간 지점은 아예 없는 줄 알았다.

"내가 너무 친구 간섭을 많이 했지? 나쁜 친구 만날까 봐 누군 만나라, 누군 만나지 마라."

"그러게 말이야. 그 나이의 아이가 나쁘면 얼마나 나쁠 거라고. 그땐 엄마가 정말 싫더라. 아무것도 모르면서 상상으로 나를 나쁜 아이 취급 하고. 아무 설명도 없이."

아들 걱정 때문에 내 마음이 무거웠듯이 아들 또한 사랑으로 포장된 엄마의 간섭과 집착이 얼마나 무거웠을까.

"엄마, 나는 다시 한번 틴에이저 시절로 돌아가고 싶다."

"응, 나도 그 시절로 돌아가 너를 다시 키워보고 싶어."

만일 다시 그때로 돌아간다면 나쁜 일을 서둘러 상상하여 아이에게 상처 주는 그런 일은 안 할 것 같다. 최소한.

통찰력과 객관성, 평상심이 흐르는
성민희의 수필 세계

윤재천 한국수필학회 회장, 전 중앙대 교수

수필은 인간 내면의 그림을 작가의 개성으로 그려내는 작업이다.

삶 속에서 체험한 감정을 문학적으로 승화시켜 현상 너머까지 그려내는 통찰력이 요구된다. 형식 없음 속에서 형식 있음을 추구하며 작가의 이미지를 드러내는 문학이다.

수필의 유래는 동양에선 중국 남송 때 홍매1123~1202의 《용재수필》 발간을 시작으로, 우리나라에선 조선 시대 연암 박지원1737~1805이 청나라 연경을 다녀온 후 《열하일기》에 〈일신수필〉을 발표하면서 시작된다. 서양에선 프랑스 사상가 몽테뉴1533~1592가 그의 저서 《수상록》에서 자신을 성찰하는 글을 썼으며, 영국의 철학자 베이컨1220~1292도 중수필로 분류되는 논리적, 객관적인 글을 써서 체계적인 에세이로 자리 잡게 되었다.

요즘은 실험 수필까지 선보이는 시대지만 그 어떤 수필이든 독자에게 다가가서 감동과 함께 공감대를 형성하여 문학으로서 향기를 전한다. 시詩가 마음속에 잠재된 감정을 형식에 매이지 않고 함축된 언어로 표현하는 장르라면, 수필은 시와 같은 기법을 활용하되 내면을 드러낼 만큼 솔직한 글을 쓰고 있어 매력이 있다. 반추상적 글을 쓰기 위해 시처럼 우회적인 진술을 하더라도 글을 담백하게 풀어놓고 있어 친근한 장르가 되고 있다.

　시가 외형률과 내재율로 형상화되었다면, 수필은 장르적 편견을 극복하며 함축과 상징으로 예술행위에 접근하고 있어서다. 작가의 작법과 노하우가 남다른 개성으로 버무려져 있어 향기를 지니기 때문이다.

　중요한 것은 한 편의 수필을 쓸 때 이미지로는 시적인 냄새, 주제의 흐름은 소설적인 메시지, 개성을 드러내는 철학성은 평론적인 기법을 활용할 때 바람직한 글로 나타나게 된다.

　작가 성민희의 작품을 따라가 보기로 한다.

　가을이라고 하기엔 너무 늦었고 겨울이라고 하기에는 이른 계절. 하루로 치면 해가 막 진 어스름한 잿빛 시간이다. 세월의 모든 물체가 어둠속으로 사라져가고 하루의 기억이 문을 닫고 가라앉는 시간. 11월은 이런 해 저무는 녘의 잿빛 느낌이라서 좋다. 나는 이 쓸쓸함이 좋다.

　이 글은 아포리즘 수필로서 아라비아 숫자를 형상화해 인간의 유형을 소개하는 작품이다. '11'은 막대기처럼 직선이라 누구에게도 동요됨이 없는 평행선의 인과 관계다, '2, 3, 5, 6, 8, 9, 0'은 운율이 곡선이라 원만한 인과 관계이며, '4와 7'은 곡선은 아니지만 그 어떤 꺾임이 있어 상황에 맞게 절충하는 유형이다.

　작가 성민희는 두 개의 막대기 '11' 사이로 찬바람이 공기를 휘젓고 나온다면서도 '11'에 호감을 갖는 사람이다.

　'11'은 '11월'의 상징이라 계절로 보면 겨울의 경계선에 서 있어 걸어온 시간을 돌아보게 한다. 본질로 돌아가면 적막한 시기로서 삶의 잔열이 남아 있는 자기 응시의 계절이다. 작가의 말처럼 '11월'은 식은 밥 한 덩이 같은 달이지만 그 밥은 더울 때도 있었고 배고픔을 채워줄 때도 있었다.

　가을이 지나가고 겨울을 맞이하는 시점에서 자기를 돌아보는 순간은 순수한 시간이다. '11월'은 '삼등 열차 마지막 칸 같은 - 양철 지붕 처마 끝에 매달린 빗방울 같은 계절'이다. 막대기의 상징으로 자아 속에 모든 것을 차단시킨 상태라서 이별하기 좋은 계절이다. 하지만 '가을이라고 하기엔 너무 늦었고 겨울이라고 하기엔 이른 계절', 이 시간은 사색적인 계절로서 삶을 통찰할 수 있는 에너지가 숨어 있다.

사색의 시간이 없으면 진정으로 살아 있는 것이 아니다.

인간은 정신적 존재로, 막대기 두 개 같은 11, 쓸쓸함이 서려 있는 11월을 사랑하는 사람이 많다. 숨 가쁘게 살아온 시간 속에서 삶의 흔적과 지난 시간을 돌아보는 것은 풍요롭다.

작가도 이런 시간을 통해 성찰의 시간과 함께하는 사람이다. 곡선 유형의 사람과 4와 7의 유형이 근사하다고 하면서도, 자기 응시를 하는데 중점을 두는 사람이다.

인생의 깊이와 진미를 느끼게 하는 작품이다.

그 나무가 보이지 않는다. 짙은 녹음을 함지박처럼 머리에 이고, 풍성한 이파리에 지나간 세월을 켜켜이 품고 있던 나무가 없어졌다. 넓은 그림자를 깔고 앉아 홀 그린과 주차장의 경계를 확실하게 그어주던, 의연하고 도도하기까지 하던 그것이 뿌리째 뽑힌 것이다. 무성한 가지가 사라진 하늘이 휑하니 비었다.

– 〈겨울비〉에서

천지는 순환의 질서를 따른다.

자연의 질서 속에 사계가 존재하듯 햇살과 그림자도 공존한다.

삶과 죽음도 다를 바 없다. 힘든 과정을 극복하고 나면 삶의 흔적이 그 사람을 익어가게 한다. 역사가 되고 바람이 되어 날아다니게 한다.

건장해 보이던 나무도 센바람이 불고 나면 뿌리가 뽑혀 그 자리가 상처로 남게 된다. 바람이 불기 전엔 의연하고 도도해도 장벽 앞에서는 극복하지 못하는 경우가 있다.

작가는 골프장에 쓰러져 있는 나무를 보고 젊을 때 세상을 떠난 친구를 생각하고 있다. 친구의 삶을 그려내기 위해 센바람에 뿌리마저 뽑힌 나무를 바라보며 그때 그 상처를 훑어보고 있다. 튼실한 뿌리가 사라진 - 풍우에 뽑히지 않기 위해 몸부림쳤을 나무를 연상하며 친구를 그리워하고 있다.

문학적으로 접근한 〈겨울비〉는 친구의 삶과 죽음을 형상화하고 있다. 인간은 우주 속에 존재하는 신비로운 존재로서 영원한 죽음은 없다고 생각한다.

친구는 부유한 가정의 맏딸로 반대하는 결혼을 한 케이스다.

부모가 반대하는 결혼에는 이유가 있다. 친구는 사랑을 먹고 살았지만 환경으로 인한 스트레스 때문에 투병 생활을 했으며, 그 후유증으로 조산을 초래하게 되어 분만 과정에서 사경을 헤매다 세상을 떠난 경우이다.

안타까운 것은 하관할 때도 애통해하는 사람은 친정어머니뿐, 시어머니는 '산 사람은 살아야 된다'며 아들에게 보온병을 기울이며 커피를 따라 주었으니 많은 것을 생각하게 하는 작품이다.

그것이 인생의 풍경이다. 그들이 이기적이라기보다 세상이 갖고 있는 보편적 현상이다. 작가는 오랜 세월이 지나도 그때 일이 충격이 되어 무의식 속에 재워둔 기억을 〈겨울비〉로 탄생시키는 자질을 가진 작가다.

골프장 필드에서 뿌리 뽑힌 나무를 보고 영감을 얻어 삶의 본질 속으로 파고들어 간다.

〈겨울비〉가 여러 형태로 파생되고 있어 가볍지 않은 작품이 되고 있다.

> 간호사가 데리고 들어간 방에서 아버지를 뵈었다. 아, 아버지…… 아버지는 아무리 불러도 오실 수 없는 강을 건너가신 지 이미 오래였다. 드라마에서만 봐오던 죽음과의 만남이었다. 생전 처음으로 만나본 만남이었다. 아니 이별이었다. 아버지의 장례식을 예견이라도 하신 듯 곱게 파마를 한 어머니는 아무것도 모른 채 된장국을 끓이고 계셨다.
>
> ― 〈아버지의 낡은 점퍼〉에서

이 글은 아버지라는 존재, 부부라는 관계에서 죽음으로 인한 남편과의 결별, 그런 부모를 바라보는 자식의 관점이 잘 그려진 작품이다.

작가는 아버지와의 결별을 '처음으로 접하게 된 죽음이라는 만남, 그 죽음으로 인한 뼈아픈 이별'이라고 말하는 사람이다. 슬픔과 충격의 극한 상황에서 몸 둘 바를 몰라 아우성치는 모습이 클로즈업되는 부분이다.

인간에겐 죽음처럼 막연한 대상도 없다. 죽음의 실체가 이해되지 않는 것은 아니지만, 죽음은 분명히 영생의 박탈이다. 종교적으론 구원이라는 전제하에 육체에서 분리된 영혼은 영원을 꿈꾼다고 하지만, 죽음을 연구한 셜리 케이건은 죽음의 실체가 영생의 상실이 아니라 죽음 자체로 끝이 난다고 주장한다.

그 어떤 형태의 죽음이든 그것은 두려움의 대상이다. 병으로 인해 고통 속에서 헤매는 사람에겐 또 다른 해결책이라고 하지만, 작가의 아버지처럼 세상을 갑자기 떠났을 때는 가족 모두 당황할 수밖에 없다.

작가의 어머니가 남편이 쓰러진 순간에도 미장원에서 파마를 했으니 불행은 예측불허임을 알 수 있다. '하루만이라도 아프다가 가실 것이지'라는 그 어머니의 오열을 볼 때 안타까운 결별임을 실감하게 한다.

삶에서 빚어지는 모든 것은 예측할 수 없음을 증명하고 있다. 뜻밖에 들이닥친 상처는 결별한 지 10년이 지났어도 빛바랜 점퍼, 몸에도 맞지 않는 점퍼를 걸치며 그리움과 싸움하는 어머니가 드러난다.

행복한 가정은 밝고 희망찬 사회를 만드는 데 기여한다. 건강한 가정을 영위한다는 것은 쉬운 일이 아니다. 서로가 사랑해서 결혼하지만 다른 환경에서 자란 입장임을 고려해서 서로의 다름을 인정하며 존중해줄 때 원만한 가정이 된다.

부부는 일심동체가 아니라 서로의 다름을 인정하며 수용해주는 인내의 정원이다. 요즘은 부부가 같은 공간에 있으면서도 스마트폰 때문에 대화가 단절되는 경우가 있다고 한다. 단절된 대화는 다툼을 불러오고 먼 거리가 생기게 된다.

부부는 서로가 부족한 면이 있으면 채워주고 넘치는 것이 있으면 적당하게 비워가며 균형을 맞춰갈 때 아름다운 관계가 된다. '상대'로 인해 행복하고자 하는 마음보다 '나'로 인해 상대가 행복하기를 바라는 마음, 이런 노력이 있던 부부였으므로 10년 전 떠난 남편의 점퍼를 걸치고 그 추억을 회상하는 것이다.

상처는 시간에 비례해 추억으로 전환된다.

〈아버지의 낡은 점퍼〉는 작가의 부모가 성공적인 부부였음을 실감하게 하는 작품이다.

흑인이든 이혼남이든 그들도 영혼과 인격을 가진 인간인데 우리는 어이없는 편견에 사로잡혀 중학생들보다 더 철없는 그림을 마음속에 그렸다. 울타리 기둥의 스프레이 낙서야 페인트로 지우면 되겠지만, 우리가 그려내고 있는 이 어지러운 그림은 지우고 또 지워도 계속 새로이 그려질 것만 같다. 우리의 이성 사이를 불쑥불쑥 들쑤시며 일어나는 편견들이, 살아가며 부딪치는 어느 순간에 또 어떤 '앵무새 죽이기'를 계속할지 두렵기조차 하다.

　　　　　　　　　　　　　　　　　　- 〈헤이마와 남자 친구〉에서

인종에 대한 선입견과 편견에서 오는 안타까움이 이 글의 스토리를 이어가고 있다. 상식을 초월한 헤이마의 사랑, 집주인은 흑인에 대한 선입견이 있는 입장이라 도우미인 헤이마가 세 아이를 둔 흑인 이혼남과 사랑을 나누는 것에 대해 부정적일 수밖에 없다.

헤이마는 월급을 받으면 친정 미얀마로 보내며 가장 역할을 하고 있어 주인은 그들의 관계가 걱정스러운 것이 당연하다.

주인으로서는 그 사건을 통제할 방법이 없어 헤이마의 귀가시간을 조율하는 길밖에 없었다. 선입견에서 파생된 여러 가지 생각은 주인집 울타리에 기상천외한 낙서로 도배되기 시작하자 당연히 흑인 남자가 불만을 품고 행한 사건으로 생각한다.

고민 후 CCTV를 설치해 확인 결과 뜻밖에도 그곳을 지나다니는 남학생들의 소행이었다니, 사람을 평가하는 편견은 한 끗 차이의 생각임을 깨닫게 한다.

객관적이지 않은 생각, 한 쪽으로 치우친 생각에 부정적인 정서가 동반될 때 편견을 갖고 대상을 평가하게 된다. 정확한 정보가 필수임에도 부정적 정서로 시작된 고정 관념은 흑인 남자를 범인으로 지목했다.

편견은 차별의 기초가 된다. 부정적 평가의 작용을 통해 상대를 인격적으로 차별하는 경우이다. 과거에는 흑인에 대한 편견이 '게으르다, 폭력적이다'라는 생각 때문에 부정적인 시각으로 평가되어 왔다.

하지만 오바마가 흑인 2세 이민자로 대통령이 됨으로써 흑인에 대한 차별은 많이 사라졌다.

작가도 흑인이라는 이유로 그 남자를 '나쁜 사람'으로 인식했던 것이 잔인한 생각이 들 정도로 미안하다고 했다. 이민자로서 편견 때문에 벌어지는 일이 적지 않았음을 우회적으로 고백하는 작가이다.

작가는 '조르바'의 철학처럼 '인간은 상황에 관계없이 때가 되면 뻗어 땅 밑에 널빤지처럼 꼿꼿하게 눕고 구더기 밥이 될 것이므로 우리는 모두 한 형제'라고 강조한다.

이 글은 편견으로 인해 상대를 신뢰하지 못할 때 발생하는 문제가 적지 않음을 시사해주는 작품이다.

남편은 내 말을 듣는 둥 마는 둥 노래를 부르듯 느린 템포의 리듬까지 넣으며 말했다. "성기에, 정자에…… 당신 친구 중에 난자는 없나? 거기에 난자만 있으면 끝내주는데. 성기가 정자하고 난자 데리고 찜질방 가면 참 환상적이겠다." 집에 오는 내내 둘이서 마주 보고 웃고 또 웃었다. 옆에 오던 차들이 급히 차선을 변경하며 화를 냈다. 교통순경이 혹시 뒤에 따라올까 겁이 나는데도 차는 계속 갈지자로 흔들렸다.

- 〈영어 이름이 필요해〉에서

에피소드가 많은 작품이다.

동창생의 만남은 고향에 함께 있는 것처럼 정겨운 모임이다. 매달 일곱 명이 모이고 있지만 두 명이 빠지게 되고 '호텔'에서의 점심 약속이 '찜질방'으로 변한 상태이다.

찜질방을 선택한다는 것은 친숙의 의미가 내재되어 있지만, 모임에서 사람들이 빠져 자리가 비게 되면 계획은 망가진다. 함께 참석해 자리를 채워주는 것도 중요한 일이기 때문이다.

작가는 〈영어 이름이 필요해〉를 재미있게 풀어간다. 작가의 남편도 유머가 많아 그들이 주고받는 대화에 귀를 기울이게 한다.

"성기는 못 오더라도 정자 너는 꼭 와야 한다."

"당신 친구 중에 난자는 없나, 성기가 정자와 난자를 데리고 찜질방 가면 참 환상적이겠다"라는 부부 대화는 폭소를 터트릴 수밖에 없다.

남편은 아내가 친구와 통화하는 것을 의식하지 못할 수도 있겠지만, 무심한 척 통화 내용을 듣다가 코믹한 용어로 분위기를 환기시켜 간다. 작가 부부의 관계가 연출되는 대목이다.

이름은 누구에게나 의미가 있다. 작명가에 의하면 이름 짓기는 뜻이 좋아야 하고 음양오행을 맞춰야 하는 것이 기본으로 되어 있다. 흉수리와 불용不用 문자도 피하는 것을 원칙으로 하지만, 시대가 변하고 있어 그 기준도 희석되고 있다.

이름은 예부터 특별해도 수용하는 사람이 있고 취향에 거슬리면 개명하는 사람도 있다.

〈영어 이름이 필요해〉는 친구들의 관계를 증명해주기도 하지만, 한국을 떠난 이민자로서의 단합된 생활상도 잠재된 작품이다. 그러면서도 '성기와 정자'는 발음에서 오는 연어 유희라고 할 수 있어 한바탕 웃고 지나갈 수 있다.

색옷을 입혀 웃음을 유발시키는 작가의 남편은 재치와 유머, 여유가 있는 사람이다. 요즘 시대의 매력남과 맞아떨어진다. 남녀를 막론하고 그런 사람은 순발력과 유머, 재치가 있으므로 이 시대에 바람직한 사람이다.

이 글은 친구들의 다정한 모습도 관건이지만 자동차 속 익숙한 공기를 환기시킨 작가 부부의 대화가 읽는 독자도 즐겁게 한다.

> 흑인 인권 운동에 영향을 준 소녀 클로뎃 콜빈은, 흑인 교회의 목사에게 '하나님이 세상에 저주받은 인종을 만드셨다면, 나는 그런 하나님을 섬기고 싶지 않아요'라고 했다고 한다. 피부에 대한 그늘의 고뇌와 슬픔을 알 것 같다. 마틴 루서 킹의 "나는 꿈이 있습니다! Have a Dream" 란 절규가 앞으로도 얼마나 더 견뎌야 할까.
>
> > - 〈He is a Black Guy!〉에서

인종 차별에서 빚어진 이런 저런 사건들이 드러나는 작품이다.

인간된 권리를 주장하는 흑인과 인종 차별이 아직도 남아 있는 미국 사회에서 흑인들이 권리를 찾으려 해도 권리를 무시당하는 현상들이 벌어지고 있다. 인간은 평등한 존재로서 차별 없이 대우받아야 함에도 흑인들은 차별을 받으며 살아왔다.

작가도 인종 차별의 역사를 인식하고 있어 우선 '클로뎃 콜빈'을 소개하고 있다. '클로뎃 콜빈'은 1955년 열다섯 살인 고등학교 시절 백인에게 자리를 양보하라는 운전기사의 말을 거부했다가 경찰에 체포된 사람이다. 흑인 인권 운동에 불씨를 붙인 콜빈은 '하나님이 이 세상에 저주받은 인종을 만드셨다면 나는 그런 하나님을 섬기지 않겠다'고 오열하던 사람이다.

작가는 미국의 침례교회 목사이자 흑인 해방 운동가 '마틴 루서 킹'도 소개하고 있다. 킹 목사도 1968년 흑인 청소부의 파업을 지원하다 암살당하기 직전까지 비폭력주의 정신에 입각하여 흑인이 백인과 동등한 시민권을 얻어내기 위한 – '공민권 운동'의 지도자로 활약한 목사다.

'루서 킹'은 1955년 미국 앨라배마 주 몽고메리에서 그 지역의 흑인들과 인종 차별에 대한 철폐를 부르짖었다. 집단적인 승차 거부와 비폭력 시위를 통해 흑인 분리주의에 따른 인종 차별을 철폐하려고 '몽고메리 버스 보이콧 투쟁'을 이끌었으며 남부 그리스도교도 지도회의SCLC를 결성한 사람이다.

흑백 갈등은 다민족이 화합해 함께 풀어가야 할 문제이기에 작가도 인종 차별에 대해 관심을 많이 가진 사람이다.

도서관에서 멕시칸 여자와 흑인 남자가 다투던 일, 타인의 것을 중요하게 생각하지 않은 흑인 남자도 잘못이 있지만, 멕시칸 여자의 고함소리가 더욱 커지며 그치지 않게 되자 도서관 관장은 경찰까지 부르는 입장이다.

인종 대립에서 벌어진 일이다.

놀라게 하는 것은 청년의 지인도 아닌 흑인 할아버지가 어디선가 달려와 "경찰을 부르지 마시오. 경찰이 오면 저 청년은 총에 맞아 죽습니다. 그는 흑인입니다"라는 할아버지의 고함 소리는 많은 것을 생각하게 한다.

이 글은 시대가 변해 흑인과 백인이 합일된 것 같지만, 아직도 인종 차별이 해결되지 않고 있음을 느끼게 하는 작품이다.

"매니저 불러, 매니저 어디 있어?"
점잖은 중년 백인 남자가 매니저라며 나타났다. 어느새 아들은 침대 위에 누워서 치료를 받고 있고 매니저는 펄펄 뛰는 친구를 달래느라 허둥거렸다. 친구는 말했다. 저 간호사 당장 해고하지 않으면 이 병원 고소하겠다고.

- 〈나도 잘 모르겠다〉에서

불미스런 대화로 시작되는 작품이다.

점심시간을 놓친 사람들이 하나둘씩 찾아가는 때늦은 시간, 작가도 그때 그 식당의 문을 두드리게 된다. 한국에서도 그 시간에 식당 문을 노크할 때 식당 종사자는 어쭙잖은 표정으로 손님을 맞이할 때가 있다.

작가는 예의가 바른 사람이다. 시간에 관계없이 사업자 측에서 손님을 대할 때는 정중한 자세로 대처하는 것을 상식으로 알고 있다. 그것은 작가가 상대에게 실례를 범치 않는 사람임을 증명해준다.

예의가 바른 사람은 상대의 바르지 못한 처신을 이해하지 못하는 게 당연하다. 이국땅에서 사는 사람은 자신을 보호하는 보호막이 단단해 실수를 범치 않으려고 노력한다.

작품에서 드러나는 작가와 그 친구의 모습은 인종 차별에 대한 강박관념이 다소 잠재되어 있는 것처럼 보이긴 한다. 작가가 글의 말미에서 '동양 여자의 열등감 때문에 엉뚱하게 폭탄을 맞은'이라고 한 것처럼, 일종의 자격지심에서 나온 현상이라고 생각된다. 그 결과 글의 제목도 '나도 모르겠다'로 했는지도 모르겠다. 자신도 모르는 사이에 터져 나온 정당함은 '손님'이라는 '갑'의 입장이 되어 나타났을지도 모른다.

한국에도 지금은 예의를 저버린 사람이 허다하다.

병원에서의 일도 다를 바 없다. 그 어느 병원이든 한밤중에 응급실로 달려간 환자를 친절한 자세로 받아들이는 의사나 간호사는 흔치 않다. 사회가 삭막해졌다는 것을 보여주는 단면이다. 이런 세상에 적응

하려면 마음을 비우는 게 자신을 보호하는 길이 된다. 지상 천국은 그 어디에도 존재하지 않는 현실이다. 양심도 거짓 양심만이 판을 치는 세상이다. 진리까지 변하는 세상에서 자기를 다스리며 극복하려는 노력이 없으면 마음은 상처로 덮이게 된다.

〈나도 잘 모르겠다〉에서 나타나는 성민희와 그 친구는 심성이 정직한 사람임을 알게 한다. 이국에서 사는 동안 자신도 모르는 사이 잠재적으로 누적된 인종 차별에 대한 섭섭함, 작가와 그 친구는 그 '섭섭함'을 보상받고 싶어 마음속에 '그 어떤 싹'이 웅크리고 있었음을 알 수 있다. 이제는 지구촌 어디를 가도 다를 바가 없다. 인종 차별을 떠나서 사람들에겐 그 어떤 아름다움과 여유로움, 배려의 싹이 말라가고 있다.

적지 않은 시간 이민자로서의 삶이 녹록치 않았음을 시사해주는 작품이다.

나는 25년 가까이 동네 터줏대감으로 살았지만 마켓에 가도 식당에 가도 모두가 낯선 사람으로 아는 척해주는 주인이 없다. 그런데 이제 겨우 이사 온 지 넉 달 되는 친구는 어느 곳엘 가나 환대를 받는다. 그녀는 길거리 과일 장수 아저씨께도 팔꿈치 툭 치며 아들 잘 있냐는 인사를 한다. 춥지 않으세요? 머리 깎았네요. 그녀의 관심은 늘 살아서 톡톡 상대방의 마음을 일으켜 세운다. 반면 나는 언제나 가도 처음 온 손님이다.

〈풋낯과 너나들이〉는 풋풋하면서도 포근한 우리말로 작가의 모습이 드러나는 작품이다.

'풋낯'은 초면도 구면도 아닌 관계로서 낯이 익을 정도의 사이라고 할 수 있다. 얽히고 설켜 있지 않아 담백한 느낌이 들게 하는 관계이다. 길에서 만나도 인사를 하기에도, 그냥 지나가기에도 미안한 관계, 아파트 생활을 하는 현대 사회에선 어렵지 않게 볼 수 있는 현상이다.

'너나들이'는 '풋낯'과는 반대의 개념으로 너와 내가 허물없이 지내는 사이를 의미한다. 서로 간에 형식적인 예의가 필요하지 않은 관계로서 서로에 대한 신뢰가 돈독한 인연이다. 이런 관계라도 적정선의 예의를 지킨다면 그 관계는 오래 유지되지만 경계선을 지키지 않을 때는 문제가 생길 때도 있다.

〈풋낯과 너나들이〉는 상반되는 두 단어를 소개하며 맛깔나게 풀어가는 글로 작가의 성향과 친구의 성향이 현저하게 드러나는 작품이다. 인간의 개성의 다름이 말 풀이로 잘 드러나 있다.

'나는 25년 가까이 동네 터줏대감으로 살았지만 주변 사람들에게 다가가기가 쉽지 않아 모두가 낯선 사람이다'라는 작가와, 이사 온 지 얼마 되지 않았지만 사람들과 관계 맺기를 원활하게 하며 상대방의 마음을 일으켜 세워주는 친구로 분류되고 있다.

'풋낯'의 유형이든 '너나들이' 유형이든 장단점이 있게 마련이다.

대인 관계 요령이 있어야 '너나들이'적인 삶을 살겠지만, 사람마다 성격이 다르므로 어느 것이 우선순위라고 평가할 수는 없다. '너나들이'적인 삶을 살려 해도 선천적으로 사교성이 없는 조용한 성격의 사람에겐 쉬운 일이 아니다.

자기 절제를 하며 '풋낯'의 형태로 고요하게 살아가는 사람도 나쁘다고 할 수는 없다. 장기적인 주변관리 차원에서는 '풋낯'의 유형인 작가의 생활 형태가 바람직할 수도 있다. 사람의 유형은 선천적으로 타고난다는 것을 실감하게 하는 작품이다.

> 여태까지는 그 사회적인 통념이 힘을 발휘했다. 그러나 현대는 그게 아닌 것 같다. 부모들은 자식이 아니라도 노년을 잘 살아갈 수 있는 여건이 다각도로 형성되었고, 자식 또한 그런 형이상학적인 가치에 매달리기에는 너무 삶이 복잡하고 영악해졌다. 이제는 더 이상 효도라는 행위가 '최고의 덕목'으로 인정받아 부모 봉양의 중재자 역할을 할 수 없다.
>
> － 〈먹튀 자식 방지법〉에서

이 글은 현대 사회에 이슈거리가 되고 있는 현상을 다룬 작품이다.

가장 가까워야 할 부모와 자식 간의 관계가 보이지 않는 분쟁을 하면서 살아가는 것을 볼 수 있다. 부모가 일군 재산을 자식이 미안한 감정도 없이 쟁취하려는 데서 오는 싸움이다.

"자식에게 재산을 미리 넘겨주면 굶어죽고, 넘겨주지 않으면 맞아죽는다"는 슬픈 농담은 이 시대에 농담이 아니다. 정부는 '현행 민법 558조에서 부모가 자녀에게 증여한 재산은 법적으로 되돌려 받을 수 없다'고 했지만, 이제 이 조항이 수정되어 자녀가 부모에게 부양을 약속하고 재산을 증여받은 뒤 이를 이행하지 않거나 부모를 상대로 학대, 폭행, 범죄 행위를 하게 되면 부모가 재산을 되찾아올 수 있도록 조치했다.

작가는 재산을 증여한 후 병든 부모를 학대하는 자식에게 그 아버지는 재산 반환 청구 소송을 하여 대법원에서는 승소 판결을 내렸다고 소개한다. 부모가 보호받을 길은 자식이 아니라 법임을 실감하게 한다.

자녀에게 소송을 한다는 것은 부모 입장에선 괴로운 일이긴 하다.

이런 일이 발생하지 않도록 70, 80세대는 부모 자식 간에 화합하며 지혜롭게 고민해야 한다.

시대적으로 자녀에게 재산을 전부 물려주고 그들에게 부양을 요구하는 것은 적합하지 않다. 시대의 변화가 너무 빨라 자녀들의 의식도 급속도로 변해 부모를 모실 수 있는 정서가 소멸된 현실이다. 자연스럽게 시대의 물살에 휘말려 자기밖에 모르는 존재가 되고 있다.

서글퍼하기 이전에 그것을 깨닫고 있는 기성 세대는 자녀에게 재산

남기기보다는, 남은 자산이 있다면 주택 연금을 가입해서 노후 생활비를 준비해야 한다. 자녀들도 부모에게 적정선에서 도움을 받은 후 자신의 인생을 스스로 해결하며 살아가야 한다.

'더 이상 자식의 인생에 엮여 심신으로 고달픈 노년을 맞는 부모가 나오지 않았으면' 하는 작가의 바람처럼, 긍정적인 관점에서 자식과 적당하게 거리두기를 해야 한다. 그래야만 자녀와의 갈등을 미연에 방지할 수 있고 노후 생활을 체계적으로 설계해 갈 수가 있다.

100세 시대에 돈이 마르지 않게 하는 일은 중요하므로 여러 형태의 연금으로 해결해갈 수 있도록 안전한 시스템을 마련해야 한다.

〈먹튀 자식 방지법〉에서도 하나님과 공자, 부처님, 모든 성인, 조선 후기 정조까지 '효'를 부르짖었지만, 인간에게 진정한 '효'는 존재하지 않고 있다. 평론가 '르네 지라르'의 '욕망의 삼각형 이론'처럼, 욕망은 내부의 자발적인 욕망이 아니라 그 어떤 중개자에 의해 만들어진 – 허상의 욕망'임을 공감할 수 있기 때문이다.

〈먹튀 자식 방지법〉은 부모 자식 간에 있어 '효'는 자연 발생적으로 일어나는 행위가 아님을 일깨워 주는 작품이다.

1년이란 세월을 백수로 살아야 했던 아들이 집에서 뒹굴다가, 삼촌 회사에도 가다가 몸부림을 치더니 또 배낭을 짊어지고 나섰다. 동남아 쪽을 더 둘러보고 한국에도 가보고, 마지막으로 아르헨티나로 가서 스페인어를 배우다가 돌아오겠다는 계획이었다. 남편은 이 기회에 회사로 불러다가 좀 써먹어야지 기대를 했지만, 도통 아빠 회사에는 관심이 없다. 인생은 긴데, 세계 곳곳을 돌아보며 견문을 넓히는 것도 나쁘지는 않다며 집 떠나는 아들을 기쁜 마음으로 배웅했다.

– 〈아들의 정체성〉에서

이민자 2세의 고민과 그것을 바라보는 어머니의 심정이 드러나는 작품이다.

이민자 2세는 '나는 과연 누구인가' 하는 정체성과 부딪치며 살아간다. 작가도 미국 사회에서 정체성으로 고민하는 아들을 바라보며 착잡함을 느끼고 있다.

'1년이란 세월을 백수로 살아야 했던 아들이 집에서 뒹굴다가, 삼촌 회사에도 가다가 몸부림을 치더니 또 배낭을 짊어지고 나섰다'고 하면서도, 인생은 긴 데 세계 곳곳을 돌아보며 견문을 넓히는 것도 나쁘지는 않다며 집 떠나는 아들을 기쁜 마음으로 배웅한다.

어머니의 가없는 사랑과 이해의 깊이가 드러나고 있다.

아들은 동남아를 여행하던 중 각국에서 모인 청년들을 만난 호텔에서 자기 소개를 하게 되자, 그들은 미국에서 태어났지만 부모가 한국 사람이면 당연히 그 아들도 '한국인'이라고 단정했다. 작가의 아들은 미국에서 태어나 국적을 갖고 있으므로 당당하게 '아메리칸'이라고 했지만 동양인에서 벗어나지 못하는 경험을 했다.

어려움은 그뿐이 아니었다. 작가의 아들이 동남아 여행을 마치고 한국으로 왔는데 문화가 다르다며 '외국인'으로 치부했다. 작가의 아들은 조국인 한국에서 더욱 정체성의 혼란을 느껴 한동안 우울했음을 알수 있다.

감정의 괴리에서 오는 후유증은 청년에게 충격을 준다. 그러나 청년은 이민자 2세 오바마가 미국 대통령에 당선되자 자기도 분명히 미국인이라는 확신에 차게 된다. 당당하게 그 사회에서 전진할 수 있는 모델을 본 것이다.

작가는 그동안 이민자로서 후회한 적이 없었지만 아들이 번민했을 순간을 생각하면 미국 생활에 회의감이 들었다고 고백한다. 아들의 삶을 대신 살아줄 수는 없지만 어머니의 기도가 끝이 없었음을 알 수 있다.

둥지에서 벗어난 아들이 주류 사회를 뚫고 비상하길 소망하는 간절함이 잘 드러나는 작품이다.

그 남자가 나타났다. 어린 시절의 할머니가 그립다는 그와 어린 시절에 살던 집이 사라져 당황스런 어머니가 마주 보고 앉았다. 어머니에게 그는 타임머신을 타고 온 60년 전의 사람이었고, 그에게 어머니는 사라진 혈통의 부활이었다. 누가 먼저랄 것도 없이 두 사람은 서로의 손을 꼭 잡았다. 그의 눈을 들여다보며 어머니는 안부를 묻는다. 부친은 살아계시고? 돌아가셨죠. 일본은 언제 들어 왔노?

- 〈나고야에서 만난 그 남자〉에서

잠깐 본 사람, 힐끗 스쳐간 사람, 허공에 그려진 사람을 그리워하는 것은 귀한 인연이다. 나고야에서 만난 사나이, 작가의 어머니에게 손자처럼 달려와서 '할머니'라고 부르던 그 남자는 분명 어디선가 보았고 만났음직한 인연이다. 무의식 어딘가에 잠재되어 있다 튀어나온 상호간의 끌림이다.

해로한 부부도 악연이 있듯, 잠시 만났어도 고향 같은 존재로 남아 있는 경우가 있다.

작가의 어머니는 60년 만에 흔적도 없이 사라진 고향 '나고야'의 골목길을 돌아다니며 추억을 찾다가 허탈하게 주저앉는 순간, 손자 같은 남자를 만나게 된다. 서로가 초면이지만 할머니가 그립다는 남자와, 할머니라고 부르는 소리에 마주치게 된 그들의 인연은 망설임도 없이 서로의 손을 잡게 된다. 서로에게서 느낀 따뜻함, 고향 땅에서만 느끼는 익숙한 감정이다.

작가는 어머니에게 그 남자는 타임머신을 타고 60년을 건너뛰며 달려온 사람, 그 남자에게 어머니는 사라진 혈통의 부활이라고 말하고 있다.

같은 땅 냄새, 같은 문화를 공유했던 혈통에겐 조건에 관계없이 가족 같은 끈끈함이 서려 있다. 세월이 흘러도 고향이 같은 사람끼린 표현 못 할 푸근함이 서려 있다.

우동까지 대접해 주는 남자의 순수성과 그 진심이 작가가 이 글을 쓰게 했지만 그 남자가 고향이라 기억될 만큼 어머니에게도 흡족한 만남이다.

마음속에 고향이 살고 있기에 이젠 더 이상 고향에 가지 않겠다는 어머니다. 고향 그 자체는 세월 속에 묻혀 그리움으로만 솟아나는 천리향 냄새, 뗏목 냄새, 머릿속에 맴도는 영상으로만 존재할 뿐 사라진 고향을 찾을 길이 없어서다.

그 어떤 실체보다 가슴 속에 맴도는 사람만이 고향임을 깨닫게 하는 작품이다.

작품은 작가의 혼이 투영될 때 독창성이 존재한다.

수필은 사물에 대한 감상을 뛰어넘어 혜안과 사유, 통찰로 점철될 때 독자와 어깨를 맞대고 뛰어노는 마당이 된다.

작가 성민희는 마음속에 쌓여 있던 삶의 진액들을 여러 가지 색으로 뽑어내는 사람이다. 체험한 것과 타협하며 살아온 삶을 돌아보고 그것을 글로 표현하기 위해 노력하는 작가다.

작가는 성찰의 시간을 많이 갖는 사람이다. 작품 〈11월은〉에서 보면 작가의 겸허함과 깊음이 잘 드러난다. 숫자를 형상화해 인간의 유형을 소개하는 아포리즘적 수필로서 많은 철학이 내포되어 있다. 쓸쓸함을 승화시켜 문학으로 뽑아내는 능력이 뛰어나다.

작가는 삶을 시냇물에 흘려보내지 않고 시간을 귀히 쓰고 인생의 깊이와 진미를 느끼며 자기를 응시하며 글을 쓰는 사람이다.

존재에 대한 글, 뿌리 뽑힌 나무를 보더라도 그냥 지나치지 않고 자연의 이치를 깨달으며 죽음을 응시한다. 세상에 나타나는 현상을 보고 글에 몰입하는 작가다. 아버지와의 이별, 친구와의 이별을 통해 죽음 자체가 인간에겐 막연한 두려움의 대상임을 인식하고 글을 깊이 있게 풀어간다.

〈헤이마와 남자 친구〉에서도 인종에 대한 편견과 선입견이 안타까워 이민자로서 많은 것을 생각하며 살아간다. 타국에서 차별의 기초가 되는 것이 편견이라 가끔 울타리를 칠 때도 있어 독자들에게 이민자로서의 어려움을 드러내는 글에서는 안타까운 부분도 없진 않다.

작가는 요즘의 지구촌 어디에도, 지상 천국은 존재하지 않음을 아는 사람이다.

양심도 거짓 양심만 판을 치는 세상임을 감지하고 있으므로 그 어떤 어려움도 긍정적으로 받아들이고 〈영어 이름이 필요해〉에서도 폭소를 터트릴 수밖에 없는 기법으로 글을 활기차게 풀어간다.

무엇보다 부부간의 대화 속에서 유머와 재치의 중요성을 실감하게 한다.

작가 성민희의 개성과 객관성, 어머니로서의 따뜻함은 〈먹튀 자식 방지법〉, 〈아들의 정체성〉에서 잘 드러내며 독자들에게 많은 것을 제시해 주고 있다.

앞으로도 좋은 글 많이 쓰길 바라며 귀한 책 발간을 진심으로 축하한다.